दर्शनशास्त्र : पूर्व और पश्चिम ग्रंथमाला-1

संपादक : देवीप्रसाद चट्टोपाध्याय

दर्शनशास्त्र के स्रोत

लेख…

देवीप्रसाद चट्टोपाध्याय

अनुवाद

सुशील डोभाल

राजकमल पेपरबैक्स

पहला पुस्तकालय संस्करण
राजकमल प्रकाशन प्राइवेट लिमिटेड द्वारा
1992 में प्रकाशित

राजकमल पेपरबैक्स में
पहला संस्करण : 2022
दूसरा संस्करण : 2024

राजकमल पेपरबैक्स : उत्कृष्ट साहित्य के जनसुलभ संस्करण

राजकमल प्रकाशन प्रा.लि.
1-बी, नेताजी सुभाष मार्ग, दरियागंज
नई दिल्ली-110 002
द्वारा प्रकाशित

शाखाएँ : अशोक राजपथ, साइंस कॉलेज के सामने, पटना-800 006
पहली मंजिल, दरबारी बिल्डिंग, महात्मा गांधी मार्ग, प्रयागराज-211 001
1, अनमोल सोराबजी संतुक लेन, धोबी तलाव, मरीन लाइंस, मुम्बई-400 002

वेबसाइट : www.rajkamalprakashan.com
ई-मेल : info@rajkamalprakashan.com

बी.के. ऑफसेट
नवीन शाहदरा, दिल्ली-110 032
द्वारा मुद्रित

मूल्य : ₹250

DARSHANSHASTRA KE SROT
by D.P. Chattopadhyaya

ISBN : 978-93-94902-92-3

दर्शनशास्त्र के स्रोत

संपादक की प्रस्तावना

यह बड़े दुख की बात है कि आज जब दर्शन की सबसे अधिक आवश्यकता है तब उसके प्रति व्यापक उपेक्षा देखने को मिलती है। देश का नैतिक और बौद्धिक वातावरण बुरी तरह विषाक्त हो चुका है जिसके कारण बढ़ती हुई असहिष्णुता और हत्याओं के दर्शन हो रहे हैं और इनके पीछे वे विचार कार्यरत हैं जो बुद्धि और मानवता दोनों की कसौटी पर खरे नहीं उतरते हैं। यह बात कहने की नहीं है कि विचारशीलता की जगह पाशविकता, प्रेम की जगह उत्पीड़न, और शुभता की जगह लोभ ने ले ली है। कोई यह दावा नहीं करता कि दर्शन अकेले इन तमाम बुराइयों का हल हो सकता है। मगर हमारा यह दावा अवश्य है कि दर्शन के बिना न तो इनका उन्मूलन हो सकता है और न ही विचारशीलता की पुनर्स्थापना हो सकती है। लगभग ढाई हजार वर्षों से अधिक समय तक कुछ योग्यतम और श्रेष्ठतम मनुष्यों ने दर्शन की समस्याओं में अपना सर खपाया है। उनके जो भी विचार और उपदेश रहे हों, आवश्यक नहीं कि वे सब के सब आज की आवश्यकताओं के लिए प्रासंगिक हों, फिर भी जो कुछ अन्य लोगों ने कहा है वह अधिकाधिक बिगड़ती जा रही वर्तमान स्थिति से निबटने के लिए विचारों के एक महान भंडार का काम अवश्य दे सकता है। साथ ही यह भी आवश्यक है कि उनके विचारों को अभिजात वर्गों के एक छोटे-से दायरे तक सीमित न रहने दिया जाए। आज जो विषाक्त वातावरण हमारे चारों ओर है, उसकी जगह एक नए प्रकार के बौद्धिक वातावरण के निर्माण के लिए आवश्यक है कि इन विचारों को जनता तक ले जाया जाए और ये जनता के लिए प्रेरणा के स्रोत बनें। लोकप्रिय विश्व-दर्शन शृंखला के रूप में एक लघु पुस्तकालय तैयार करने के इस प्रयास के मूल में यही विचार है।

देवीप्रसाद चट्टोपाध्याय
3, शंभुनाथ पंडित स्ट्रीट, कलकत्ता
पिन : 700020

1 मई, 1990

लेखक की भूमिका

निम्न कृतियों से पहले से परिचित पाठकों को आसानी से यह बात स्पष्ट हो जाएगी कि मैं प्रस्तुत पुस्तिका की तैयारी के लिए इनका कितना अधिक ऋणी हूं। जो पाठक इनसे परिचित नहीं हैं उनसे मैं यही कहूंगा कि इनसे परिचित न होने में व्यर्थ के पांडित्य में खो जाने और मानव-चिंतन के इतिहास के सार्थक बोध से वंचित रहने का जोखिम है। ये कृतियां इस प्रकार हैं :

वी. गार्डन चाइल्ड	*मैन मेक्स हिमसेल्फ,* लंदन, 1936
	व्हाट हैपन्ड इन हिस्ट्री, लंदन, 1942
जार्ज थामसन	*स्टडीज इन एंशिएंट ग्रीक सोसायटी,* लन्दन, 1949
	दि फर्स्ट फिलास्फर्स, लंदन, 1955
	ऐन एस्से आन रिलिजन, लंदन, 1950
	एकिलस एंड एथेंस, लंदन, 1941
बेंजामिन फैरिंगटन	*ग्रीक साइंस,* लंदन, 1944 (पेंग्विन, 1963)
	हेड एंड हैंड इन एंशिएंट ग्रीस, लंदन, 1947
	दि सिविलाइजेशन आफ ग्रीस एंड रोम, लंदन, 1938
जे. डी. बर्नाल	*साइंस इन हिस्ट्री,* लंदन, 1954 (पेंग्विन, 1969)
बैरोज डनहम	*हीरोज एंड हेरेटिक्स,* न्यूयार्क, 1967

यहां हमने यह भी मान लिया है कि पाठकगण मार्क्स और एंगेल्स की महत्वपूर्ण कृतियों से भी परिचित होंगे। इसका मुख्य कारण यह नहीं कि उपरोक्त कृतियां मार्क्सवाद के मूलभूत सिद्धांतों के रचनात्मक विकास हैं जिनमें तमाम प्रकृति एवं समाज विज्ञानों के अधुनातन परिणामों को समेटा गया है।

प्रस्तुत कृति का प्रमुख सरोकार भारत के आरंभिकतम दर्शनशास्त्रियों से संबंधित प्रश्नों से है। उनके बारे में मार्क्स और एंगेल्स की कृतियों में या ऊपर वर्णित कृतियों में कुछ भी पका-पकाया नहीं मिलता। तो भी उनकी और इस प्रकार सामान्यतः भारत की दार्शनिक स्थिति की विवेचना के लिए इनमें कुछ बुनियादी सुझाव तो मिलते ही

हैं।

यह ग्रंथ प्राचीन भारतीय दर्शनशास्त्र को समझने की दिशा में मेरा प्रथम प्रयास नहीं है। इससे पहले इन्हीं बुनियादी सिद्धांतों को आधार बनाकर इस विषय पर मैं अनेक पुस्तकें लिख चुका हूं। प्रस्तुत पुस्तक में मैं पहले कही गई बहुत-सी बातों को दोहराने के लिए बाध्य हूं यद्यपि मैंने आधार-सामग्री में पर्याप्त संशोधन और फेर-बदल किए हैं। मेरी अन्य कृतियों से परिचित पाठकों से मैं इन अपरिहार्य पुनरोक्तियों के लिए क्षमा-प्रार्थी हूं।

जहां तक अपनी उन कृतियों का सवाल है जिन पर मैं प्रस्तुत ग्रंथ के लिए पर्याप्त निर्भर रहा हूं, मैं निम्नलिखित का उल्लेख करना चाहूंगा :

1) *लोकायत : ए स्टडी इन एंशिएंट इंडियन मैटीरियलिज्म*
2) *इंडियन फिलासफी : ए पापुलर इनट्रोडक्शन*
3) *व्हाट इज लिविंग एंड व्हाट इज डेड इन इंडियन फिलासफी*

ये सभी पुस्तकें पीपुल्स पब्लिशिंग हाउस प्रा० लि०, नई दिल्ली द्वारा प्रकाशित की गई हैं।

देवीप्रसाद चट्टोपाध्याय

कलकत्ता
1 मई, 1990

विषय-वस्तु

1. आमुख

यह इस शृंखला की पहली पुस्तक है जिसका उद्देश्य आम पाठक को विश्व-दर्शन की मुख्यधारा से परिचित कराना है। विभिन्न कालखंडों में अनेक जनगणों ने इस धारा में विभिन्न रूपों में सकारात्मक अथवा नकारात्मक योगदान किया है।

धारा प्रवहमान होती है और इसमें एक प्रकार का माधुर्य होता है। किंतु ऐसा सदैव नहीं होता। कभी-कभी चट्टानें एवं अन्य वस्तुएं इसका मार्ग अवरुद्ध कर देती हैं जिसके परिणामस्वरूप यह थमा हुआ जलाशय मात्र बनकर रह जाती है। कभी-कभी ऐसा भी होता है कि धारा अपना मार्ग बदल लेती है और विभिन्न दिशाओं में बह निकलती है। कभी यह सूख भी जाती है अथवा मरुभूमि में लुप्त हो जाती है। प्रपात का रूप धारण करने से पूर्व यह अत्यंत वेगवती हो उठती है और प्रचंड निनाद के साथ गिरती है यद्यपि अंततः यह पुनःनिर्धारित मार्ग पर बहने लगती है।

धारा सृजन भी करती है और ध्वंस भी। यह खेतों को सींचती है और अपने किनारों पर मानव-बस्तियों को फलने-फूलने के अवसर देती है। यह यातायात को सुगम बनाती है, लोगों और सामान को दूर-दराज जगहों पर पहुंचाती है। इससे जल-विद्युत का उत्पादन भी होता है जो अंधकार दूर करने के साथ ही मानव-श्रम की आवश्यकताओं की पूर्ति भी करती है। किंतु कभी-कभी यह विध्वंस भी करती है; यह तटबंधों को तोड़कर किनारों पर बसी मानव-बस्तियों को नष्ट कर डालती है। साथ ही इसके साथ आई हुई मिट्टी उर्वर भूमि और द्वीपों का निर्माण करती है और लोगों को अपने किनारे नई बस्तियां बसाने का आमंत्रण देती है।

इस प्रकार धारा की कहानी अपने-आपमें बड़ी रोचक है।

विश्व-दर्शन की मुख्यधारा की भी ऐसी ही रोचक कहानी है। कभी तो यह त्वरित गति से बहती है तो कभी धीमी गति से सरकती हुई-सी। संभव है इसकी गति थम जाए, इसमें विकार उत्पन्न हो जाए और निष्फल पांडित्यवाद में यह सूख भी जाए। यह मानव के लिए अत्यंत लाभप्रद और उसकी प्रगति में सहायक भी सिद्ध हो सकती है। किंतु यह छल भी सकती है, पतनोन्मुख कर सकती है, यहां तक कि मानव को मोहकर उसे नितांत निरर्थकता के पंक में डुबो सकती है। यह भी सृजन और ध्वंस

करती है। यह मानव के मन में गौरवपूर्ण भविष्य की आशाएं जगा सकती है तो उसे भय और निराशा से जड़ भी कर सकती है। कभी विचारकों में परस्पर मतैक्य होता है तो कभी उनके विचारों में आधारभूत टकराव होते हैं जो या तो मानव के मनोबल को बढ़ाते हैं या उसे तोड़ डालते हैं।

इस शृंखला में हम देखेंगे कि किस प्रकार विश्व-दर्शन की मुख्यधारा में ये सब परिवर्तन घटित हुए। शृंखला की समापन पुस्तिका में पूर्ण स्थिति का सार-संक्षेप करते हुए हम यह जानने का प्रयास करेंगे कि यह सब क्यों और कैसे हुआ।

चूंकि इस संपूर्ण शृंखला का उद्देश्य ही दार्शनिक गतिविधियों का सर्वेक्षण करना है अतः स्वाभाविक रूप से पहला प्रश्न यह उठता है कि दर्शनशास्त्र क्या है। इसे हम कैसे परिभाषित करें ?

यह बात विचित्र लग सकती है कि यह प्रश्न दर्शनशास्त्र का सबसे कठिन प्रश्न है। दर्शनशास्त्र की परिभाषा करना सहज नहीं है। ऐसा नहीं है कि अब तक दर्शनशास्त्र की कोई परिभाषा दी ही नहीं गई हो। वस्तुतः दर्शनशास्त्र की अनेक परिभाषाएँ मिलती हैं। किंतु हम देखेंगे कि क्यों दर्शनशास्त्र को किसी एक परिभाषा में सीमित करना संभव नहीं है भले ही वह परिभाषा सटीक हो या अन्य किसी प्रकार की। जैसे अनेक प्रकार के दर्शनशास्त्र हैं वैसे भी अनेक प्रकार के दर्शनशास्त्री भी हैं।

कुछ दर्शनशास्त्री उन प्रश्नों के समाधान के लिए कटिबद्ध हैं जिन पर अन्य दर्शनशास्त्री तनिक भी ध्यान देना उचित नहीं समझते। अनेक बार तो बात इससे भी आगे बढ़ जाती है। ऐसी भी प्रवृत्तियां देखने को मिल सकती हैं जो किसी चली आई संपूर्ण दार्शनिक परंपरा को पूर्णरूपेण मिटा डालना चाहती हैं और पूर्वगामी विचारकों को निरर्थक छद्म युद्धों में रत दर्शाने का प्रयास करती हैं। स्वयं हमारे समय में प्रभावशाली विचारकों का एक ऐसा वर्ग है जिनके लिए तात्पर्य का तात्पर्य ही एकमात्र महत्व की वस्तु है। ठीक इसी प्रकार विचारकों के एक अन्य वर्ग की रुचि संसार की व्याख्या मात्र करने के स्थान पर उसे बदलने में अधिक है।

संक्षेप में, अन्य दर्शनशास्त्रियों के विचारों की विश्वसनीयता की बात ही क्या, विचारकों में एक-दूसरे को दर्शनशास्त्री न मानने की प्रवृत्ति ही अधिक दिखाई देती है। आवश्यक नहीं कि बाद वाले दर्शनशास्त्रियों को पहले वाले दर्शनशास्त्रियों से अधिक विवेकपूर्ण माना जाए। इससे जटिलता और बढ़ जाती है। ऐसे अनेक विचारक हुए हैं और आज भी हैं जो प्राचीन दर्शनशास्त्रियों के कथनों में यथार्थ विवेकशीलता ढूंढ़ने के प्रयास करते हैं। ऐसी प्रवृत्तियों को गंभीरतापूर्वक लेने पर प्रगति की संकल्पना मिथक मात्र बनकर रह जाती है। यदि ऐसा है तो दर्शनशास्त्र के इतिहास का प्रयोजन ही क्या ?

2. दर्शनशास्त्र क्यों

उपर्युक्त बातों को देखते हुए यह प्रश्न उठना स्वाभाविक है कि दर्शनशास्त्र के संबंध में माथापच्ची करने से क्या लाभ ? यदि समग्र रूप से दर्शनशास्त्र का यही चित्र सामने आता है कि इसमें तो असहमतियों एवं विवादों की भरमार है, तो यह तो अराजकता की स्थिति है अथवा ऐसे मनमौजियों का समूह-गान है जिसमें हर कोई दूसरों की चिंता किए बिना अपना ही राग अलाप रहा है। स्पष्ट है कि इससे कहीं अधिक गंभीर एवं सार्थक बातें हैं, जिनकी ओर ध्यान दिया जा सकता है। दर्शनशास्त्र की ओर ध्यान क्यों दिया जाए ?

इस प्रश्न का अधिक संतोषजनक उत्तर पाने के लिए पाठकों को इस शृंखला की अंतिम पुस्तिका की धैर्यपूर्वक प्रतीक्षा करनी पड़ेगी जिसमें समग्र स्थिति के सार-संक्षेप को प्रस्तुत करने का प्रयास किया गया है। हम पाएंगे कि विभिन्न शाखाओं के फूटने के बावजूद एवं असहमतियों के बावजूद समग्र चित्र इतना गड्ड-मड्ड नहीं है। वस्तुतः इतिहास में दर्शनशास्त्र के क्षेत्र में स्पष्टतः दिखाई देनेवाली विचित्रताओं, महान उथल-पुथल एवं तनाव के कालखंडों से जुड़े हुए गतिहीनता, विकार, और प्रतिगमन के बंजर कालखंडों की व्याख्या की जा सकती है। तथापि ऐसा करने के लिए हमें मात्र दार्शनिक विचारों एवं धारणाओं के सीमित क्षेत्र से बाहर जाना पड़ेगा और समाजशास्त्र एवं इससे जुड़े हुए विषयों से संबंधित समस्याओं की पड़ताल करनी पड़ेगी। अन्य शब्दों में, दर्शनशास्त्र के मार्ग को समझने के लिए कोरा दर्शनशास्त्र ही पर्याप्त नहीं है। इस समझ के लिए जो घटक अधिक महत्वपूर्ण हैं वे दार्शनिक विचारों एवं धारणाओं से बाहर की वस्तु हैं। इस प्रकार 'दर्शनशास्त्र के लिए दर्शनशास्त्र' की संकल्पना मान्य नहीं है। दर्शनशास्त्र तभी सार्थक होता है जब उसे उन सामाजिक परिस्थितियों के परिप्रेक्ष्य में देखा जाए जिनमें दर्शनशास्त्री जीता है। इस सत्य को समझने का सबसे अच्छा ढंग यह है कि इसकी कहानी आरंभ से ही कही जाए।

3. धरती पर मानव

"निस्संदेह समस्त मानव इतिहास का प्रथम आधार है जीते-जागते मनुष्यों का अस्तित्व। अतः सर्वप्रथम स्थापित किया जानेवाला तथ्य है इन व्यक्तियों का भौतिक संगठन और इसके परिणामस्वरूप शेष प्रकृति से स्थापित होनेवाला उनका संबंध।"[1]

इस कथन का सत्य इतना स्पष्ट है कि यह घिसी-पिटी उक्ति प्रतीत होने लगता है। तथापि मार्क्स एवं एंगेल्स ने आवश्यक समझा कि अपने दर्शनशास्त्र के प्रथम संपूर्ण वक्तव्य में इसका स्मरण कराया जाए। अन्य दर्शनशास्त्रियों ने इसके परिणामों का परीक्षण करना तो दूर रहा, इसकी ओर ध्यान तक देना आवश्यक नहीं समझा था।

यदि हम कालक्रम में पीछे जाएं तो एक ऐसे बिंदु पर पहुँच जाएंगे जब धरती पर मानव था ही नहीं। प्रतिगमन की यह प्रक्रिया चलती रहे तो एक स्थिति ऐसी मिलेगी जब धरती पर जीवन ही नहीं था और उसके पूर्व तो हमारे इस ग्रह का ही अस्तित्व नहीं था।

वैज्ञानिक शोध की वर्तमान अवस्था में न तो यह आवश्यक है न ही सुसाध्य कि धरती के जन्म और उस पर जीवन के आरंभ के संबंध में सर्वसम्मत विचार प्रस्तुत किया जाए। ऐसे विचारों के संबंध में स्पष्ट जानकारी प्राप्त करने के लिए हमें भविष्य में की जानेवाली वैज्ञानिक शोधों की प्रतीक्षा करनी पड़ेगी। आज जो बात हमें स्पष्ट रूप में ज्ञात है वह है इस धरती पर प्रकट होनेवाले मानव के विकास की कहानी। अपने-आपको विभिन्न वातावरणों एवं वातावरण में होनेवाले विभिन्न परिवर्तनों के अनुकूल बनाने में और इस प्रकार अपना विभेदीकरण करने में प्राणिजगत् को बहुत समय लगा और इस प्रक्रिया में विभिन्न अंशों में सफलता प्राप्त हुई। इस प्रक्रिया ने अंततः मानव को जन्म दिया जो अन्य सभी प्राणियों से श्रेष्ठ है और जिसने अपने-आपको वातावरण के सर्वाधिक अनुकूल बनाया है। यहां तक कि उसमें वातावरण को अपनी आवश्यकताओं के अनुकूल ढालने की क्षमता भी है।

जो बात प्रत्यक्षतः आश्चर्यजनक लगती है वह यह है कि शारीरिक रूप से अन्य प्राणियों की तुलना में निर्बल होते हुए भी मानव ने प्राणिजगत् में यह सर्वोच्चता प्राप्त की है। न तो उसके पास शेर और बाघ जैसा शारीरिक बल है, न ही अनेक अन्य प्राणियों की भांति तीक्ष्ण दांत और नाखून हैं, न तो उसके शरीर पर शीत से बचानेवाली खालों का आवरण है और न ही कछुए की ढाल जैसी खाल का सुरक्षा-कवच। संक्षेप में, मानव निहत्था जन्म लेता है और प्रकृति के खतरों से अरक्षित होता है। यदि अन्य प्राणियों की भांति वह भी केवल शारीरिक क्षमताओं पर ही निर्भर रहता तो जीवन के संघर्ष में वह कभी का समाप्त हो गया होता। किंतु मानव समाप्त नहीं हुआ, बल्कि उसने तो प्राणिजगत् में सर्वोच्चता प्राप्त कर ली। ऐसा कैसे संभव हुआ ?

इसका उत्तर यह है कि प्रत्यक्षतः कई अर्थों में असहाय होते हुए भी विकास की प्रक्रिया में मानव ने कतिपय ऐसे शारीरिक उपस्कर विकसित कर लिए जो अन्य प्राणियों की तुलना में निश्चित रूप से श्रेष्ठ थे। ये उपस्कर अन्य ऐसे उपस्करों के निर्माण के लिए हैं जो शरीर से जुड़े न रहें। इस बात को वी. गॉर्डन चाइल्ड ने बड़े

सुन्दर ढंग से समझाया है। उनके विचार लगभग उन्हीं की शब्दावली में यहां प्रस्तुत हैं।

विस्तृत अर्थ में मानव उत्तरजीवी होने एवं अपनी संख्या बढ़ाने में मुख्य रूप से इस कारण सफल रहा है कि वह अपने जीवन के उपस्करों पर निर्भर रहा। एक अर्थ में अन्य प्राणियों ने भी ऐसा ही किया है। अन्य प्राणियों की तरह वह इन्हीं उपस्करों के माध्यम से व्यवहार करता है और इन्हीं के माध्यम से वह बाह्य जगत के प्रति अपनी प्रतिक्रिया करता है और अपने-आपको इसके खतरों से बचाता है। तकनीकी भाषा में कहें तो वह अपने-आपको वातावरण के अनुकूल बनाता है, यहाँ तक कि वातावरण को अपनी आवश्यकताओं के अनुरूप भी ढाल लेता है। तथापि मानव के उपस्कर अन्य प्राणियों के उपस्करों से पर्याप्त भिन्न होते हैं। अन्य प्राणी अपने सारे उपस्कर शरीर के अंगों के रूप में साथ लिए रहते हैं। खरगोश के पास खोदने के लिए पंजे होते हैं, शेर के पास अपने शिकार को चीरने और फाड़ने के लिए नाखून एवं दांत होते हैं, ऊदबिलाव के पास लकड़ी कुतरने के लिए दांत होते हैं और अधिकांश प्राणियों के पास बालदार आवरण होते हैं जो शीत से उनकी रक्षा करते हैं। कछुआ तो गोया अपने घर को ही पीठ पर लादे रहता है।

मानव के पास इस प्रकार के उपस्कर बहुत कम हैं और आरंभ में जो थे भी उनको वह प्रागैतिहासिक युग में ही त्याग चुका था। इसका स्थान ले लिया है औजारों ने, उन शरीरेतर साधनों ने जिनका वह निर्माण करता है, उपयोग करता है और इच्छानुसार त्याग कर सकता है। खोदने के लिए वह कुदाल एवं फावड़े बनाता है, शिकार करने एवं शत्रुओं को मारने के लिए अस्त्र-शस्त्र बनाता है, लकड़ी काटने के लिए बसूले और कुल्हाड़ियां बनाता है, शीत से बचने के लिए कपड़े बनाता है और रहने के लिए लकड़ी, ईंट और पत्थर के घर बनाता है। "भारी जबड़ोंवाले कुछ आदि-मानव के पास निस्संदेह बाहर निकले हुए रदनक होते थे जो खतरनाक शस्त्रों का कार्य कर सकते थे। किंतु आधुनिक मानव में ये लुप्त हो चुके हैं और उसके दांतों से घातक घाव नहीं हो सकते।"

निस्संदेह अन्य प्राणियों की भांति, मानव के उपस्करों का भी एक शारीरिक एवं शरीर-क्रियात्मक आधार है। इसे दो शब्दों में व्यक्त किया जा सकता है—हाथ और सर या अधिक सटीक शब्दों में कहें तो बुद्धि और कौशल। "शरीर ढोने के बोझ से मुक्त होने पर हमारे आगे के पैर ऐसे सूक्ष्म उपकरणों के रूप में विकसित हुए जिनमें अनेक प्रकार की सूक्ष्म एवं सटीक अंग-लीलाएं करने की अद्भुत क्षमता है। इन अंग-लीलाओं को नियंत्रित करने के लिए और उन्हें आँख एवं अन्य ज्ञानेंद्रियों द्वारा गृहीत बाह्य जगत के प्रभावों से जोड़ने के लिए हमें एक विलक्षण रूप से जटिल नाड़ीतंत्र और असाधारण रूप से बड़े एवं जटिल मस्तिष्क मिले हैं।" इन्हीं हाथों और

सर से ही मनुष्य अपने शरीरेतर उपस्कर बनाता है।

मानव के शरीरेतर उपस्कर वियोज्य हैं जिसके स्पष्ट लाभ हैं। ये अन्य प्राणियों के उपस्करों की तुलना में अधिक सुविधाजनक हैं। प्राणियों के उपस्कर उन्हें किसी विशिष्ट पर्यावरण की विशेष परिस्थितियों में रहने योग्य बनाते हैं। अपने गर्म आवरण के कारण पहाड़ी खरगोश हिमाच्छादित पहाड़ों में बड़े सुख से सुरक्षापूर्वक शीतकाल बिता देता है पर अपेक्षाकृत गरम घाटियों में यह उसके लिए प्राणघातक नहीं तो अत्यंत असुविधाजनक अवश्य होता है। गर्म जलवायु वाले स्थान में जाने पर मानव सरलतापूर्वक अपने गर्म वस्त्रों को उतारकर नई जलवायु के लिए उपयुक्त वस्त्र धारण कर सकता है। खरगोश के पंजे खोदने के अच्छे औजार हैं किंतु शस्त्र के रूप में बिल्ली या कुत्ते के पंजों से उनका कोई मुकाबला नहीं जिनका वह आसानी से शिकार हो जाता है। आदमी औजार एवं अस्त्र-शस्त्र, दोनों ही बना सकता है। "संक्षेप में, पशु का आनुवंशिक उपस्कर किसी विशिष्ट पर्यावरण में सीमित कार्यकलापों के लिए ही अनुकूल होता है। मानव के शरीरेतर उपस्करों को लगभग किसी भी पर्यावरण में अनगिनत कार्यकलापों के लिए समायोजित किया जा सकता है; ध्यान दें– 'किया जा सकता' है, 'होता है' नहीं।"[2]

4. हाथ, सर और वाणी

'हाथ' और 'सर' दो ऐसे शब्द हैं जो मानव के उन विशिष्ट शारीरिक उपस्करों को दर्शाते हैं जिनके द्वारा वह अपने कद-बुत में शरीरेतर साधनों की वृद्धि कर सकता है। यहाँ इन शब्दों की कुछ व्याख्या अपेक्षित है। प्राणिजगत् में मानव के निकटतम पूर्वजों अर्थात् नरवानरों का मस्तिष्क अपेक्षाकृत बड़े आकार का होता था जो "अन्य अंगों में विशेष क्षमता के अभाव में संभव हुआ ··· वे इस प्रकार इस कारण विकसित हुए कि वे पेड़ों पर रहते थे जहाँ उन्हें तैयार भोजन उपलब्ध था और शत्रुओं से सुरक्षा भी।"[3] शायद किसी प्राकृतिक आपदा के कारण बहुत बड़े क्षेत्र में जंगल नष्ट हो गए और मानव के निकटतम पूर्वजों की यह प्राकृतिक सुरक्षा छिन गई। उन्हें धरती पर उतरना पड़ा, क्रमशः उन्होंने सीधे खड़ा होना सीख लिया। सीधे खड़े होने की भंगिमा के कारण उनके हाथ अब स्वतंत्र हो गए तथा पहले से ही अपेक्षाकृत अधिक विकसित मस्तिष्क से मार्गदर्शन पाकर उसके हाथों ने नई संभावनाएं अर्जित कर लीं। "शरीर का संपूर्ण बोझ पैरों पर डाल देने से उसके पैरों की अंगुलियों की पकड़ने की शक्ति तो जाती रही किंतु हाथों के स्वतंत्र होने से उसके हाथों की अंगुलियों को

अत्यंत सूक्ष्म अंगचालन की क्षमता प्राप्त हो गई। यह क्रमिक प्रक्रिया थी। इस नई भंगिमा का पहला परिणाम तो यह हुआ कि उसके जबड़ों का दायित्व कम हो गया क्योंकि भोजन एवं अन्य वस्तुओं को तोड़ने एवं चीरने का कार्य अब दाँतों के स्थान पर हाथ करने लगे। परिणामस्वरूप जबड़ों का आकार छोटा होता गया जिससे मस्तिष्क को अधिक विकसित होने का अवसर मिला। जैसे-जैसे मस्तिष्क अधिक विकसित होता गया वैसे-वैसे हाथों पर उसका नियंत्रण दृढ़ होता गया।

"हाथों और मस्तिष्क के इस समांतर विकास में ही मानव की दो मुख्य विशेषताओं के शरीर-क्रिया वैज्ञानिक मूल को खोजा जाना चाहिए। ये हैं—औजारों का प्रयोग और वाणी का प्रयोग। नर-वानर प्राकृतिक वस्तुओं का इस्तेमाल कर सकते थे, यहाँ तक कि अस्त्रों के रूप में उनका प्रयोग भी कर सकते थे किंतु उन वस्तुओं से औजार बनाना तो मानव ने ही सीखा। औजार बनाने के लिए हस्त-कौशल के साथ बुद्धिमत्ता की भी आवश्यकता होती है अथवा यह कहना चाहिए कि, जैसाकि हम आगे चलकर देखेंगे, एक नई प्रकार की बुद्धिमत्ता की आवश्यकता होती है जो वाणी से अविभाज्य है। हाथ के गतिशील अंगों एवं वाणी के अंगों का नियंत्रण मस्तिष्क के दो समीपस्थ क्षेत्रों द्वारा होता है। इस कारण सामान्यतः वह बात देखने में आती है जिसे एक क्षेत्र से दूसरे क्षेत्र में 'प्रसार' कहते हैं। लिखना सिखाते समय बच्चों की जिह्वा भी गतिशील रहती है, यहाँ तक कि वे लिखते समय शब्दों का जोर से उच्चारण करते जाते हैं, हाथ की गतिशीलता के नियंत्रण के लिए आवश्यक केंद्रीभूत प्रयास के कारण ऐसा होता है। इसी प्रकार बात करते समय बच्चे बड़ों की अपेक्षा अधिक अंगचालन करते हैं। ये आदिम लक्षण हैं। जंगली लोगों में अत्यधिक एवं विस्तृत अंगचालन की प्रवृत्ति पाई जाती है। कुछ भाषाओं में तो अंगचालन वाणी से इतने गहरे रूप से जुड़ा होता है कि बिना उचित अंगचालन के मात्र शब्दों से उनके अर्थ का पूर्ण संप्रेषण नहीं किया जा सकता। यदि हम अपने-आपको बात करते हुए देखें तो समझ सकेंगे कि 'प्रसार' कभी पूर्णतः लुप्त नहीं होता।"[4]

5. वाणी : भाषा और चेतना

निस्संदेह वाक्-क्षमता के पीछे कतिपय शुद्ध शरीर-क्रिया-वैज्ञानिक अंगों का विकास निहित रहता है जिन्हें हम वागवयव कहते हैं, विशेष रूप से कंठ इत्यादि। उदाहरण के लिए अधिकांश बेपूँछ वानर एवं बंदरों के वागवयव इतने अच्छे होते हैं कि वे बोल सकें। किंतु वे बोल नहीं सकते। इसके स्थान पर वे भिन्न-भिन्न प्रकार की आवाजें

निकालते हैं और ये आवाजें मूल क्रोध, भय, प्रणय-पुकार इत्यादि संवेगों की अभिव्यक्तियाँ मात्र होती हैं। इसमें कोई संदेह नहीं कि ये आवाजें वानर झुंडों के लिए संकेत का कार्य करती हैं और इस संकेत को सुनकर वानर झुंड आत्मरक्षा के उपाय करते हैं। निस्संदेह मानव में भी अनेक प्रकार की ध्वनियों को उत्पन्न करने की क्षमता होती है और वे भी यही कार्य करती हैं। किंतु मानव-कृत ध्वनियों का ध्येय कहीं व्यापक होता है। ये ध्वनियां शब्दयुक्त भाषा का निर्माण करती हैं और शब्द क्रियाकलापों एवं वस्तुओं के उन विचारों का वहन करते हैं जो पारंपरिक रूप से उन क्रियाकलापों या वस्तुओं से जुड़े होते हैं।

इसमें संदेह नहीं कि विचारों के रूप में शब्द मस्तिष्क की उपज होते हैं। किंतु किसी शब्द से किसी विचार को जोड़ने अथवा किसी शब्द को किसी विचार का वाहक बनाने की परंपरा उस विशिष्ट समूह पर निर्भर करती है जिसे समाज कहते हैं। यही कारण है कि एक भाषा अथवा शब्द-समूह जो एक समाज में अर्थपूर्ण होता है, दूसरे समाज के लिए दुर्बोध होता है। इससे यह भी स्पष्ट होता है कि क्यों किसी शब्द-रूपी ध्वनि का किसी विशिष्ट सामाजिक संदर्भ में एक अर्थ होता है तो किसी अन्य में दूसरा। दूसरे शब्दों में, जब किसी ध्वनि को किसी विचार-विशेष के वाहक के रूप में प्रयुक्त किया जाता है तो इस संबंध में उस समाज के सभी सदस्यों की मौन सम्मति निहित रहती है। सहयोग की बढ़ती हुई आवश्यकता के साथ परंपरा विकसित होती रहती है। इस बीच इस सहयोग के सहारे मानव अपनी बुद्धि एवं कौशल के उत्पादों को परिष्कृत करता चलता है—जिस संसार में वह रहता है उसकी चेतना, साथ ही उन साधनों का भी परिष्कार जिनके द्वारा वह प्रकृति को क्रमशः इस बात के लिए बाध्य करता है कि वह उसे उसकी इच्छित वस्तुएं प्रदान करे। परिणामस्वरूप प्रकृति के साथ प्राणिजगत् के संबंध में गुणात्मक परिवर्तन होता है।

एंगेल्स के शब्दों में : "संक्षेप में, पशु बाह्य प्रकृति का केवल प्रयोग करता है और इसमें वह केवल अपनी उपस्थिति के द्वारा ही परिवर्तन कर सकता है। मानव प्रकृति में इस प्रकार परिवर्तन करता है कि वह उसके लक्ष्यों की पूर्ति करे; वह प्रकृति पर अपना स्वामित्व स्थापित कर लेता है।"[5]

6. दर्शन से पूर्व

अब तक हमने मानव इतिहास के प्रथम आधार की रूपरेखा चित्रित करने का प्रयास किया है। यह आधार है मानव का कायिक संगठन एवं शेष प्रकृति से उसका संबंध।

किंतु अभी हम अपने मुख्य विवेच्य विषय अर्थात् दर्शनशास्त्र से बहुत दूर हैं। यह दूरी सहज ही समझी जा सकती है, क्योंकि मानव के उदय एवं प्रारंभिकतम विचारकों के बीच समय का इतना बड़ा अंतराल है कि उसकी कल्पना सहज नहीं है। एक मोटे अनुमान के अनुसार धरती पर मानव का उदय लगभग दस लाख वर्ष पूर्व हुआ माना जाता है जबकि प्रारंभिक दर्शनशास्त्रियों के दर्शनशास्त्र ई. पू. सातवीं या छठी सदी में ही होते हैं।

इस बीच की अवधि में क्या हुआ और कैसे मानवों का एक समूह, शायद एक अत्यंत छोटा समूह दर्शनशास्त्र की ओर प्रवृत्त हुआ ? शोध की वर्तमान अवस्था में इसकी संपूर्ण कहानी की पुनर्रचना की आशा करना निस्संदेह असामयिक होगा। तथापि मानवशास्त्र की सहायता से पुरातत्व विज्ञान ने हमें कतिपय ऐसे अत्यंत कामचलाऊ विचार प्रदान किए हैं जिनके आधार पर हम दर्शनशास्त्र के उदय के बारे में कुछ सीमा तक विश्वसनीय अनुमान लगा सकते हैं।

अज्ञात खतरों एवं भय से भरे हुए संसार में स्थित मानव अन्य मानवों के साथ अपने संबंधों को सुदृढ़ करके ही सुरक्षित रह सकता था और साथ ही अपने शरीरेतर साधनों में सुधार भी कर सकता था। इन दोनों को अर्थात् सुरक्षा एवं साधनों में सुधार को भिन्न न समझकर एक ही प्रक्रिया के दो घनिष्ठ पक्ष समझना चाहिए। दो स्वतंत्र हाथों एवं परिष्कृत मस्तिष्क के साथ मानव ने औजारों का निर्माण आरंभ किया। आरंभ में ये औजार किसी पेड़ की टूटी हुई टहनी अथवा छीले हुए पत्थर के रूप में ही थे। तथापि इन अपरिष्कृत औजारों की सहायता से मानव बड़ी सीमा तक जंगली पशुओं के आक्रमण से अपनी रक्षा तो कर ही सकता था; साथ ही खोदकर अथवा शिकार द्वारा अपने लिए भोजन भी जुटा लेता था जो कि कहीं अधिक महत्वपूर्ण था। तथापि इन कार्यों के लिए संपूर्ण समूह अथवा उस समाज का सहचारी प्रयास अधिक कारगर सिद्ध होता होगा और संप्रेषणीय ध्वनियों अर्थात् वाणी पर अधिकार होने के कारण ही संभव हुआ होगा। वाणी के माध्यम से ही आगे भी एक पीढ़ी अपने अनुभव एवं तकनीक दूसरी पीढ़ी को देती रही होगी ताकि नई पीढ़ी को नए सिरे से सबकुछ आरंभ न करना पड़े। कल्पना की जा सकती है कि संचार की इस प्रक्रिया में कोई नई बात, भले ही वह कितनी ही अलक्ष्य रूप से धीमी क्यों न हो, प्रविष्ट होती रही होगी और आगे आनेवाली पीढ़ियों के अनुभव में सम्मिलित होती रही होगी। इस संचार एवं संचरित अनुभव की वास्तविक प्रयुक्ति की अवधि में धीमी, अलक्ष्य रूप से धीमी गति से औजारों के निर्माण में नई बातें होती रही होंगी। अन्यथा औजारों के क्रमशः सुधरे रूपों की, हजारों साल की अवधि में परिष्कृत अथवा नए ही रूपों में दिखाई देने वाले औजारों की क्या व्याख्या हो सकती है ! पुरातत्ववेत्ता उत्खनन करके प्राचीन मानवों के औजारों को निकालते हैं और उनके

क्रमिक परिष्कार के अनुरूप उनका वर्गीकरण करते हैं।

7. भोजन-संग्रह से भोजन-उत्पादन की ओर

इस प्रकार पुरातत्ववेत्ता आरंभिक मानव की कहानी उसके औजारों के विकास अथवा उन औजारों के निर्माण में प्रयुक्त सामग्री के आधार पर कहते हैं। हमें पाषाण युग, कांस्य युग आदि के संबंध में बताया जाता है। पाषाण युग के विकास की भी अनेक उत्तरवर्ती अवस्थाएं रही हैं जिनमें हम यहां मुख्यतः दो अवस्थाओं—प्राचीन पाषाण युग और नव पाषाण युग—का उल्लेख करेंगे। पहली अवस्था से दूसरी अवस्था में संक्रमण के क्रांतिकारी परिणाम हुए जिनसे अंततः हमारा मुख्य विषय अर्थात् दर्शनशास्त्र भी अछूता नहीं रहा।

तथापि, तात्कालिक रूप से जिस ओर ध्यान अपेक्षित है वह अन्य ही बात है। इसमें संदेह नहीं कि औजार तकनीकी कौशल के साथ ही चिंतन की क्षमता के भी सूचकांक हैं। किंतु वे इससे अधिक कुछ अन्य भी सूचित करते हैं। "वे यह भी दर्शाते हैं ··· कि उनके निर्माता किस प्रकार जीविका अर्जित करते थे, उनकी अर्थव्यवस्था क्या थी ··· इस दृष्टि से देखने पर प्राचीन पुरातत्वीय विभाजन नई अर्थवत्ता ग्रहण कर लेते हैं। पुरातत्ववेत्ताओं द्वारा किया गया युग-विभाजन मोटे तौर पर आर्थिक अवस्थाओं के अनुरूप है। प्रत्येक नए युग का आरंभ किसी आर्थिक क्रांति द्वारा होता है जो उसी प्रकार की और वैसी ही प्रभावशाली होती है जैसी कि अठारहवीं सदी की 'औद्योगिक क्रांति' थी।"[6]

फिर आर्थिक क्रांति समाज के पुनर्गठन की अवस्थाएँ उत्पन्न करती है और फिर यह मानव एवं प्रकृति के प्रति दृष्टिकोण को कहीं गहरे प्रभावित करती है जो सामान्यतः दर्शनशास्त्र का सर्वाधिक महत्वपूर्ण विषय माना जाता है। किंतु इसका तात्पर्य यह नहीं है कि पाषाण युग के मानव दर्शनशास्त्री हो गए थे। संभव है कि वे किसी प्रकार के विचारक रहे हों और निश्चय ही वे थे। किंतु किसी भी प्रकार का और सब प्रकार का चिंतन दर्शनशास्त्र नहीं होता। दर्शनशास्त्र का एक विशिष्ट प्रकार है जो मानव-इतिहास में बहुत बाद की अवस्था में दिखाई देता है। फिर भी यहां पाषाण युग के संबंध में कुछ कहना उचित होगा। इस अवस्था में कुछ ऐसा घटित हुआ जिसके बिना मानव दर्शनशास्त्र की ओर नहीं जा सकता था और गया भी नहीं। वह घटना क्या थी ?

प्राचीन पाषाण युग में मानव उदर-पोषण के लिए पूर्णतः शिकार, मछली पकड़ने,

फल एवं कंदमूल एकत्र करने इत्यादि पर ही निर्भर था। यह अवस्था आर्थिक दृष्टि से भोजन-संग्रह की अवस्था कही जाती है। इसका अर्थ यह है कि जो कुछ प्रकृति में उपलब्ध था उसी पर मानव जीवित रहता था। किंतु वह प्रकृति को इस बात के लिए बाध्य नहीं कर सकता था कि वह उसे अपनी आवश्यकता के अनुरूप कुछ अधिक, मुख्यतः भोजन, दे। संक्षेप में, वे अभी भोजन-उत्पादक अर्थव्यवस्था तक नहीं पहुंचे थे जिसकी दो प्रमुख विशेषताएं हैं—कृषि एवं पशुपालन। कृषि द्वारा उत्पादित खाद्यान्न की मात्रा धरती पर अपने-आप उत्पन्न होनेवाले अन्न से कहीं अधिक थी। पशुओं का केवल शिकार करने की अपेक्षा उन्हें पालतू बनाकर और उनके प्रजनन द्वारा उसे कहीं अधिक मात्रा में दूध एवं मांस मिलता था। क्रमशः मानव भोजन-संग्राहक की अवस्था से भोजन-उत्पादक की अवस्था की ओर अग्रसर हुआ। इसके लिए औजारों में सुधार आवश्यक था अर्थात् पुरातत्व की शब्दावली में कहें तो प्राचीन पाषाण युग से नव पाषाण युग की ओर अग्रसर होना आवश्यक था।

प्राचीन पाषाण युग से नव पाषाण युग में संक्रमण एक गहन क्रांति का सूचक था। यह बाह्य प्रकृति के प्रति मानव के दृष्टिकोण में मूलभूत परिवर्तन का परिचायक था। पहले उसे जो कुछ मिलता था उसी से उसे संतोष करना पड़ता था, यद्यपि "उसने अपने प्राप्त करने के तरीकों में बहुत सुधार कर लिया था और जो कुछ वह प्राप्त करता था उसमें भी भेद करना सीख गया था।" नए युग के आरंभ के साथ ही "मानव ने प्रकृति को नियंत्रित करना आरंभ कर दिया या प्रकृति के साथ सहयोग करके उसे नियंत्रित करने में सफल हुआ।"[7]

इसके परिणामस्वरूप मानव का आर्थिक जीवन मूलतः बदल गया। कृषि एवं पशुपालन द्वारा अब इतनी अधिक मात्रा में भोजन प्राप्त किया जा सकता था जितना पहले संभव नहीं था। हमें देखना यह है कि किस प्रकार इस सबने सामाजिक गठन में मूलभूत रूपांतरण की वे परिस्थितियां उत्पन्न कीं जिन्होंने फिर अंततः उन परिस्थितियों को उत्पन्न किया जिनमें चिंतन की एकदम नई पद्धति संभव हुई और मानव को चिंतन की नई सीमाओं पर ला खड़ा किया।

जब तक औजार अल्पविकसित अवस्था में रहे, मानव को जीविका के अल्पतम स्तर पर रखने के लिए भी पूरे समुदाय के अधिकतम प्रयास की आवश्यकता पड़ती थी। अन्य शब्दों में, सामाजिक जीवन अनिवार्यतः सामूहिक था। समुदाय के भीतर भी पूर्ण समता थी। भोजन-संग्रह और विशेषतः शिकार सामूहिक प्रयास होते रहे होंगे जिसमें समुदाय के प्रत्येक सदस्य का भाग रहता था। ऐसी सामाजिक व्यवस्था को आदिम साम्यवाद कहा गया है। यह समता की एक व्यवस्था थी, भले ही वह समान दरिद्रता की व्यवस्था क्यों न रही हो।

8. अतिरिक्त उत्पादन

नव पाषाण युग में संक्रमण के साथ जब मानव स्पष्टतः *भोजन-संग्रह* के स्थान पर भोजन का उत्पादन करने लगा तो उसके अस्तित्व का आर्थिक आधार भी स्वाभाविक रूप से बदल गया। यह रूपांतरण धीमा था और अपनी आरंभिक अवस्था में शायद इससे मानव को अपेक्षाकृत अधिक सुखकर अस्तित्व से अधिक कुछ नहीं मिला। किंतु क्रमशः यह प्रक्रिया जोर पकड़ती गई और ऐसी अवस्था तक पहुंची जहां गुणात्मक परिवर्तन लक्षित होने लगा। इस अवस्था का लक्षण था अतिरिक्त उत्पादन। मानव-श्रम में जीवन-धारण के लिए अनिवार्य सामग्री से अधिक उत्पन्न करने की क्षमता आई। इसके बड़े महत्वपूर्ण परिणाम हुए।

आरंभ में प्रत्येक समूह के अतिरिक्त उत्पादन की मात्रा अत्यल्प रही होगी और उपयोग के बाद बच रहनेवाली सामग्री को आड़े वक्त के लिए संभालकर रख दिया जाता होगा ताकि वह सूखे जैसी प्राकृतिक आपदाओं के समय काम आ सके। उत्पादन की तकनीक में विकास के साथ ही अतिरिक्त उत्पादन की मात्रा में भी वृद्धि हुई। इसका एक तत्काल परिणाम प्रौद्योगिक और परिणामतः आर्थिक विस्तार था। पहले ऐसी स्थितियां उत्पन्न हुईं जिनसे किसी विशेष प्रकार के पूर्णकालिक विशेषज्ञ कारीगर अग्रपंक्ति में आ खड़े हुए। उन्हें प्रत्यक्ष भोजन-उत्पादन के दायित्व से मुक्त किया जा सकता था क्योंकि समुदाय के अतिरिक्त उत्पादन से उनकी आवश्यकताओं की पूर्ति की जा सकती थी। शिल्प में पूर्णकालिक विशेषज्ञता से वस्तुओं की गुणवत्ता में सुधार होना स्वाभाविक था। साथ ही शिल्प की नई-नई शाखाएं भी विकसित हुईं। हमारे पास इन सब बातों के विस्तार में जाने का अवकाश नहीं है। हम केवल गॉर्डन चाइल्ड की संक्षिप्त किंतु विचारोत्तेजक रचना 'मैन मेक्स हिमसेल्फ' का उल्लेख कर सकते हैं जिनमें नव पाषाणी क्रांति के अत्यंत महत्वपूर्ण परिणामों का विवेचन किया गया है।

9. वर्ग-विभाजन का आरंभ

आरंभ में ये पूर्णकालिक विशेषज्ञ घुमंतू शिल्पी होते थे जो एक समुदाय से दूसरे समुदाय में जाते रहते थे। अब वे ग्रामों में बस गए। वे ग्रामवासियों की आवश्यकताओं के अनुरूप वस्तुएं बनाते थे और बदले में ग्रामवासी अपने अतिरिक्त

उत्पादन द्वारा उनके भरण-पोषण की व्यवस्था करते थे। धीरे-धीरे उनके कार्य के बेहतर संगठन की आवश्यकता अनुभव की गई होगी। इससे विशेषज्ञों का एक नया समूह उत्पन्न हुआ--उत्पादन के संयोजकों का समूह। मानव-समाज अब एक नए विभाजन का साक्षी बना--प्रत्यक्ष उत्पादकों एवं उत्पादन के संयोजकों के बीच विभाजन।

यह सोचना कदाचित् भ्रमपूर्ण होगा कि उत्पादन के संयोजक आरंभ से ही परजीवी प्रकृति के थे। साथ ही जैसे-जैसे नव पाषाण काल की अर्थव्यवस्था में विविधता बढ़ती गई वैसे-वैसे इस वर्ग का कार्यभार बढ़ता गया। फिर वे सीधे उत्पादन की गतिविधि से अधिकाधिक कटते चले गए होंगे और अनेक समुदायों के अल्प अतिरिक्त उत्पादनों से उनकी आवश्यकताओं की पूर्ति हो जाती होगी। यह कामगार वर्ग और श्रम एवं प्रत्यक्ष उत्पादन के पर्यवेक्षक एवं निर्देशक वर्ग के रूप में समाज के विभाजन की पूर्वपीठिका थी।

यह कल्पना सहज ही की जा सकती है कि समुदाय को उत्पादक गतिविधियों में बृहत्तर अधिकार रखने के कारण संयोजकों के वर्ग ने अतिरिक्त उत्पादन में अपने लिए बड़े हिस्से का दावा किया होगा जिसने प्रत्यक्ष उत्पादकों को निर्धन बनाया होगा।

इसके परिणामस्वरूप एक वर्गों में स्पष्टतः विभाजित समाज का चित्र सामने आता है। ऐसे विभाजित समाज के निर्माण संबंधी विस्तृत विवेचना एक स्वतंत्र शोध का विषय हो सकती है। किंतु इस सामान्य स्थिति के संबंध में कोई संदेह नहीं है जिसमें वर्ग-व्यवस्था-पूर्व आदिम समाज ने अंततः कामगार वर्ग एवं परजीवी किंतु विशेषाधिकार संपन्न शासक वर्ग को जन्म दिया होगा। यहां हम इस संक्रमण के संबंध में निश्चित रूप से ज्ञात कुछ बातों की चर्चा करेंगे।

10. नगरीय क्रांति

भोजन-संग्राहक अर्थव्यवस्था से भोजन-उत्पादक अर्थव्यवस्था में संक्रमण एक क्रांतिकारी संक्रमण था। फिर भी तब तक समाज ने शहरी जीवन नहीं देखा था। इसके लिए एक अन्य क्रांति की आवश्यकता थी जिसमें नव पाषाण युग के औजारों के स्थान पर औजारों के निर्माण में तांबे, यहां तक कि कांसे का भी प्रयोग किया जाता।

इस दूसरी क्रांति को गार्डन चाइल्ड 'नगरीय क्रांति' कहते हैं।[8]

यह नगरीय अथवा 'अर्बन' शब्द 'अर्ब' अथवा नगर से लिया गया है और क्रांति

से वही तात्पर्य है जो आधुनिक यूरोप में होनेवाली औद्योगिक क्रांति से है। इस क्रांति के तीन प्रमुख क्षेत्र—मिस्र, मेसोपोटामिया और सिंधु घाटी थे।

हमारी वर्तमान विवेचना के लिए सर्वाधिक महत्व की बात यह है कि पूर्णकालिक विशेषज्ञ शिल्पियों को आरंभिक नगरों के केंद्रों में लाकर बसाने की आवश्यकता अनुभव की गई। उन्हें अब घुमंतू शिल्पी नहीं रहना था। स्पष्ट है कि इसके लिए उन्हें कच्चा माल उपलब्ध कराना, उनका भरण-पोषण करना एवं उन्हें सुरक्षा प्रदान करना आवश्यक था। इस प्रकार नगरों के निर्माण की अनिवार्य शर्त थी आस-पास के क्षेत्रों के प्रत्यक्ष उत्पादकों के अतिरिक्त उत्पादन को आरंभिक एवं विकासशील नगर केंद्रों तक ले आना। अतः सबसे महत्त्वपूर्ण प्रश्न है : यह कैसे संभव होता ?

इसके केवल तीन संभव उपाय थे—सीधी लूट, वस्तु-विनिमय और किसी विचारधारात्मक उपाय का प्रयोग। इनमें से पहले दो तो अधिक उपयोगी नहीं हो सकते थे क्योंकि इनके लिए आस-पास के उत्पादकों के पास पर्याप्त मात्रा में अतिरिक्त उत्पादन का होना आवश्यक था। लूट के लिए सैनिकों को रखना एवं उनके भरण-पोषण का भार उठाना आवश्यक था जो पहले से एकत्र अतिरिक्त उत्पादन से ही किया जा सकता था। वस्तु-विनिमय के लिए विशेषीकृत नगरीय उत्पादनों का होना आवश्यक होता जिनके विनिमय में आस-पास के गांवों के अतिरिक्त उत्पादन को लिया जा सकता, अर्थात् विशेष शिल्पी पहले से नवोदित केंद्रों में बसे होते और उनका भरण-पोषण पहले से भंडारित अतिरिक्त उत्पादन द्वारा किया जाता। अतः हमारे पास केवल तीसरा विकल्प रह जाता है—विचारधारात्मक उपायों का। आस-पास के सीधे उत्पादकों के अतिरिक्त उत्पादन को आरंभिक नगरकेंद्रों तक पहुंचाने का यही सबसे सरल एवं सुसाध्य विकल्प है।

किंतु इसमें प्रयुक्त विचारधारात्मक उपाय की ठीक प्रकृति क्या हो सकती थी ? इसके लिए लोगों के मन में यह विश्वास बिठाया गया कि नगर देवी-देवताओं के हैं और यदि अतिरिक्त उत्पादन का कुछ भाग उन्हें नहीं दिया गया तो वे कुपित होकर महामारी या सूखा भेज सकते हैं। एक बार जब लोगों के मन में ऐसी धारणा घर कर गई होगी तो वे स्वयं ही अपना अतिरिक्त उत्पादन ले जाकर नगर के भंडारों को भर देते रहे होंगे।

आज हमें इन नगरों के अधिष्ठाता देवी-देवता काल्पनिक लग सकते हैं। किंतु उनके सांसारिक प्रतिनिधि अर्थात् पुरोहित कदापि काल्पनिक नहीं थे। केवल पुरोहित ही देवी-देवताओं को प्रसन्न करने के उपाय जानते थे। पुरोहितों का देवी-देवताओं से सीधा संपर्क माना जाता था। इस प्रकार समाज के अतिरिक्त उत्पादन के प्रवहण का अर्थ था पुरोहितों एवं उनकी संस्थाओं के हाथों में संपत्ति का एकत्रित होना। मिस्र एवं मेसोपोटामिया में इस बात के प्रत्यक्ष प्रमाण मिलते हैं। प्राचीन सिंधु घाटी सभ्यता

के संबंध में भी यही मान्यता है। तथापि सिंधु लिपि को अभी तक पढ़ा नहीं जा सका है और इसलिए सिंधु घाटी में होनेवाली नगरीय क्रांति के संबंध में विवाद की संभावना बनी हुई है। किंतु जो तर्क स्पष्टतः ज्ञात है उसे अब तक अज्ञात के आधार पर नकारा नहीं जा सकता, इस आधार पर यह कहा जा सकता है कि सिंधु घाटी सभ्यता में भी शहरों के निर्माण में विचारधारात्मक घटक अनिवार्यतः उपस्थित रहा होगा। धर्म की चर्चा करते समय हम पुनः इस विषय को उठाएंगे। तब तक कुछ अन्य बातों का स्पष्टीकरण कर लेना उचित होगा।

11. पुरातत्व एवं मानवशास्त्र

पुरातत्व हमें उत्खनन में प्राप्त अवशेषों के आधार पर नष्ट हो चुके समाजों का ज्ञान देता है। तथापि तथ्य यह है कि पृथ्वी पर सभी समुदायों की प्रगति की गति एकसमान नहीं रही है। फलतः आधुनिक विश्व में भी ऐसे देश या समुदाय देखने में आते हैं जिनकी प्रौद्योगिकी और इसी कारण उनका सामाजिक-आर्थिक विकास आदिम स्तरों तक ही रह गया है अर्थात् उन स्तरों पर जिन्हें हमारे पूर्वज युगों पहले लांघ चुके थे। मानवशास्त्र विज्ञान की वह शाखा है जो विशेष रूप से इन समाजों का अध्ययन करती है और यह हमें इन अवस्थाओं में रहनेवाले मानवों के संबंध में प्रत्यक्ष ज्ञान देता है। इस प्रकार पुरातत्व हजारों वर्ष पूर्व के लोगों की संस्थाओं एवं विचारों के संबंध में प्रत्यक्ष सूचना नहीं देता मगर वहीं मानवशास्त्र कुछ सीमा तक इस कमी को पूरा कर देता है। इस विज्ञान की आधारभूत मान्यता यह है कि प्रौद्योगिक विकास के किसी विशिष्ट स्तर पर रहनेवाले लोगों की संस्थाएं एवं विचार संभवतः एक-से होते हैं।

अतः मानव के सुदूर पूर्वजों का अधिक स्पष्ट चित्र प्राप्त करने के लिए पुरातत्व एवं मानवशास्त्र द्वारा प्रेषित दो भिन्न प्रकार के तथ्यों को सावधानीपूर्वक एकत्र करने की आवश्यकता है। इस प्रकार, जैसाकि हमने देखा, भोजन-संग्राहक अवस्था की सामाजिक संस्थाओं के संबंध में कहा जा सकता है कि उस समय आदिम साम्यवाद था जिसमें संपूर्ण समुदाय को अपने भरण-पोषण के लिए सामूहिक रूप से श्रम करना पड़ता था। इस बात की पुष्टि ऐसे समुदायों के यथार्थ पर्यवेक्षण द्वारा की गई है जो आज भी वैसी ही अवस्था में रह रहे हैं। प्राचीन मानवों के विचार एवं विश्वास भी इन्हीं लोगों के विचार एवं विश्वासों जैसे रहे होंगे। तो इन विचारों एवं विश्वासों की प्रकृति क्या रही होगी ?

जैसाकि हमने देखा, मानव-जाति की उत्तरजीविता एवं प्राणिजगत् में उसका सर्वोच्चता प्राप्त करना उसके शरीरेतर साधनों के विकास पर निर्भर रहा। ध्यान देने योग्य है कि ये साधन मात्र भौतिक नहीं रहे। इनमें आध्यात्मिक साधन भी सम्मिलित हैं। जैसाकि गॉर्डन चाइल्ड बड़े स्पष्ट रूप में समझाते हैं :

"किसी भी मानव-समाज के पर्यावरण में विचार भी व्यवहार में उतने ही प्रभावी तत्व होते हैं जितने कि पर्वत, वृक्ष, पशु, मौसम और शेष बाह्य प्रकृति। अर्थात् समाज इस प्रकार आचरण करते हैं जैसे भौतिक पर्यावरण के साथ ही वे आध्यात्मिक पर्यावरण से भी प्रतिक्रिया कर रहे हों। वे ऐसा व्यवहार करते हैं मानो उन्हें इस आध्यात्मिक पर्यावरण का सामना करने के लिए ठीक उसी प्रकार आध्यात्मिक साधनों की आवश्यकता है जिस प्रकार औजारों के रूप में भौतिक साधनों की।

"ये आध्यात्मिक साधन उन विचारों तक ही सीमित नहीं हैं जिन्हें बाह्य प्रकृति को सफलतापूर्वक नियंत्रित और रूपांतरित करनेवाले औजारों में परिवर्तित किया जा सकता है और किया गया है, न ही उस भाषा तक सीमित हैं जो विचारों का माध्यम होती है। इसमें वह भी सम्मिलित होता है जिसे प्रायः समाज की विचारधारा कहा जाता है अर्थात् इसके अंधविश्वास, धार्मिक आस्थाएं, निष्ठाएं एवं कलात्मक आदर्श। स्पष्ट है कि विचारधाराओं का अनुसरण करते हुए एवं विचारों से प्रेरित होकर लोग जिस प्रकार के कार्य करते हैं वैसे अन्य प्राणियों में कभी लक्षित नहीं होते। कम से कम एक लाख वर्ष पूर्व नेआंडरथल मानव कहलानेवाले विचित्र प्राणी अपने मृत बच्चों एवं संबंधियों को संस्कारपूर्वक दफनाते थे और उनके साथ भोजन एवं औजार भी रखते थे। आज ज्ञात प्रत्येक मानव-समाज, भले ही वह कितना ही जंगली क्यों न हो, ऐसे संस्कारों को करता है--जो प्रायः कष्टप्रद होते हैं--और उपलब्ध सुखोपभोगों से दूर रहता है। इन कार्यों एवं उपरति का लक्ष्य एवं प्रेरणा आज सामाजिक रूप से स्वीकृत वे विचार हैं, और संभवतः पहले भी थे, जिन्हें 'अमरत्व', 'जादू', 'देवता', इत्यादि शब्दों से अभिहित किया जाता है। शेष प्राणिजगत् ऐसे कार्य-कलापों से अपरिचित होता है, संभवतः इस कारण कि पशुओं का कोई भाषा-प्रतीक नहीं होता और इसी कारण वे ऐसे अमूर्त विचारों का निर्माण नहीं कर सकते।

"एक लाख वर्ष से भी अधिक प्राचीन चकमक पत्थर ऐसी सावधानी एवं सूक्ष्मता से तराशे गए प्रतीत होते हैं जो केवल उपयोगितावादी कार्यक्षमता के लिए अनावश्यक थी। ऐसा लगता है कि इन्हें गढ़नेवाला ऐसे औजार बनाना चाहता था जो न केवल उपयोगी हों अपितु सुंदर भी हों। पच्चीस हजार वर्ष से अधिक पहले मानव ने अपने शरीर को रँगना और अपने गले में शंख एवं मनके पहनना आरंभ कर दिया था जिनके निर्माण में पर्याप्त श्रम लगता था। आज संसार भर में हमें ऐसे लोग मिलेंगे जो सुंदर दिखने या फैशन के अनुरूप चलने के लिए अपने दांत तुड़वाते हैं, पैर

बंधवाते हैं, पेटियों से अपने शरीरों को विरूप बनाते हैं या किसी अन्य प्रकार की विकृति स्वीकार करते हैं। ऐसा व्यवहार मानव-जाति की ही विशेषता है। यह एक विचारधारा का परिणाम और उसी की अभिव्यक्ति है।

"इस प्रकार अमूर्त विचारों की सहायता से मानव ने अपने कार्यकलापों के लिए नई प्रेरणाएं उत्पन्न की हैं और उन्हें अपने लिए आवश्यक बना लिया है। ये प्रेरणाएं भूख, काम, क्रोध एवं भय की सार्वजनिक अंतःप्रेरणाओं से परे होती हैं। और ये वैचारिक अभिप्रेरण जीवन के लिए ही आवश्यक हो गए हैं। विचारधारा, भले ही वह प्रत्यक्ष जैविक आवश्यकताओं से कितनी ही दूर हो, व्यवहार में जैविक रूप से उपयोगी अर्थात् प्रजाति की उत्तरजीविता के लिए लाभप्रद पाई जाती है। ऐसे आध्यात्मिक साधन के बिना न केवल समाज विघटन की ओर प्रवृत्त होने लगते हैं अपितु उनके घटक व्यक्ति भी जीवन के प्रति उदासीन हो जाते हैं।"[9]

12. जादू

अभी हमने देखा कि नगरीय क्रांति को संभव बनानेवाला एक महत्वपूर्ण कारण मूलतः विचारधारात्मक था। विस्तृत अर्थ में हम इसे धर्म कहते हैं—देवी-देवताओं को प्रकृति का नियंता मानना, जिनके सांसारिक प्रतिनिधि, पुरोहित, उन्हें प्रसन्न करने के उपाय जानते हैं और उन्हें प्रसन्न करके समुदाय की सुरक्षा सुनिश्चित करते हैं।

किंतु यदि हम मानव के प्रागितिहास को देखें तो एक अवस्था ऐसी मिलती है जिसमें कोई देवी-देवता नहीं थे, और इसी कारण हमारे अर्थ में कोई पुरोहित भी नहीं थे। इस बात की संपुष्टि मानवशास्त्र भी करता है क्योंकि इसमें उत्तरजीवी जंगली प्रजातियों में यथार्थतः वर्तमान विचारों पर परवर्ती विचारों को थोपने की प्रवृत्ति नहीं होती। चूंकि उनके मन में देवी-देवताओं का कोई विचार नहीं होता, अतः उनमें पुरोहितों द्वारा करवाई जानेवाली पूजा या बलि की प्रथा भी नहीं होती। संक्षेप में, विकास की ऐसी अवस्था में वह वस्तु नहीं होती जिसे हम मानक अर्थ में धर्म कहते हैं। तथापि अत्यंत प्राचीन काल के मानव को भी उत्तरजीविता के लिए किसी प्रकार के शरीरेतर आध्यात्मिक विचारों अथवा श्रेष्ठतर विचारधारा की आवश्यकता थी। वस्तुतः उसने ऐसी विचारधारा विकसित भी की।

इस विचारधारा का स्वरूप क्या था ? पुरातत्ववेत्ता एवं मानवशास्त्री इसे जादू कहते हैं।

"जादू इस सिद्धांत पर आधारित है कि वास्तविकता को नियंत्रित करने का भ्रम

उत्पन्न करके हम सचमुच वास्तविकता को नियंत्रित कर सकते हैं। अपनी आरंभिक अवस्थाओं में यह स्वांग मात्र होता है। वर्षा चाहिए तो आप ऐसा नृत्य करते हैं जिसमें आप बादलों के घुमड़ने, बिजली के कड़कने और पानी गिरने की आवाजों का स्वांग भरते हैं। आप कल्पना में वांछनीय वास्तविकता के साकार होने का नाटक करते हैं। बाद की अवस्थाओं में स्वांग के क्रियाकलापों के साथ आदेश भी जुड़ सकता है–'बरस !' किंतु यह आदेश होता है, याचना नहीं। सामूहिक बाध्यता का यह सिद्धांत समाज की उस अवस्था के अनुरूप है जिसमें समुदाय अभी एक अविभाजित समग्रता होता है, जो अपने प्रत्येक एवं सभी सदस्यों के ऊपर होता है, जो प्रकृति के वैरी जगत के विरुद्ध निर्बल किंतु एकजुट मोर्चा प्रस्तुत करता है।"[10]

लुप्त समाजों में जादू के पुरातात्विक साक्ष्य के लिए गॉर्डन चाइल्ड की रचनाओं *मैन मेक्स हिमसेल्फ* एवं *व्हाट हैपन्ड इन हिस्ट्री* को देखा जा सकता है, विशेष रूप से आदिम कला में चित्रित सफल आखेट का उनका विवेचन। इस काल्पनिक आखेट की सफलता का चित्रण वास्तविक आखेटकों के मन में आखेट-अभियानों के समय आत्मविश्वास जगाता रहा होगा। सामाजिक विकास की अपेक्षाकृत आरंभिक अवस्था में जादू के साक्ष्य के रूप में और साथ ही इसके आर्थिक प्रकार्य को स्पष्ट करने के लिए जॉर्ज थॉमसन का एक सजीव उद्धरण यहां प्रस्तुत है :

"माओरी कबीले का एक आलू-नृत्य होता है। नन्हें पौधों को पछुआ हवा से क्षति का भय रहता है। अतः लड़कियां खेतों में जाकर नृत्य करती हैं। अपने शरीर से वे वायु के झकोरों, वर्षा, फसल के अंकुरित एवं पुष्पित होने का आभास उत्पन्न करती हैं। वे नाचती जाती हैं और गा-गाकर फसल को अपना अनुकरण करने का संदेश देती हैं। वे कल्पना में वांछित वास्तविकता के साकार होने का नाटक करती हैं। यह है जादू—वास्तविक तकनीक की पूरक के रूप में भ्रांत तकनीक। किंतु भ्रांत होने पर भी यह व्यर्थ नहीं होती। आलू की फसल पर इस नृत्य का न तो कोई प्रभाव हो सकता है, न होता है किंतु लड़कियों पर अवश्य इसका अनुकूल प्रभाव पड़ सकता है और पड़ता है। नृत्य उनमें यह विश्वास जगाता है कि इससे फसल की रक्षा होगी और वे दूने उत्साह एवं विश्वास के साथ फसल की देखभाल में जुट जाती हैं। अंततः इस सबका प्रभाव फसल पर भी पड़ता है। यह वास्तविकता के प्रति उनके वैयक्तिक दृष्टिकोण को बदलता है और इस प्रकार अप्रत्यक्ष रूप से वास्तविकता को भी बदलता है।"[11]

13. धर्म

जादू से धर्म में संक्रमण कभी पूरा नहीं हुआ। जिस रूप में धर्म हम तक आया है उसमें जादुई आस्थाएं एवं प्रथाएं पर्याप्त मात्रा में विद्यमान हैं। धर्म में जादू के अवशेषों के होते हुए भी हमारी विवेचना के लिए महत्व की बात वह है जो धर्म को जादू से अलग करती है। घोर अज्ञान प्रतीत होते हुए भी जादू में एक बात ध्यान देने योग्य है। आदिम लोगों के जादुई क्रियाकलापों में जो कि प्रायः सामूहिक रूप से किसी महत्वपूर्ण व्यक्ति की देखरेख में किए जाते हैं, किसी अलौकिक सत्ता अथवा देवी-देवता का विचार नहीं पाया जाता। जादुई कृत्य अपने ही प्रभाव से वांछित फल देने में समर्थ माना जाता है। इसी कारण कुछ लोगों का तो यहां तक विचार है कि जादू को विज्ञान का अग्रदूत माना जा सकता है क्योंकि विज्ञान की भी मान्यता है कि प्रकृति में निहित नियमों द्वारा कार्य का परिणाम निकलता है यद्यपि यथार्थ नियमों की समझ आदि-मानव से कोसों दूर थी। जादू के संबंध में हम अधिक से अधिक यह निष्कर्ष निकाल सकते हैं कि यह साम्य और सामीप्य पर आधारित ऐसे नियमों को टटोलकर खोजने का अज्ञानपूर्ण प्रयास है।

दिलचस्प बात यह है और हम आगे इसे देखेंगे कि भारत में भी पूर्व-मीमांसा नामक एक शक्तिशाली दार्शनिक संप्रदाय विकसित हुआ जिसका सारतत्व आदिम जादू की बुनियादी बातों की रक्षा करना मात्र था।[12] इस संप्रदाय के दर्शनशास्त्रियों ने ईश्वर के अस्तित्व से इनकार करने तक की जरूरत भी समझी और छोटे-मोटे देवी-देवताओं की सत्ता तक से इनकार किया ताकि यह साबित किया जा सके कि जादुई कार्यकलाप अपने बूते पर ही वांछित परिणाम दे सकने में समर्थ हैं। यह भारत की दार्शनिक स्थिति के अनेक विरोधाभासों में एक है क्योंकि पूर्व-मीमांसा संप्रदाय अत्यंत रूढ़िवादी दृष्टिकोण का प्रतिनिधित्व भी करता था। इस प्रकार अत्यंत रूढ़िवादिता ने किसी न किसी प्रकार एक मूलगामी प्रवृत्ति को जन्म दिया। इस विरोधाभास को केवल तभी समझा जा सकता है जब हम यह याद रखें कि दर्शनशास्त्र के रूप में पूर्व-मीमांसा वास्तव में यज्ञ नामक जादुई कार्यकलापों का युक्तीकरण था जिसके लिए आगे चलकर अत्यधिक रहस्योत्पादन होता रहा।

क्या यही वह दार्शनिक परंपरा थी जिसके कारण सुस्थापित वैदिक देवमाला आगे चलकर भारत के धार्मिक इतिहास से गायब ही हो गई ? बहरहाल, भारतीय धर्म में अब वैदिक देवताओं का नाम भी नहीं रहा। आज इंद्र, वरुण, मित्र आदि का कोई मंदिर नहीं मिलता। लुई देनो का कथन है कि केवल बाली द्वीप में वरुण का एक मंदिर है और आज बचे मंदिरों में यही निकटतम है।

तथापि धर्म के उदय के साथ एक नितांत नई धारणा लक्षित होती है। यह है अलौकिक सत्ताओं--देवी-देवताओं--का पदार्पण जो प्रकृति पर अनुशासन करते हैं और उसमें घटनेवाली प्रत्येक बात को नियंत्रित करते हैं। आपको वर्षा चाहिए तो आप वर्षा के देवता से याचना कीजिए, उसे दंडवत कीजिए क्योंकि वर्षा केवल उसी की इच्छा से हो सकती है। इस प्रकार सर्वाधिक महत्व की बात देवी या देवता की इच्छा है यद्यपि धर्म के विकास के साथ एक सर्वशक्तिमान सत्ता, एक ईश्वर सर्वोच्च शक्ति प्राप्त कर लेता है और वही समस्त प्रकृति का नियामक भी बन जाता है।

आदिम जादू से धर्म में संक्रमण की प्रक्रिया के संबंध में बहुत कुछ लिखा जा चुका है और इस पर अभी बहुत कुछ कार्य हो सकता है। किंतु एक बात ध्यान देने योग्य है। वर्ग-व्यवस्था-पूर्व आदिम समाज में धर्म का कोई प्रमाण नहीं मिलता--न तो पुरातात्विक और न ही मानवशास्त्रीय। धर्म तो नगरीय क्रांति की पूर्वबेला से ही अस्तित्व ग्रहण करने लगा था जब उत्पादन के संयोजकों को अत्यधिक शक्ति एवं अधिकार मिलने आरंभ हुए थे।

इस दृष्टि से समाज का अंग होते हुए भी ये संयोजक समाज से परे थे और समाज पर मनमानी करते थे। जो भी हो, अपने आरंभिक रूप में धर्म ऐसी ही सामाजिक स्थिति का विपर्यस्त प्रतिबिंब था। प्रकृति में निहित शक्तियों को अब प्रकृति की शक्तियां मात्र नहीं माना जाता था जिन्हें किसी स्वांग द्वारा समुदाय की सामूहिक इच्छा के अधीन किया जा सकता हो। इन शक्तियों की अपनी ही सत्ता थी और चूंकि इनका स्वरूप भूलोक के शासकों जैसा था, इसलिए इन्हें प्राकृतिक संवृत्तियों का अधिष्ठाता माना जाने लगा और प्राकृतिक घटनाओं को उनकी इच्छा के अधीन कर दिया गया। प्रकृति में अलौकिक सत्ताओं अर्थात् देवी-देवताओं की भरमार हो गई जिनकी इच्छा के बिना न तो वायु का अस्तित्व संभव है न ही आंधी का, न वर्षा का, न ही सूखा का, न तो स्वास्थ्य का, न ही महामारी का, न तो चिकित्सा का, न व्याधि का, संक्षेप में, वह कुछ भी संभव नहीं जो मानव की नियति को प्रभावित करता हो। इनमें समृद्धि और दरिद्रता भी सम्मिलित है।

जो भी हो, नगरीय क्रांति की पूर्वबेला से पहले धर्म का कोई प्रमाण नहीं मिलता। नगरीय क्रांति की यही पूर्वबेला थी जब समाज स्पष्टतः श्रमिक वर्ग एवं शासक में विभाजित हो रहा था। धर्म उत्तरोत्तर शासक वर्ग विशेषतः पुरोहितों का विशेषाधिकार बनता गया।

14. धर्म की भूमिका

एक बार अस्तित्व में आ जाने पर धर्म की यात्रा सुदीर्घ रही। कभी-कभी धर्म ने निश्चय ही दमित कृषकों एवं दलित लोगों में नई आशा एवं आकांक्षाओं को जगाया; उन्हें धर्म ने एक नया ही संदेश दिया और यह संदेश शासक वर्ग की इच्छा के अनुकूल नहीं था। किंतु ऐसी स्थितियां अपवाद ही थीं। कुल मिलाकर तथ्य यह है कि इतिहास में धर्म यथास्थिति को बनाए रखने का साधन ही रहा : यह दासों, कृषिदासों एवं श्रमिकों को सामान्यतः विशेषाधिकार-प्राप्त वर्ग के अधीन ही रखना चाहता था। किंतु धर्म के प्रति शुद्ध नकारात्मक दृष्टिकोण अपनाकर इसे शोषण का साधन मात्र मान लेना धर्म की व्याख्या का अतिसरलीकरण होगा। मानव इतिहास इतना जटिल है कि ऐसा सरलतावादी दृष्टिकोण नहीं अपनाया जा सकता।

वास्तव में ईसाई धर्म के मूल संबंधी हालिया अनुसंधान हमें प्रेरित करते हैं कि हम इसे मुख्यतः रोमन शासन के खिलाफ उत्पीड़ित जनता का विद्रोह मानें। ईसाई ग्रंथों के अनेकों आंतरिक साक्ष्य संकेत देते हैं कि ईसा को उनकी आध्यात्मिक भावनाओं के कारण सूली पर नहीं चढ़ाया गया बल्कि इसलिए कि वे एक सशस्त्र विद्रोह का संगठन करना चाहते थे। इसके एक प्रतिभापूर्ण विश्लेषण के लिए पाठकगण आर्किबाल्ड रेनाल्डसन कृत *दि ओरिजिन्स आफ क्रिश्चियानिटी* (लंदन, 1953) और बैरोज डनहम कृत *हीरोज एंड हेरेटिक्स* (न्यूयार्क, 1967) देख सकते हैं।

फिर पूरे मध्य काल में भी धार्मिक परचमों के तले किसान विद्रोहों की एक शृंखला रही है। इसका सर्वोत्तम उदाहरण फ्रेडरिख एंगेल्स कृत *दि पीजेंट वार इन जर्मनी* में देखा जा सकता है जिसमें वे कहते हैं कि मध्य काल में जन-विद्रोहों को एक धार्मिक लबादा ओढ़ना ही पड़ता था। इंग्लैंड में अपने अधिकारों के दावे करनेवाले स्त्री-पुरुषों, जैसे डिगर्स, लेवेलर्स, रैंटर्स आदि के विरोध-आंदोलन भी इसकी पुष्टि करते हैं। पाठकों को क्रिस्टोफर हिल की पुस्तक *दि वर्ल्ड टर्न्ड अपसाइड डाउन* (पेंग्विन, 1985) से इन आंदोलनों का बहुत अच्छा परिचय मिल सकता है।

यह भी शायद एक कारण है कि मार्क्स ने धर्म को उत्पीड़ित जनता की आह और हृदयहीन विश्व का हृदय कहा था।

भारतीय इतिहास के संबंध में भी हमारे विद्वानों ने इधर इस दृष्टिकोण से किसान विद्रोहों में दिलचस्पी लेनी आरंभ कर दी है। अनुसंधान के लिए यहां एक लंबा-चौड़ा मैदान अभी खाली पड़ा है।

लेकिन फिलहाल तो हम मानव-इतिहास में संगठित धर्म के उदय पर ध्यान केंद्रित करेंगे। यह वास्तव में शासक वर्ग के हितों का प्रतिनिधित्व करता था और बाद

के काल में भी इसने मुख्यतः यही काम किया। लेकिन अपने जन्म से ही इसने एक बहुत अहम ऐतिहासिक भूमिका कैसे निभाई, इसे अनदेखा करना गलत होगा।

सबसे पहले तो स्मरण रखना चाहिए कि ऐतिहासिक रूप से यह सिद्ध हो चुका है कि मानव के लिए सभ्यता की ओर अग्रसर होना अनिवार्य हो गया था। इसका पहला चरण था शहरी जीवन का आरंभ या गॉर्डन चाइल्ड के शब्दों में नगरीय क्रांति। इसकी थोड़ी चर्चा हम पहले भी कर चुके हैं जब हम समाज के अतिरिक्त उत्पादन के नवोदित नगरकेंद्रों में प्रवहण के लिए संभावित विचारधारात्मक साधन पर विचार कर रहे थे। आज विज्ञान की प्रगति के कारण अंधविश्वास कितना ही अवांछनीय एवं अनावश्यक क्यों न प्रतीत होता हो, नगरीय क्रांति के लिए यह एक ऐतिहासिक आवश्यकता था। गॉर्डन चाइल्ड ने इस संवृत्ति को बड़े स्टीक रूप से 'प्रगति का द्वंद्ववाद' कहा है। यहां उन्हीं का एक उद्धरण प्रस्तुत है :

"ऐसा प्रतीत होता है कि अपनी यात्रा के आरंभ से ही मानव ने अपनी विशिष्ट मानवीय शक्तियों का प्रयोग न केवल वास्तविक संसार पर प्रयुक्त होनेवाले औजारों के निर्माण में किया अपितु उन अलौकिक शक्तियों की कल्पना करने में भी किया जिन्हें वह इस पर प्रयुक्त कर सकता था। अर्थात् वह प्राकृतिक प्रक्रियाओं को समझने एवं इस प्रकार उनका प्रयोग करने का प्रयास कर रहा था और साथ ही वह वास्तविक संसार में काल्पनिक सत्ताओं की सृष्टि कर रहा था जिनकी कल्पना उसने अपनी ही अनुकृति के रूप में की थी और जिन्हें वह बाध्य करने अथवा चाटुकारिता द्वारा प्रसन्न करने की आशा करता था। वह विज्ञान और अंधविश्वास को साथ-साथ विकसित कर रहा था।···

"विगत के अंधविश्वासों की निंदा करना उतना ही व्यर्थ है जितना कि सुंदर भवन के निर्माण में अनिवार्य भदेस मचान की शिकायत करना। यह प्रश्न करना मूर्खता होगी कि मानव क्यों नहीं वर्ग-पूर्व दरिद्रावस्था से सीधे वर्गविहीन स्वर्ग में प्रगति कर गया जो कि अभी तक कहीं भी पूर्णतः साकार नहीं हुआ है। कदाचित् उपर्युक्त संघर्ष एवं व्याघात ही प्रगति के द्वंद्ववाद का निर्माण करते हैं।"[13]

तो भी हमें यह तो समझना ही है कि धर्म ने जनता की चेतना पर अपनी मजबूत पकड़ कैसे कायम की। हमारे समक्ष सिग्मंड फ्रायड की लघु किंतु विचारोत्तेजक रचना है जिसका शीर्षक है *दि फ्यूचर ऑफ ऐन इल्यूज़न*। इसका मुख्य विषय है धर्म नामक संवृत्ति का विश्लेषण करना। वास्तव में यहां इल्यूज़न अथवा भ्रम का अर्थ ही धर्म के अतिरिक्त कुछ और नहीं है। धर्म, जैसाकि फ्रायड थोड़ा विस्तारपूर्वक दर्शाते हैं, एक भ्रम मात्र है क्योंकि इसकी आधारभूत मान्यताएं सार्वभौम हो चुकी कुछ मान्यताएं मात्र हैं जो वस्तुतः उन सत्यापित स्थापनाओं के विपरीत हैं जिनसे विज्ञान का निर्माण हुआ है। किंतु इससे फ्रायड का तात्पर्य यह नहीं है कि धर्म

भूलों का समूह मात्र है। वे चाहते हैं कि हम भूल एवं भ्रांति में भेद करें। जैसाकि वे कहते हैं :

"इस प्रकार हम किसी विश्वास को भ्रांति तब कहते हैं जब उसकी अभिप्रेरणा का मुख्य तत्व अभिलाषा-पूर्ति हो और ऐसा करते हुए हम वास्तविकता से उसके संबंध को अनदेखा कर दें, ठीक उसी प्रकार जिस प्रकार स्वयं भ्रांति सत्य पर आश्रित नहीं होती।"[14]

सिग्मंड फ्रायड द्वारा प्रस्तुत मनोविश्लेषण के सभी सिद्धांतों को स्वीकार करना हमारे लिए आवश्यक नहीं है। तथापि जब वे यह दावा करते हैं कि भ्रांति के रूप में धर्म भूल से अधिक भी कुछ है, इस अर्थ में कि इच्छा-पूर्ति का प्रबल तत्व इसकी विशेषता है, तो वे सत्य के पर्याप्त निकट होते हैं। फिर भी संपूर्ण सत्य को जानने के लिए हमें धर्म को इसके यथार्थ सामाजिक परिप्रेक्ष्य अर्थात् वर्ग-विभाजित समाज के परिप्रेक्ष्य में रखना होगा। केवल इसी परिप्रेक्ष्य में धर्म अस्तित्व में आता है और श्रमिक जनसामान्य के मन पर भी अत्यंत दृढ़ पकड़ रखता है। निस्संदेह धर्म के अनेक हठधर्मितापूर्ण सिद्धांत होते हैं, जिन्हें संगठित धर्म के प्रचार-तंत्र द्वारा प्रयुक्त किया जाता है। ऐसे हठधर्मितापूर्ण सिद्धांतों को निकाल देने पर भी धर्म में जो बच रहता है उस पर कामगार वर्ग की, गरीब से गरीब व्यक्ति की भी आस्था होती है और उसे वह पकड़े रहता है। दृष्टांत के लिए गरीब कृषक स्त्री को लीजिए जिसका पुत्र गंभीर रूप से बीमार है और वह उसको चिकित्सा-सुविधाएं (उनके विकास का स्वरूप जो भी हो) नहीं जुटा सकती क्योंकि इसके लिए पर्याप्त धन की आवश्यकता होती है। तब वह केवल देवी-देवताओं के सामने घुटने टेककर रोते हुए अपने पुत्र के नीरोग होने की प्रार्थना मात्र कर सकती है। स्पष्ट है कि इससे बेटे की बीमारी पर कोई प्रभाव नहीं होता। किंतु रोती हुई माता पर अवश्य इसका अनुकूल प्रभाव हो सकता है और होता है। *इससे उसे सांत्वना मिलती है और उसके दुख का उपशमन होता है, बहुत कुछ वैसे ही जैसे अफीम यथार्थ पीड़ा का उपशमन कर देती है।* इस प्रकार अभिलाषा-पूर्ति जो भ्रांति के रूप में धर्म का एक लक्षण है, वर्ग-विभाजित समाज में उपशामक का प्रकार्य करती है जहां दलित लोग उन सुविधाओं से वंचित रहते हैं जिन्हें परिहार्य दुख का शमन करने के लिए विकसित किया गया है।

जिस संपूर्ण सत्य को पाने के लिए फ्रायड मानो अटकलें लगा रहे हैं, उसको समझने के लिए हमें मार्क्स का विश्लेषण देखना होगा। जैसाकि मार्क्स का कथन है, *मानव धर्म को बनाता है,* धर्म मानव को नहीं बनाता। अन्य शब्दों में, धर्म मानव की आत्म-चेतना एवं आत्मानुभव है जो या तो अब तक अपने-आपको पा नहीं सका है या पहले ही स्वयं को खो चुका है। किंतु मानव संसार के बाहर बैठी हुई कोई अमूर्त सत्ता तो है नहीं। *मानव का संसार,* राज्य, समाज ही मानव है। यह राज्य, यह समाज

धर्म को उत्पन्न करते हैं, जो कि *विपर्यस्त विश्व-चेतना है* क्योंकि ये *विपर्यस्त विश्व* हैं। धर्म इस विश्व का सामान्य सिद्धांत है। यह इसका विश्वकोषीय संग्रह, इसके तर्क का लोकप्रिय रूप, इसका आध्यात्मिक प्रतिष्ठा-बिंदु, इसका उत्साह, इसकी नैतिक स्वीकृति, इसका गंभीर समापन, इसकी सांत्वना एवं औचित्य का सार्वभौमिक आधार है। यह मानवता के सार की *अपरूप सिद्धि* है क्योंकि *मानव के सार* की कोई सत्य वास्तविकता नहीं है। अतएव धर्म के विरुद्ध संघर्ष व्यवहित रूप से उस *दूसरे संसार* के विरुद्ध लड़ाई है जिसका आध्यात्मिक *सौरभ* धर्म है।

"धार्मिक विपत्ति एक साथ ही यथार्थ विपत्ति की *अभिव्यक्ति* भी है और यथार्थ अभिव्यक्ति का *विरोध* भी। धर्म पीड़ित प्राणी की आह है, हृदयहीन संसार का हृदय है, ठीक उसी प्रकार जिस प्रकार यह आत्माहीन स्थिति की आत्मा है। यह जनता की *अफीम* है।

"लोगों के *वास्तविक* सुख के लिए *भ्रांतिपूर्ण* सुख रूपी धर्म को समाप्त किया जाना आवश्यक है। इसकी दशा के संबंध में भ्रांतियों को त्यागने की मांग करना *ऐसी दशा को त्यागने की मांग है जिसे भ्रांतियों की आवश्यकता होती है।* अतः धर्म की आलोचना *बीज रूप में दुखों की उस घाटी की आलोचना है,* जिसका प्रभामंडल धर्म है।"[15]

15. दर्शन का उदय

किंतु आइए, हम अपने मानव एवं समाज के विकास से संबंधित विवेचन के सूत्र को पुनः पकड़ें जो नगरीय क्रांति तक जा पहुंचा था। प्रगति के इस महत्वपूर्ण चरण के संबंध में एक बात हम पहले ही कह चुके हैं। वह है विचारधारात्मक संसक्ति की आवश्यकता का अनुभूत होना। इसका सीधा अर्थ है प्रशासन की आधारभूत संरचना में बड़े स्तर पर अंधविश्वास का प्रयोग जिसके बिना समाज के अतिरिक्त उत्पादन के नगर केंद्रों में प्रवहण की व्याख्या करनी कठिन होगी जो कि नगरीय क्रांति के लिए अनिवार्य था। इस संबंध में विशेष ध्यान देने योग्य बात यह है कि यह अंधविश्वास किसी के लिए ऐच्छिक नहीं है; इसके विपरीत, यह सबके लिए अनिवार्य है। अन्य शब्दों में, यह ऐसी वस्तु है जो प्रशासन की आधारभूत संरचना में सन्निहित रहती है। जैसाकि गॉर्डन चाइल्ड का कथन है, "उत्पादन की तत्कालीन शक्तियों के रहते अतिरिक्त उत्पादन का संकेंद्रण कितना भी आवश्यक क्यों न रहा हो, समाज के अतिरिक्त उत्पादन का अधिग्रहण कर लेनेवाले छोटे-से शासक वर्ग एवं जीवनयापन के

अल्प साधनोंवाली और सभ्यता के आध्यात्मिक लाभों से वंचित आम जनता के विशाल समुदाय के आर्थिक हितों के बीच अत्यंत स्पष्ट संघर्ष भी था। अतः अभी बर्बर युग की यांत्रिक एकता के अनुरूप विचारधारात्मक साधनों द्वारा एकता को बनाए रखना आवश्यक था। बर्बर युग की यह एकता मंदिर अथवा मठ की सर्वोपरिता में अभिव्यक्त होती थी और जिसे अब नए राज्य संगठन की शक्ति से बल मिल रहा था। *प्राचीनतम नगरों में संशयवादियों अथवा संप्रदाय-प्रवर्तकों के लिए कोई स्थान नहीं हो सकता था।*"[16]

अंतिम वाक्य पर बल देने का कारण यह है कि इससे हमें इस बात का मुख्य संकेत मिलता है कि उस समय किसी भी दर्शनशास्त्री के होने की आशा करना अर्थात् किसी भी ऐसे व्यक्ति की आशा करना व्यर्थ था जो मानव और प्रकृति के बुद्धिसंगत बोध का जिज्ञासु हो। फैरिंग्टन इस बात को अधिक विस्तारपूर्वक कहते हैं :

"ईंटों अथवा पत्थरों के भव्य भवन इस बात के साक्ष्य हैं कि सरकार के पास विशाल जनसंख्या के सहयोग-प्रयासों को निर्देशित करने की शक्ति होती है। (बेबीलोनिया के) शिखरवाले पूजाघरों, पिरामिडों, मंदिरों, प्रासादों, अति विशालकाय मूर्तियों अर्थात् सम्राटों एवं देवताओं के निवासों, समाधियों एवं मूर्तियों में महान् लोगों के संगठन-कौशल, साधारण लोगों के तकनीकी कौशल और उन अंधविश्वासों के दर्शन होते हैं जो समाज के आधार थे। पंचांग के नियमन के लिए खगोलशास्त्र की, क्षेत्रों को नापने के लिए रेखागणित की तथा कर वसूलने के लिए गणित एवं माप-तोल की व्यवस्था की आवश्यकता थी। चिकित्साशास्त्र की उपयोगिता तो स्पष्ट ही है। इसी प्रकार अंधविश्वास की उपयोगिता भी थी और अंधविश्वास भी ऐसा जो वैज्ञानिक ब्रह्मांड-मीमांसा की प्रस्तावना हो। ईसा-पूर्व चौथी सदी के एक शालीन यूनानी ने मिस्र के औपचारिक धर्म पर दृष्टि डाली और उसकी सामाजिक उपयोगिता को पहचान लिया। उसका कहना है कि मिस्र के स्मृतिकार ने इतनी अधिक संख्या में घृणित अंधविश्वासों को इसलिए स्थापित किया कि एक तो 'उसने यह उचित समझा कि जनसामान्य को इस बात का अभ्यस्त बनाया जाए कि वे अपने श्रेष्ठ जनों द्वारा दिए गए किसी भी आदेश का पालन करें और दूसरे इसलिए कि उसका विचार था कि वह उन लोगों पर विश्वास कर सकता था जो प्रत्येक अन्य बात में अपनी धार्मिकता को समान रूप से विधि-पालक दर्शाते हैं" (आइसोक्रेटीज, ब्यूसीरीस)। यह वैसा समाज नहीं था जिसमें संसार एवं मानव-जीवन पर तार्किक दृष्टिकोण रखनेवाले लोगों को 'आगे' लाने के लिए प्रोत्साहित किया जाता।"[17]

अतः दर्शनशास्त्र को जन्म लेने के लिए मानव इतिहास में विकास की उस अवस्था की प्रतीक्षा करनी पड़ी जिसमें देवी-देवताओं को प्राकृतिक संवृत्तियों का अधिष्ठाता एवं मानव-नियति का पूर्ण नियामक मानने के विश्वास का अधिक्रमण

करने की आवश्यकता हुई। (दर्शनशास्त्र से फिलहाल हमारा तात्पर्य "संसार और मानव-जीवन के एक तर्कपरक दृष्टिकोण" से है।) अन्य शब्दों में, प्रकृति से देवी-देवताओं की सत्ता को पूर्णतः नहीं तो पर्याप्त सीमा तक हटाने की आवश्यकता थी।

तथापि ऐसे परिवर्तन के लिए उस प्रशासन की आधारभूत संरचना में भी परिवर्तन आवश्यक था जिसमें घोर अंधविश्वास की आवश्यकता सन्निहित थी। किंतु इसके लिए आवश्यक था कि शासक वर्ग की संरचना अपेक्षाकृत धर्मनिरपेक्ष होती।

कहने का तात्पर्य यह है कि पुरोहितों एवं उनकी संस्थाओं की सत्ता को तोड़ने की आवश्यकता थी। इसका आरंभ सर्वप्रथम दो केंद्रों में हुआ—प्राचीन भारत और प्राचीन यूनान में। यहीं लगभग ई. पू. सातवीं सदी में सर्वप्रथम दर्शनशास्त्री हुए। यहां योद्धा-सामंत अपनी सैन्य-शक्ति के माध्यम से और व्यापारी वर्ग व्यापार एवं वाणिज्य के माध्यम से एकत्रित संपत्ति से उत्पन्न शक्ति के माध्यम से राजनीतिक शक्ति के क्षेत्र में अग्रपंक्ति में आ खड़े हुए। इसका परिणाम यह हुआ कि प्रशासन की आधारभूत संरचना में क्रांति हुई और बौद्धिक स्थिति मूलतः बदल गई। पुरोहितीय अंधविश्वासों को मानना सबके लिए अनिवार्य नहीं रह गया और प्रकृति संबंधी प्रश्नों पर सक्रिय रूप से विचार करना संभव हुआ।

निश्चित ही प्राचीन चीन के रूप में दर्शन के उदय का एक तीसरा केंद्र भी था। लेकिन इसकी विवेचना बेहतर है कि अलग से की जाए। वर्तमान संदर्भ में चीनी दार्शनिक परंपरा की विवेचना को छोड़ने का एक कारण इसके दृष्टिकोण का भारतीय एवं यूनानी दार्शनिक दृष्टिकोणों से नितांत भिन्न होना है। जहां भारतीय एवं यूनानी दार्शनिक प्रवृत्तियों में अनेक बातें सामान्य हैं, वहीं चीनी दर्शनशास्त्री समस्याओं को अपने ढंग से देखते हैं और चिंतन के एक नितांत भिन्न मार्ग का अनुसरण करते हैं। इस संबंध में वर्तमान शृंखला की अगली पुस्तिका में विचार किया जाएगा। फिलहाल यहां प्रसिद्ध चीन-विद्या-विशेषज्ञ जोजफ नीधम की टिप्पणी की चर्चा करना उचित होगा जो इस बात पर अधिक ही बल देते हैं। चीनी चिंतन की विलक्षणता पर उनके इतना बल देने में अतिशयोक्ति हो अथवा नहीं, किंतु उनके कथन के महत्व को अनदेखा करना भूल होगी। उनका कथन है :

"यथार्थतः चीनी संस्कृति ही एकमात्र ऐसा अन्य महान् चिंतन है जो जटिलता एवं गहनता में हमारे चिंतन से अधिक नहीं तो उसके समकक्ष अवश्य है क्योंकि भारतीय सभ्यता रोचक भले ही हो, अंततः हमारी ही भाग अधिक है। ··· हमारी धर्ममीमांसा में भारतीय यति-धर्म सन्निहित है। जियस पेटर द्यौ पितर से निकला है। भारतीय एवं यूरोपीय सभ्यता में बहुत कुछ सामान्य है जैसाकि देखने में भी आता है। कलकत्ता की सड़कों पर घूमते हुए मैं प्रायः सोचता था कि यदि यहां के बहुत-से

लोगों की त्वचा से रंजक पदार्थ निकाल दिए जाएं तो उनके नाक-नक्श इंग्लैंड में हमारे मित्रों और संबंधियों के नाक-नक्श जैसे ही दिखाई देंगे। किंतु चीनी सभ्यता में तो नितांत भिन्न वस्तु का अवश करनेवाला सौंदर्य है और नितांत भिन्न वस्तु ही गहनतम प्रेम एवं सीखने की गहनतम इच्छा जागृत कर सकती है।"[18]

16. गंगाघाटी सभ्यता में दर्शन

पुरातत्ववेत्ताओं के अनुसार प्राचीन सिंधुघाटी सभ्यता का अंत ई. पू. लगभग 1750 में हुआ। इस सभ्यता का अंत क्यों हुआ, इसके संबंध में अभी विवाद चल रहा है। किंतु एक बात पर्याप्त स्पष्ट है कि अपने अंत से कुछ शताब्दियों पूर्व ही यह सभ्यता धीरे-धीरे पंगुता की जकड़ में आने लगी थी। इसका कारण कदाचित् यह था कि पुरोहितों की विचारधारा की कठोरता प्रवर्तन की सभी प्रवृत्तियों को वक्र दृष्टि से देखती थी। गंभीर पुरातत्ववेत्ताओं एवं इतिहासकारों के एक वर्ग का विचार है कि इस पहले से जीर्ण-शीर्ण सभ्यता पर अंतिम चोट विदेशी आक्रमण से हुई। ये विदेशी अपने-आपको आर्य कहते थे जिन्होंने भारतीय संस्कृति को मौखिक गीतों एवं स्तोत्रों का विशाल भंडार प्रदान किया। ये गीत एवं स्तोत्र अंततः *ऋग्वेद संहिता* के रूप में संकलित किए गए जिनकी आदिम जीवंतता एवं मुक्त कल्पना आज भी हमें चकित करती है। भौतिक संस्कृति की दृष्टि से अपने-आपको आर्य कहनेवाले ये लोग जिन्हें उनकी साहित्यिक रचना अर्थात् वेदों के कारण वैदिक लोग भी कहा जाता है, कुल मिलाकर पशुपालक थे जिनके पास साक्षरता या अन्य कोई उल्लेखनीय तकनीक नहीं थी। हां, उनके पास सैन्य तकनीक अवश्य थी और साथ ही अद्भुत साहित्यिक प्रतिभा भी थी यद्यपि इसका रूप मौखिक ही था। ऋग्वेद को कब और कैसे धर्मग्रंथ का पद प्राप्त हुआ और इसमें गहन दार्शनिक विवेक को देखने का प्रयास किया गया, यह निस्संदेह अलग प्रश्न है। ऐसा प्रतीत होता है कि सही अर्थ में दार्शनिक ज्ञान को ऋग्वेद में खोजने का प्रयास गलत उत्साह का परिणाम है और इस उत्साह को भड़काने में ऋग्वेद के ज्ञान का हाथ उतना नहीं था जितना कि धार्मिक श्रेष्ठता के दंभ का था। हरप्रसाद शास्त्री एवं अन्य गंभीर विद्वानों ने इस बात को जोर देकर कहा है। एक आकर्षक रूप से सरल बंगाली निबंध में वे कहते हैं :

"मात्र वेद शब्द ही प्रत्येक भारतीय को भावनाओं से अभिभूत कर देता है : धन्य है वह व्यक्ति जो वेदों का पारायण करता है और वह शिव या विष्णु का अवतार माना जाता है। शरीर और मन की शुचिता वैदिक अध्ययन के लिए आवश्यक

है और इसी अध्ययन से मंत्रों की सहायता से असंभव को प्राप्त करने की शक्ति प्राप्त होती है। विश्वामित्र ने मंत्र का उच्चारण किया और बारह वर्ष के सूखे के बाद पानी पीट-पीटकर बरसने लगा। मैं यहां एक मंत्र पढ़ता हूं और दिल्ली में बैठा मेरा शत्रु नष्ट हो जाता है। वैदिक मंत्रों से वंध्या स्त्री पुत्रवान होती है, रोगी नीरोग होता है, निर्धन धनी बनता है और मृतप्राय व्यक्ति जीवन प्राप्त करता है। आपको किसी प्रमाण की आवश्यकता है तो आप केवल यह कहें कि ऐसा वेदों में उक्त है; फिर कोई आपकी बात का खंडन करने का साहस नहीं करेगा। वास्तव में अज्ञानियों की यही धारणा है कि वेद चमत्कार हैं और चमत्कारी भी, कि ये असाध्य, अपठनीय, अबोध और अलभ्य हैं। देवी सरस्वती की अनुकंपा और पिछले जन्मों के सुकर्मों के संचित फल के बिना कोई वेदों को समझ नहीं सकता।

"लेकिन वेद वास्तव में हैं क्या ? ये ऐसे कुछ श्लोकों, गीतों आदि के संग्रह के सिवा कुछ नहीं जिनको विभिन्न कालों में, विभिन्न परिस्थितियों में और विभिन्न उद्देश्यों से विभिन्न प्रतिभावान कवियों ने रचा था। इसकी व्याख्या करते समय हमें आशा है कि वे लोग कृपा करके इसे नहीं पढ़ेंगे जो संस्कृत के बारे में पेशे की जरूरतों के कारण ऊंची-ऊंची बातें कहते हैं और वे लोग भी जो वेदों को पढ़ने का कष्ट उठाए बिना उनको ब्रह्म की रचना बतलाते हैं। वास्तव में यह साहित्य की *गोल्डेन ट्रेजरी आफ सांग्स एंड लिरिक्स* से मिलती-जुलती चीज है जो अनेकों प्रतिभावान कवियों की कविताओं और गीतों का संग्रह है..."[19]

ऋग्वेद का यह विहंगावलोकन इसकी आध्यात्मिक गरिमा को स्थापित करने के लिए लिखे गए भारी-भरकम बौद्धिक कूड़े-कबाड़े से कहीं अधिक अर्थवान है।

जो भी हो, पुरातत्ववेत्ता कुल मिलाकर इस बात पर सहमत हैं कि सिंधुघाटी सभ्यता की समाप्ति के बाद लगभग एक हजार साल की अवधि तकनीकी रूप से सृजनहीनता की अवधि रही। हमारे प्रमुख पुरातत्वविद् ए. घोष का कहना है कि यह साक्षरतापूर्व कृषि समुदायों में प्रतिगमन का काल था। कुछ लोग इसे 'अंधकार युग' कहना अधिक पसंद करते हैं। यही वह युग था जिसमें वेदों का जन्म हुआ।

लगभग ई. पू. सातवीं या छठी शताब्दी में भारतीय इतिहास ने एक नया मोड़ लिया और पुनः नगरीकरण की दिशा में अग्रसर हुआ। किंतु अब इसका क्षेत्र बदल गया था। यह नगरीकरण मुख्यतः गंगा के थाले में हुआ। सिंधुघाटी सभ्यता की तुलना में इसे कभी-कभी प्राचीन भारतीय इतिहास का दूसरा नगरीकरण भी कहा जाता है। इतिहास की इस नई दिशा की व्याख्या में इतिहासकारों ने पर्याप्त कार्य किया है किंतु इसकी पूर्ण व्याख्या के लिए अभी और कार्य अपेक्षित है, विशेषतः गंगाघाटी में वैदिक परंपरा से संबंध जोड़नेवाले एक संगठित पुरोहित वर्ग के आकस्मिक पुनरोदय की व्याख्या के लिए।

यहां हम अपना ध्यान उस बात पर केंद्रित रखने का प्रयास करेंगे जिसका संबंध हमारी वर्तमान विवेचना से है। हमारा सरोकार नई परिस्थिति में प्रशासन की बदली हुई आधारभूत संरचना से है। इस नई संरचना ने एक नए बौद्धिक वातावरण के लिए स्थान बनाया जिसने दर्शन के विकास की अथवा बुद्धि के आधार पर मानव एवं प्रकृति को समझने की नई संभावनाएं दीं। इसमें पुरोहित-तंत्र को अनदेखा कर दिया गया था। इसके लिए पुरोहित वर्ग को कम से कम गौण स्थिति में धकेलकर धर्मनिरपेक्ष सत्ता के लिए स्थान बनाने की प्रक्रिया आवश्यक थी ताकि किसी रूप में उस धर्मनिरपेक्ष सत्ता को शासन का अधिकार दिया ज़ा सके।

भारतीय इतिहास में जो शक्ति अब आगे आई वह थी 'क्षात्र-शक्ति' जो सैन्य-संगठन एवं विभिन्न सैन्य तकनीकों पर निर्भर थी। युद्ध-सामंतों के सर्वोच्च शक्ति प्राप्त करने की यह प्रक्रिया मगध साम्राज्य में अपने शिखर पर पहुंची। किंतु इसका आरंभ कुछ शताब्दियों पूर्व नए नगरीकरण के आरंभिक केंद्रों में हो चुका था। ये केंद्र जनपद और महाजनपद कहलाते थे। इनमें सांस्कृतिक दृष्टि से सर्वाधिक महत्वपूर्ण जनपद कुरु-पांचाल था। इसमें मोटे तौर पर पश्चिमी उत्तर प्रदेश, हरियाणा और पंजाब तथा राजस्थान के कुछ भाग सम्मिलित थे। पुरोहिती साहित्य (जो *यजुर्वेद* से आरंभ हुआ और जिसका विस्तार ब्राह्मण ग्रंथों में हुआ, ई. पू. 1000 और 800 के बीच स्थित माना जाता है) *ऋग्वेद* की परंपरा में होने का दावा करता है और मानता है कि इस नवीन सांस्कृतिक वातावरण में भी पुरोहितों का ही सर्वोच्च स्थान था।

तथापि विरोधाभास यह है कि इसी साहित्य में अप्रत्यक्ष रूप से इसके भी प्रमाण मिलते हैं कि पुरोहित वर्ग की स्थिति इस नई स्थिति में आर्थिक रूप से कितनी आश्रित और इसी कारण अधीनस्थ की हो गई थी।

यहां इस बात का एक दृष्टांत प्रस्तुत है। इस पुरोहिती साहित्य की लगभग एकमात्र विषयवस्तु अनुष्ठान हैं जिन्हें यज्ञ कहा जाता था। इन अनुष्ठानों को करने के लिए कुछ बातों को मानकर चलना पड़ता है : (1) पुरोहित वर्ग का होना क्योंकि माना जाता था कि ज्ञान केवल इसी वर्ग के पास है, (2) यज्ञों को करने की विधि, (3) इसके उपयुक्त मंत्र, (4) सब प्रकार की साज-सज्जा जिसमें (5) अर्थात् यज्ञ-कुंड में आहुति की जानेवाली भोजन-साम्रगी अथवा पशु इत्यादि सम्मिलित हैं। साथ ही यह भी सत्य है कि धनवान यजमान के बिना इन यज्ञों को करने की कल्पना नहीं की जा सकती थी। यजमान ही यज्ञ हेतु आवश्यक सामग्रियों के लिए तथा यज्ञ करनेवाले पुरोहितों की दक्षिणा के लिए धन देता था। यजमान को यज्ञ का व्यय वहन करने के लिए तैयार करने का एकमात्र उपाय उसे यह विश्वास दिलाना था कि उचित रीति से यज्ञ का अनुष्ठान करने से उसे सब प्रकार के सांसारिक सुख प्राप्त होंगे। अधिक महत्वपूर्ण बात यह थी कि *यज्ञ से प्राप्त होनेवाली दक्षिणा पुरोहितों की जीविका का*

एकमात्र साधन थी। अतः पुरोहितों का प्रयास यह होता था कि वे अपनी दक्षिणा की महिमा को बढ़ा-चढ़ाकर प्रस्तुत करें और उन्हें यह तक कहने में संकोच नहीं होता था कि दक्षिणा ही यज्ञ का सार है। किंतु इससे यह भी स्पष्ट है कि पुरोहित आर्थिक रूप से पूरी तरह यजमानों पर ही निर्भर थे।

ये यजमान कौन होते थे ? वर्तमान विवेचना के ऐतिहासिक संदर्भ में लुटेरे अर्थात् अपने विध्वंसक अभियानों से धन जमा करनेवाले युद्ध-सामंत ही ये यजमान थे। इसका वर्णन पुरोहित साहित्य में ही मिलता है। जो कुछ वे लूटते थे वह अंततः प्रत्यक्ष उत्पादकों अर्थात् शूद्रों का अतिरिक्त उत्पादन ही होता था—उन शूद्रों का जिन्हें पुरोहिती साहित्य में अधोमानव माना गया है। प्रायः यह लूट क्षुद्र वैश्यों की संपत्ति की भी होती थी जो उस समय सामाजिक महत्व प्राप्त कर रहे थे यद्यपि आरंभ में यह महत्व कम ही था।

यहां इस बात की विवेचना करने का उचित अवसर नहीं है कि किस प्रकार इन ऐतिहासिक परिस्थितियों में उदीयमान युद्ध-सामंतों की निर्मम लूट की गतिविधि एक ऐतिहासिक आवश्यकता थी। यहां ध्यान देने योग्य यह है कि पुरोहिती साहित्य में वर्णित पुरोहित वर्ग के अतिशयोक्तिपूर्ण आत्म-गौरवमंडन के बावजूद पुरोहित आर्थिक दृष्टि से और इसी कारण राजनीतिक दृष्टि से एक प्रकार से गौण स्थिति को प्राप्त हो चुके थे। इस नई स्थिति में प्रशासन की आधारभूत संरचना में युद्ध-सामंतों की धर्मनिरपेक्ष शक्ति ने उनका महत्वपूर्ण स्थान छीन लिया था। इसके फलस्वरूप सामान्य बौद्धिक वातावरण में गहन परिवर्तन हुआ और अंधविश्वास को मानने की बाध्यता नहीं रह गई। यदि, जैसाकि गॉर्डन चाइल्ड का कहना है, पहले नगरीकरण में संशयवादियों एवं संप्रदाय-प्रवर्त्तकों के लिए कोई स्थान नहीं था तो दूसरे नगरीकरण में इनकी भरमार हो गई। इस प्रकार प्राचीन भारत में दर्शन का जन्म हुआ जैसाकि उपनिषदों से और अनेक संप्रदायों के उदय से ज्ञात होता है जिनमें जैन धर्म एवं बौद्ध धर्म सबसे प्रमुख थे। यह कहना अप्रासंगिक नहीं होगा कि एक धारणा के अनुसार उपनिषदों का दर्शन क्षत्रियों की देन है। पूर्ण सत्य न होने पर भी इसमें सत्य का अंश अवश्य है कि क्षत्रियों के राजनीतिक महत्व प्राप्त किए बिना उपनिषदों का दर्शन कदाचित् ही अस्तित्व में आया होता।

हम शीघ्र भारत के आरंभिक दर्शनशास्त्रियों की चर्चा करेंगे। इसके पूर्व हम उस नई स्थिति की संक्षिप्त चर्चा कर लें जिसने यूनान में दर्शन को संभव बनाया।

17. प्राचीन यूनान में दर्शन का उदय

भारत में दूसरे नगरीकरण के दौरान प्रशासन के आधारभूत संगठन में परिवर्तन का कारण मूलतः पुरोहितों के एकाधिकार को एक ओर धकेलकर युद्ध-सामंतों की धर्मनिरपेक्ष शक्ति का राजनीतिक रूप से महत्वपूर्ण होना था। इसी के परिणामस्वरूप मानवचिंतन को अंधविश्वास की जकड़ से मुक्ति मिली। प्राचीन यूनान में भी न्यूनाधिक रूप से सांस्कृतिक विकास का यही स्वरूप था यद्यपि इसमें कुछ महत्वपूर्ण अंतर थे। एक तो प्राचीन यूनान में पुरोहितों को गौण बनाने में सैन्य तकनीकों पर आधारित युद्ध-सामंतों की शक्ति का हाथ नहीं था। वहाँ उभरनेवाली नई शक्ति का स्वरूप वाणिज्यिक अभिजाततंत्र का अधिक था। दूसरे, इसका घटनास्थल यूनान की मुख्य भूमि न होकर एशिया माइनर का एगियन तट था—विशेष रूप से आयोनिया नामक वह भू-भाग जो यूनानियों का उपनिवेश था।

फैरिंग्टन प्राचीन यूनान में दर्शन को जन्म देनेवाली सामाजिक स्थिति को बहुत स्पष्टता के साथ प्रस्तुत करते हैं।

निःसंदेह यूनानी संस्कृति प्राचीन मिस्र और मेसोपोटामिया की संस्कृति की अत्यधिक ऋणी थी। फिर भी यूनानी संस्कृति की सुस्पष्ट विशिष्टता को समझने के लिए सबसे अधिक महत्वपूर्ण बात उसका प्राचीन मिस्र और मेसोपोटामिया की संस्कृति से अलग रास्ता बनाना है। इस अलगाव की व्याख्या संभव है। प्राचीन यूनान की सामाजिक स्थिति के कारण बुद्धिसंगत दर्शन की ओर बढ़ सकना संभव हुआ जो साथ ही प्रकृति-विज्ञान की ओर बढ़ना भी था।

जब पुरोहितों के शासन और उनकी संस्थाओं के कारण मिस्री और मेसोपोटामियाई संस्कृतियां पतन की ओर अग्रसर थीं तब आयोनिया की स्थिति एकदम भिन्न थी। "मिस्र और बेबीलोन में शासन के एक मूलभूत साधन के रूप में दैवी राजत्व की कल्पना बहुत पहले स्थापित हो चुकी थी। सारी बौद्धिक गतिविधियों पर पुजारी वर्गों का नियंत्रण हो चुका था जो राजतंत्र का समर्थन करते थे। अंधविश्वासों का पोषण प्रशासनिक आवश्यकता समझा जाने लगा था और सांस्कृतिक प्रगति रुक गई थी।"[20] लेकिन आयोनिया और खासकर इसके प्रमुख नगर मिलेशस में परिस्थितियां इससे पूरी तरह भिन्न थीं।

"वहां राजनीतिक शक्ति वाणिज्यिक अभिजातवर्ग के हाथों में थी और यह अभिजातवर्ग उन तकनीकों के तीव्र विकास को बढ़ावा देने में सक्रिय रूप से संलग्न था जिन पर इसकी समृद्धि आधारित थी। दासप्रथा उस सीमा तक विकसित नहीं हुई थी कि शासक वर्ग तकनीकों को हेय दृष्टि से देख सकता। मिलेशस, जहां प्राकृतिक

दर्शन का जन्म हुआ, यूनानी संसार का सबसे अग्रणी नगर था। यह काले सागर में स्थित अनेकों प्रकार के उपनिवेशों के समूह का मातृ-नगर था और इसका व्यापार जिसके द्वारा यह अन्य द्वीपों के उत्पादनों से अपने उत्पादनों का विनिमय करता था, भूमध्यसागर में दूर-दूर तक फैला हुआ था।"[21]

इन हालात में जब चिंतकों ने मानव और प्रकृति से संबंधित प्रश्नों पर विचार करना आरंभ किया तो वे सब अंधविश्वासों से ग्रस्त रहने के लिए बाध्य न थे। इसके बजाय उन्होंने मूलभूत प्रश्नों की बुद्धिसंगत समझ प्राप्त करने की दिशा में कदम बढ़ाया। इसके कारण यूनानी चिंतन की नई प्रवृत्ति और मिस्र तथा मेसोपोटामिया के चिंतन में जमीन-आसमान का अंतर आ गया। संक्षेप में, बुद्धिसंगत चिंतन का प्रसार हुआ और यही दर्शन का आरंभ था।

इस प्रकार प्राचीन यूनान में भी दर्शन का उदय भारत की ही तरह प्रशासनिक संरचना को पार्थिव स्वरूप देने का परिणाम था। निश्चित ही नई राजनीतिक शक्ति की प्रकृति और उसकी मांगों के बारे में प्राचीन भारत और प्राचीन यूनान में अंतर था। लेकिन विस्तृत ब्योरों में अंतर होते हुए भी इस लौकिकता पर दोनों में समानता थी।

18. आयोनियाई प्रकृतिवादी विचारक

इन आरंभिक दर्शनशास्त्रियों को आयोनियाई प्रकृतिवादी कहा जाता है क्योंकि वे आयोनिया के निवासी थे और उनकी दार्शनिक धारणा मूलतः प्रकृतिवादी थी। यह समझना भी आवश्यक है कि इन आरंभिक दर्शनशास्त्रियों को आरंभिक वैज्ञानिक भी माना जाता है। तात्पर्य यह कि अपनी आरंभिक अवस्था में विज्ञान बुद्धिवादी दर्शन से भिन्न नहीं था।

अब तक के विवेचन के सार रूप में : दर्शनशास्त्र के उदय की शर्त है एक नया बौद्धिक वातावरण जिसके लिए आवश्यक है कि प्रशासन की आधारभूत संरचना को अंधविश्वास की अनिवार्यता से मुक्त किया जाए। भारत में ऐसा वातावरण ई. पू. लगभग छठी या सातवीं सदी में गंगाघाटी सभ्यता में बना। यूनान के उपनिवेश आयोनिया में भी लगभग उसी समय यह वातावरण बना। परिणामस्वरूप इन्हीं दो क्षेत्रों में हमें आरंभिकतम दर्शनशास्त्री दिखाई देते हैं—भारत में उपनिषद् काल से और यूनान में आयोनियाई प्रकृतिवादियों के समय से।

इनमें भारत की स्थिति आयोनिया की स्थिति से कहीं अधिक जटिल थी। उपनिषदों में हमें भारत के प्रथम दर्शनशास्त्रियों के दर्शन होते हैं। ये दर्शनशास्त्री

सत्य की खोज विभिन्न दिशाओं में करते हैं जबकि आयोनियाई दर्शनशास्त्रियों की सत्य की खोज कुल मिलाकर एक-आयामी ही है। अतः उचित होगा कि पहले हम आयोनियाई विचारकों के संबंध में कुछ विचार करें।

आज जब हम उनकी ओर दृष्टिपात करते हैं तो हमें आश्चर्य होता है कि उनका दार्शनिक चिंतन कितना सरल था। उनमें तीन विशेष रूप से उल्लेखनीय हैं : थेल्स (ई. पू. छठी सदी) एवं दो उसके तुरंत बाद के जिनके नाम हैं अनाक्सीमेंडर और अनाक्सीमिनीज। इनका विस्तृत विवेचन तो प्राचीन यूनानी दर्शन से संबंधित पुस्तिका में किया जाएगा; यहां उनके द्वारा कही गई कतिपय बातों का उल्लेख मात्र पर्याप्त होगा। थेल्स के संबंध में जितनी जानकारी उपलब्ध है उसके अनुसार थेल्स का दावा था कि जल ही वह परम सत्ता है जिससे संसार का अनंत नानात्व उत्पन्न होता है। अनाक्सीमेंडर इस परम सत्ता को एक प्रकार के आदिम कुहरा की भांति मानता था जबकि अनाक्सीमिनीज के लिए यह परम सत्ता वायु-रूप थी। जो भी हो, यह स्पष्ट है कि उनके विचारों में गहन चिंतन जैसी कोई वस्तु नहीं थी जो उन्हें महान् दर्शनशास्त्री या विचारक का स्थान दिला सके। तथापि विज्ञान और दर्शन के इतिहासकारों का विचार कुछ और ही है। उनके अनुसार इन विचारकों के उदय के साथ एक नए ही प्रकार के सांस्कृतिक इतिहास का आरंभ हुआ। विज्ञान के दो प्रमुख इतिहासकार ब्रुनेट एवं माइली इस दिशा में हमारा ध्यान आकर्षित करते हैं : "इन दर्शनशास्त्रियों को प्राचीनकाल में उचित ही नाम दिया गया था : फीजियोलोगोई अर्थात् प्रकृति के प्रेक्षक ... वे अपनी दृष्टि में आनेवाले दृश्यों का अवलोकन करते हैं और समस्त अलौकिक या रहस्यमय हस्तक्षेप को परे रखकर इन घटनाओं की सटीक स्वाभाविक व्याख्या देने का प्रयास करते हैं। इसी अर्थ में और समस्त जादुई हस्तक्षेप के अस्वीकार के द्वारा ही वे विज्ञान की दिशा में निर्णायक कदम बढ़ाते हैं और प्रकृति के तथ्यों की व्याख्या पर प्रयुक्त होनेवाली प्रत्यक्षमूलक विधि का आरंभ, कम से कम सचेत एवं व्यवस्थित आरंभ करते हैं।"[22]

किंतु कितनी भी वाग्जालपूर्ण सुंदर शैली क्यों न अपनाई जाए, इस बात को नहीं छिपाया जा सकता कि इस प्रकार अलौकिक को एकाएक ही समाप्त कर देने का परिणाम यूनानी चिंतन में आयोनियाई सुप्रभात का घोर भौतिकवाद था। इसके परिणामस्वरूप भी प्राचीन यूनानी सभ्यता में कुछ तनाव उत्पन्न हुआ क्योंकि जो विचारक मुख्यतः समाज के मुट्ठी भर लोगों के राजनीतिक विशेषाधिकारों की रक्षा करने में रुचि रखते थे अब वे राज्य के नियंत्रण के लिए अंधविश्वास की प्रभाविता को अधिकाधिक स्पष्ट रूप से अनुभव करने लगे और इस कारण देवी-देवताओं के भय के समूल विनाश से होनेवाले खतरे को भी समझने लगे। ये देवी-देवता मिस्र या मेसोपोटामिया के प्राचीन देवी-देवता न होकर ऐसे देवी-देवता थे जिनके प्रति यूनानी

धरती में ही आस्था उत्पन्न हुई थी। अन्य शब्दों में कहें तो आयोनियाई जागरण के घोर भौतिकवाद एवं शासन की अबुद्धिसंगत आस्थाओं की आवश्यकताओं के बीच तनाव उत्पन्न हो गया। यहां हम पहले बैराज डनहम को उद्धृत करेंगे जो बड़े सुंदर ढंग से आयोनियाई चिंतन की भौतिकवादी प्रवृत्ति को दर्शाते हैं :

"इस प्रकार वाणिज्यिक समाजों में देवी-देवताओं को स्थानच्युत करने की प्रवृत्ति होती है जिसमें सच्ची मूर्तियां स्पष्टतः ऐसी संपदा होती हैं जिससे समुदाय की श्रीवृद्धि होती है और संस्कृति फलती-फूलती है। संसार के वर्णन अधिक प्रकृतिवादी हो जाते हैं। कल्पना के कार्यकलापों को कल्पना के ही कार्यकलाप माना जाता है और इन्हें विज्ञान से भ्रमित करने को अंततः अंधविश्वास माना जाता है।

"आयोनिया में यह प्रवृत्ति बहुत आगे तक गई। जो अभिलेख मिले हैं वे अपूर्ण होने पर भी विश्वसनीय हैं और उनसे इस संबंध में कोई संदेह नहीं रह जाता। सबसे पहले तो अलौकिक संसार और उसका वर्णन करनेवाले महान् कवियों को अस्वीकार किया गया। आरंभ में तो इस अस्वीकार में गांभीर्य था किंतु छठी सदी के अंत तक इसमें सही अर्थों में वाल्तेयर जैसा तिरस्कार का भाव आ गया। डायना देवी को समर्पित नगर एफेसस के निवासी हेराक्लाइट्स को क्रोधपूर्वक कहते सुना गया कि होमर को खेल-प्रतियोगिताओं से निष्कासित करके कोड़े लगाए जाने चाहिए और यह कि अनेक विषयों से परिचय होना ही बुद्धिमत्ता का चिन्ह नहीं है अन्यथा हेसियॉड कहीं अधिक बुद्धिमान होता। कट्टर मूर्तिभंजक *जेनोफेनीज* ने अपने विख्यात छंद में तीखा प्रहार करते हुए मानवत्वारोपण के उद्गम का वर्णन किया है :

> "यदि होते पशुओं, घोड़ों और शेरों के भी हाथ,
> उन हाथों से यदि वे सकते चित्र बना और कर सकते
> वह सब जो करते हैं इंसान,
> तो घोड़ों के देव होते चित्रित घोड़ों से, पशुओं के पशुओं से, हरेक का
> चित्रण होता अपने ही शरीरों के अनुरूप।"

"और उसके पास इसका मानवशास्त्रीय प्रमाण भी था :

> "इथियोपियावासी कहते हैं उनके देवता हैं चपटी नाक
> वाले और काले :
> थ्रेसियावासी कि उनके हैं नीली आंखोंवाले
> और रक्त-केशी।'

"नैतिकता और व्यावहारिक बुद्धि का चोली-दामन का साथ रहा है। यूनानी देवता निंदनीय माने जाते थे। ज़ियस पितृहंता था, पत्नी-भीरु और व्यभिचारी पति था; हेरा पति को सतानेवाली, प्रभावहीन पत्नी थी; गैनीमीड देवताओं का साकी था जो उन्हें समलैंगिक कामुकता के लिए उकसाता रहता था; ऐफ्रोडिटी जो हेफाइस्टस की पत्नी

थी, एरीज. से अनैतिक संबंध रखती थी; हेफाइस्टस, जिसकी देवता हंसी उड़ाते थे क्योंकि वह लंगड़ाता था; इन सबके उबाऊ दुष्कृत्यों में हत्या, चोरी और कुमारीगमन जैसे कुकृत्य सम्मिलित थे। इसी कुमारीगमन के परिणामस्वरूप यूनान के कुछ विशिष्ट परिवारों को अत्यंत श्रेष्ठ पूर्वज मिले।"[23]

इस प्रकार शुद्ध भौतिकवादी अर्थों में संसार की वे व्याख्याएँ जो हमें थेल्स, अनाक्सीमेंडर एवं अनाक्सीमिनीज के यहां मिलती हैं, अल्पविकसित भले ही प्रतीत होती हों, मगर उनको न केवल यूरोप में सर्वप्रथम दर्शन के उदय का श्रेय प्राप्त है अपितु यह ऐसा दर्शन था जो निरीश्वरवाद एवं भौतिकवाद से स्वयं को प्रतिबद्ध घोषित करता था। किंतु आरंभिक दर्शनशास्त्रियों की यह निरीश्वरवादी-भौतिकवादी प्रवृत्ति आगे चलकर यूनानी संस्कृति में विशिष्ट तनाव उत्पन्न करने लगी थी। यूनान के मुख्य भू-भाग पर अनेक नगर-राज्यों का उदय हुआ जिनमें से प्रत्येक का अपना इष्ट-देवता था। नगर-राज्यों की शक्ति और सुरक्षा भी इन्हीं देवताओं पर निर्भर मानी जाती थी। इस कारण आयोनियाई जागरण की सामान्य प्रवृत्ति एवं नगर की शासक सत्ताओं के बीच तनाव अपरिवार्य हो गया, तब भी जबकि दासों के लिए न सही, नागरिकों के लिए इन नगर-राज्यों का मुखौटा जनतंत्रवादी था। बैरोज़ डनहम आगे कहते हैं :

"महान् आयोनियाई दर्शनशास्त्रियों की भौतिक व्याख्याएं भले ही सुखद लगती रही हों और संसार में शरीर के अतिरिक्त कुछ अन्य न होने में उनकी आस्था कितनी ही दृढ़ क्यों न रही हो, यूनानी प्रायद्वीप के नगर-राज्यों की धारणा कुछ और ही थी। इष्ट-देवता बहुत महत्वपूर्ण होते हैं और वे उन्हें इष्ट माननेवाले लोगों की शक्ति एवं सुरक्षा बनाए रखते हैं। अतः उनके अस्तित्व पर शंका करना एक अनिवार्य सुरक्षा को दूर करना है या ऐसा प्रतीत होता है। ऐसा करना समुदाय के प्रति विश्वासघात भी प्रतीत हो सकता है।

"निस्संदेह ऐसी धारणा थोड़ी-बहुत मनमौजी थी। यदि सचमुच राष्ट्र-देवता होते हैं और वे सचमुच नगर की रक्षा करते हैं तो उनके अस्तित्व को नकारने मात्र से उनका अस्तित्व एवं प्रभाव नष्ट नहीं हो जाएगा। केवल यह कहा जाएगा कि उनके अस्तित्व पर संशय करनेवाला भूल पर था। तथापि तर्क अलौकिक से अलग हो जाने का उपाय जानता है और संस्थाएँ अपनी विचारधारा की रक्षा करने के लिए तर्क को आधार नहीं बनातीं। शासकों का यही भय कि विवेचना मात्र से एकता नष्ट होती है, इस धार्मिक भय से परिणत हो जाता है कि देवताओं को न मानने से वे अप्रसन्न हो जाते हैं।

"इतना ही नहीं, यदि मिथक के हरेक सूत्र एवं तंतु को राजनीति से अलग कर दिया जाए तो जो बच रहेगा उसे सह सकना कठिन होगा, अर्थात् इस नग्न सत्य को

कि प्रत्येक शासन हिंसा द्वारा ही जन्म लेता है और हिंसा द्वारा ही अपना अस्तित्व बचाए रखता है। दया, न्याय या विवेक के किसी भी देवता का ऐसी गतिविधियों से क्या संबंध हो सकता था; हां, इनसे यूनानी देवताओं के संबंध हो सकते थे क्योंकि वे चालाकी में सिद्धहस्त होते थे।"[24] अब हमारे लिए यह समझना सरल है कि आयोनियाई जागरण के परवर्ती प्रतिनिधि अनाक्सेगोरस (जिसका जन्म कदाचित् ई. पू. 500 में हुआ था) और बाद में सुकरात, (जिसका जन्म ई. पू. 469 में पड़ोसी ऐथेंस में हुआ था) के साथ क्या हुआ था।

अनाक्सेगोरस का जन्म एक आयोनियाई नगर में हुआ था। जब अपनी युवावस्था में वह प्रवासी बनकर एथेंस आया तो उसका चिंतन आयोनियाई जागरण के विचारों से भरा हुआ था। किंतु उसकी प्रकृतिवादी धारणाएं अत्यंत वैज्ञानिक थीं और एथेंस की राजनीतिक शक्ति जिस बौद्धिक दृष्टिकोण पर आधारित थी वह इन प्रकृतिवादी धारणाओं को सहन नहीं कर सका। परिणाम यह हुआ कि उसे 'खतरनाक' व्यक्ति घोषित कर दिया गया और उसे दो बार अपधर्मिता के अभियोगों का सामना करना पड़ा। सर्वप्रथम ई. पू. 455 में उस पर अधर्मी होने का अभियोग चलाया गया किंतु लगभग दस वर्ष बाद क्षमा दे दी गई। तथापि ई. पू. 430 के लगभग उस पर पुनः अभियोग चलाया गया और उसे लेम्पसाकस में निष्कासित कर दिया गया जहां ई. पू. 427 में उसकी मृत्यु हो गई। किंतु इन अभियोगों से उसके दृढ़ भौतिकवाद पर कोई प्रभाव नहीं पड़ा और कहा जाता है कि उसने शुष्कतापूर्वक यह टिप्पणी की थी कि "प्रकृति ने तो बहुत पहले ही मुझे अपराधी घोषित किया था और अब मेरे न्यायाधीश भी वही कर रहे हैं।"

सुकरात के संबंध में उपलब्ध जानकारी के अनुसार आयोनियाई भौतिकवाद से उसका कोई संबंध नहीं था। तथापि उसके संबंध में एक बात असंदिग्ध है और वह है उसकी दृढ़ नैतिक प्रतिबद्धता—ऐसी प्रतिबद्धता जो संभवतः एथेंस में जनतांत्रिक मुखौटों की आड़ में जारी राजनीतिक भ्रष्टाचारों के विरुद्ध थी। उस पर अभियोग चलाया गया या कम से कम जैसा कि अफलातून (प्लेटो) का विश्वास था, अभियोग चलाने का नाटक किया गया। इस अभियोग में अपनी सफाई में जो दलीलें सुकरात ने दीं वे उसे बौद्धिक एवं नैतिक, दोनों ही रूपों में इतना ऊंचा उठा देती हैं कि उसका फैसला करनेवाले न्यायाधीश बौने लगने लगते हैं। उस पर दो अभियोग लगाए गए थे। पहला था राष्ट्रीय धर्मशास्त्र का ध्वंस; इसमें आयोनियाई जागरण की हल्की-सी झलक देखना असंभव नहीं है। दूसरा अभियोग जो कदाचित् पहले से ही संबंधित है, यह था कि वह एथेंस के युवाओं को बिगाड़ रहा है। अफलातून का कथन है कि सुकरात ने बड़े विश्वसनीय ढंग से यह सिद्ध करने का प्रयास किया कि वे अभियोग प्रहसन मात्र थे। किंतु उसके विरुद्ध इतना अधिक राजनीतिक दबाव था कि बुद्धि

अथवा उच्च नैतिकता की कोई बात नहीं सुनी गई। उसे मृत्युदंड दिया गया और उसने बिना झिझके, शायद प्रसन्नतापूर्वक, हेमलॉक नामक विष पीकर मृत्यु का वरण किया।

सुकरात के पश्चात्, विशेषतः अफलातून के दर्शनशास्त्र के साथ प्राचीन यूनानी दर्शनशास्त्र में एक तीखा मोड़ आया। सिद्धांत रूप में यह मोड़ आरंभिक आयोनियाई दर्शनशास्त्रियों की उपलब्धियों को पूर्णरूपेण समाप्त कर देने के लिए था। प्रकृति को उसके स्वाभाविक रूप में समझने का प्रयास करने के विपरीत अफलातून प्रकृति की वास्तविकता को पूर्णतः नकारता है। उसकी दृष्टि में प्रकृति अधिक से अधिक शुद्ध विचारों से निर्मित अतींद्रिय जगत् की छाया मात्र है। राजनीतिक रूप से अफलातून की मुख्य चिंता थी जनसमुदाय को नियंत्रित रखना। चूंकि सत्य के बल पर यह कार्य संभव नहीं था, अतः अफलातून स्पष्ट रूप से यह कहकर झूठ के प्रचार की हिमायत करते हैं कि राजनीतिक रूप से कार्यसाधक होने के कारण ऐसा करना लाभप्रद है। अतः कोई आश्चर्य नहीं कि उन्हें मिस्र की जड़ीभूत संस्कृति से ईर्ष्या होती थी जिसमें राज्य का नियंत्रण करने के लिए प्रभावशाली साधन के रूप में अंधविश्वास का खुलकर प्रयोग किया जाता था। फिर भी अफलातून के लेखन के आधार पर इस बात को नकारा नहीं जा सकता कि वे प्राचीन यूनान की महानतम विभूतियों में एक थे। फिर भी सच्चे ज्ञान का दीपक बुझाने के लिए वे क्यों तत्पर हुए, इसकी विवेचना हम इस शृंखला की यूनानी दर्शनशास्त्र से संबंधित पुस्तिका में करेंगे।

अभी तो हम प्राचीन भारत की विवेचना पर आते हैं।

19. 'द्वितीय नगरीकरण' एवं भारत में दार्शनिक वातावरण

जैसाकि कहा जा चुका है, प्राचीन सिंधुघाटी सभ्यता के नगरों के नष्ट हो जाने के पश्चात् लगभग एक हजार वर्षों का रिक्तकाल आया। तत्पश्चात् ई. पू. सातवीं या छठी सदी के आस-पास भारतीय इतिहास पुनः एक नए नगरीकरण की ओर अग्रसर हुआ। हमारे इतिहासकार मुख्य रूप से साहित्यिक स्रोतों के आधार पर जो कभी-कभी पुरातत्वविज्ञान के तथ्यों से मेल खा जाते हैं, अभी तक यह जानने का प्रयास कर रहे हैं कि घटनाओं ने यह नया मोड़ क्यों लिया। इस संबंध में हमने भी इस बात पर बल दिया है कि इसका कारण ऐसे क्षेत्रीय राज्यों का उदय था जो मुख्य रूप से उदीयमान युद्ध-सामंतों की सैन्य प्रौद्योगिकी पर आधारित थे जिसे भारतीय शब्दावली में 'क्षात्र-शक्ति' कहा जाता है।

दर्शनशास्त्र की विवेचना में सबसे रोचक बात यह है कि बौद्धिक अन्वेषण का आश्चर्यजनक रूप से विभिन्न दिशाओं में प्रस्फोट एवं प्रसार हुआ और इसका समय भी वही था जो द्वितीय नगरीकरण का था। प्राचीन सिंधुघाटी सभ्यता के प्रथम नगरीकरण के दौरान प्रशासन की आधारभूत संरचना के लिए अंधविश्वासों पर आश्रित होना ऐतिहासिक रूप से आवश्यक था ताकि प्रत्यक्ष उत्पादकों के अतिरिक्त उत्पादन का प्रवहण करके आरंभिक नगर-केंद्रों में पहुंचाया जा सकता जिसके बिना नगरों का जन्म संभव नहीं था। ऐसी स्थिति में बौद्धिक जिज्ञासा का पूर्ण दमन आवश्यक था या गॉर्डन चाइल्ड के शब्दों को दोहराएं तो प्रथम नगरीकरण में संशयवादी या संप्रदाय-प्रवर्तक के लिए कोई स्थान नहीं था। दर्शन जन्म ले सके, इसके लिए अंधविश्वास की गहरी तंद्रा का टूटना आवश्यक था और द्वितीय नगरीकरण की पूर्वबेला में यह सचमुच टूटी। इसका परिणाम यह हुआ कि मानव एवं प्रकृति के संबंध में जो सैद्धांतिक जिज्ञासा अब तक दमित पड़ी थी वह एक नहीं, अनेकों विभिन्न दिशाओं में फूट निकली।

इस सबका प्रमाण हमें उपनिषदों की विभिन्न धारणाओं में, जैन एवं बौद्ध धर्म के उदय में एवं उन विचारकों की धारणाओं में मिलता है जिन्हें न केवल औपनिषदिक अपितु जैन एवं बौद्ध धारणाओं के अनुसार भी अपधर्मी माना जाता था। सत्य तो यह है कि उपनिषद् जैन एवं बौद्ध मतावलंबियों को अपधर्मी मानते थे तो जैन एवं बौद्ध भी उपनिषदों के प्रति पंथिक वैर-भाव रखते थे। इन मुख्य अंतर्विरोधों के अतिरिक्त, अंतर्विरोधों में निहित अन्य अंतर्विरोध भी थे। यहां कुछ उदाहरण प्रस्तुत हैं।

एक सापेक्षतः बाद के *मैत्री* या *मैत्रायणी* नामक उपनिषद् में विभिन्न प्रकार के अपधर्मियों का बड़ा सजीव वर्णन मिलता है। ये अपधर्मी घृणित हैं और इनका स्थान केवल नरक में ही हो सकता है। लेकिन इनमें बौद्ध अथवा जैन शामिल नहीं हैं। इसके विपरीत ये अपधर्मी संभवतः लोक-दर्शनशास्त्रियों के प्रतिनिधि हैं जो उस समय के विचारधारात्मक अधोलोक के वासी थे। इनमें समाज के निम्नतम स्तर पर रहनेवाले शूद्र और शिल्पी थे जो अपना अलग दृष्टिकोण रखने का दावा करते थे और इस प्रकार स्थापित मान्यता एवं मर्यादा का उल्लंघन करते थे। निम्न उद्धरण से ज्ञात होगा कि उस समय कितनी बौद्धिक अशांति फैली हुई थी। यह वर्णन उपनिषद् काल के आरंभ की धारणा दर्शाता है जिसमें विचारधारात्मक अधोलोक से संबंधित व्यक्तियों के लिए घृणा का जहर उगला गया है :

> "कुछ लोग ऐसे हैं जो निरंतर मौज मस्ती
> करते हैं, निरंतर प्रवास में रहते हैं, निरंतर
> दान मांगते रहते हैं, निरंतर हस्त-शिल्प पर
> निर्वाह करते हैं।
>
> "इतना ही नहीं, ऐसे लोग भी
> हैं जो नगरों के भिखारी हैं,

जो अपात्रों के लिए बलि-कर्म करते हैं,
जो शूद्रों के शिष्य हैं और
जो शूद्र होते हुए भी अपने विशेष प्रकार के शास्त्रों के ज्ञाता हैं।

"और इतना ही नहीं, ऐसे लोग भी हैं, जो
धूर्त हैं, जो अपने बालों का जूड़ा
बनाते हैं, जो नर्तक हैं, भाड़े के टट्टू
हैं, धार्मिक भिक्षु हैं, अभिनेता हैं,
राजसेवा से निष्कासित हैं, इत्यादि।

"और, इतना ही नहीं, ऐसे लोग भी हैं जो
कहते हैं कि धन के बदले हम यक्षों,
राक्षसों, भूतों, भूत-दलों, प्रेतों, सर्पों एवं
पिशाचों आदि (के दुष्प्रभाव) को दूर
करते हैं।

"और, कुछ अन्य ऐसे हैं भी जो मिथ्या रूप
से लाल वस्त्र, कुंडल एवं कपाल
धारण करते हैं।

"और, इतना ही नहीं, कुछ लोग ऐसे
भी हैं जिन्हें वेदों में आस्था
रखनेवालों को पीड़ित करने में
बड़ा आनंद मिलता है। वे
छलपूर्ण तर्कों एवं
मिथ्या एवं कुतर्कपूर्ण उदाहरणों द्वारा
आस्थावानों को भ्रमित करना चाहते हैं।

"ऐसे लोगों की संगति नहीं करनी चाहिए।
सत्य ही, ऐसे प्राणी स्पष्ट रूप से
दस्यु हैं, स्वर्ग के अयोग्य हैं।
क्योंकि कहा गया है कि

"आत्मा का नकार करनेवाले सिद्धांत के मायाजाल के कारण,
मिथ्या तुलनाओं एवं प्रमाणों के कारण
विचलित हुआ संसार यह नहीं देखता
कि ज्ञान और अज्ञान में क्या भेद है।"[25]

20. बौद्धिक उथल-पुथल : पाली स्रोत

उपनिषदों के विस्तृत विवेचन को यहीं छोड़कर हम बौद्ध धर्म के पाली ग्रंथों की ओर उन्मुख होते हैं। इससे ज्ञात होता है कि उस समय कितनी प्रकार की धारणाएं, विशेषकर बौद्ध धर्म की विरोधी धारणाएं अपनी पहचान बनाने पर बल दे रही थीं।

ब्रह्मजालसुत्त नामक संवाद में ही बासठ विभिन्न प्रकार के दार्शनिक मतों का उल्लेख मिलता है। ये मत सत्ता और असत्ता, संसार के आदि और अंत, आत्मा और उसकी प्रकृति एवं इतिहास संबंधी प्रश्नों से जुड़े हुए हैं। "इन सब बातों से बुद्ध के शिष्य को अलग रहना चाहिए। जिस प्रकार एक कुशल मछेरा बारीक जाल डालकर छोटी-बड़ी सभी मछलियों को पकड़ लेता है, उसी प्रकार बुद्ध जानते हैं कि किस प्रकार सभी वाक्पटुओं एवं दर्शनशास्त्रियों को ब्रह्मजाल डालकर 'पकड़ा' जाए और उनके सिद्धांतों एवं परिकल्पनाओं को निरर्थक एवं सच्चे मोक्ष के मार्ग की बाधा सिद्ध किया जाए।"[26]

निस्संदेह हमारे पास बुद्ध के काल में प्रचलित इन बासठ प्रकार के दार्शनिक मतों के ऐतिहासिक रूप से यथार्थ प्रतिनिधियों के बारे में निश्चित साक्ष्य नहीं हैं। इस सूत्र को पढ़ने से यह धारणा बनती है कि संभव है बुद्ध द्वारा महत्वपूर्ण माने जानेवाले प्रश्नों के प्रति संभावित रूप से अपनाए जा सकने वाले मतों को ही यहां प्रस्तुत कर दिया गया हो। किंतु कम-से-कम उन छः मतों के प्रतिनिधियों की ऐतिहासिकता के संबंध में संदेह का स्थान नहीं है जिन्हें बौद्ध अपधर्मी मानते हैं और जिनका उल्लेख *सामण्णफलसुत्त* [27] नाम के एक अन्य संवाद में भी मिलता है। इनमें छः अपधर्मियों का नाम लेकर उल्लेख किया गया है और इसमें कोई संदेह नहीं कि इनके बताए जानेवाले मतों में परवर्ती मानदंड के अनुसार भी अधिक दार्शनिक सार है। अब हम उन मतों को उद्धृत करेंगे जो राजा अजातशत्रु बुद्ध से अपने इस प्रश्न का उत्तर पाने के बाद कहता है कि एकांतसेवी अथवा भिक्षु (श्रमण) का जीवन व्यतीत करने का क्या लाभ है :

"तब राजा अजातशत्रु भगवान को अभिवादन करके और भिक्षु संघ को हाथ जोड़कर एक ओर बैठ गया। एक ओर बैठकर मगधराज ने भगवान से कहा : "भंते ! मैं आपसे कुछ पूछना चाहता हूं, सो भगवान कृपा करके प्रश्न पूछने की अनुमति दें।"

"महाराज ! जो चाहो पूछो।"

"जैसे भंते ! यह भिन्न-भिन्न शिल्प कर्म हैं, जैसे कि हरित आरोहण (हाथी की सवारी), अश्वारोहण, रथिक, धनुर्गाह, चेलक (युद्ध-ध्वज-धारण), चलक (व्यूह-रचना), पिंडदायिक (पिंड बांटनेवाले), उग्र राजपुत्र (वीर राजपुत्र), महानाग (हाथी से युद्ध करनेवाले) शूर, चर्म, (ढाल) योधी, दास-पुत्र, आलारिक (रसोइया), कल्पक (नाई), नहायक (नहलानेवाले), सूद (पाचक), मालाकार, रजक (धोबी), पेशकार (रंगरेज), नलकार, कुंभकार, गणक, मुद्रिक

(हाथ से गिननेवाले), और जो दूसरे भी इस प्रकार के भिन्न-भिन्न शिल्प हैं, (इनके) शिल्प-फल से (लोग) इसी शरीर में प्रत्यक्ष जीविका करते हैं, उससे अपने को सुखी करते हैं, तृप्त करते हैं। पुत्र-स्त्री को सुख देते हैं, तृप्त करते हैं। मित्र-आमात्यों को सुखी करते हैं, तृप्त करते हैं। ऊपर ले जानेवाले, स्वर्ग को ले जानेवाले, सुखविपरक वाले, स्वर्गमार्गीय, श्रमण ब्राह्मणों के लिए दान स्थापित करते हैं। क्या भंते ! उसी प्रकार श्रामण्य-फल भी इसी जन्म में प्रत्यक्ष (फलदायक) बतलाया जा सकता है ?"

"महाराज ! क्या यही प्रश्न आपने अन्य श्रमण ब्राह्मणों से भी किया है ?"

"भंते ! किया है।"

"यदि तुम्हें कष्ट न हो तो बताओ उन्होंने क्या उत्तर दिया था।"

"भंते ! जब भगवान या भगवान-सदृश कोई बैठा हो तो मुझे कहने में कोई कष्ट नहीं है।"

"तो महाराज़ ! कहो।"

पूर्ण काश्यप का मत (अक्रियवाद)

(अजातशत्रु ने कहा) "एक बार भंते ! मैं वहां गया जहां पूर्ण काश्यप थे। वहां जाकर मैंने पूर्ण काश्यप के साथ संमोदन किया। एक ओर बैठकर यह पूछा, हे काश्यप ! यह भिन्न-भिन्न शिल्प-स्थान हैं ··· इत्यादि। ऐसा पूछने पर भंते ! पूर्ण काश्यप ने मुझसे कहा : "महाराज ! करते-कराते, छेदन करते, छेदन कराते, पकाते-पकवाते, शोक करते, परेशान होते, परेशान कराते, चलते-चलाते, प्राण मारते, बिना दिया लेते, सेंध मारते, गांव लूटते, चोरी करते, बटमारी करते, परस्त्रीगमन करते, झूठ बोलते भी पाप नहीं होता। छुरे से तेज चक्र द्वारा जो इस पृथ्वी के प्राणियों को (कोई) मांस का खलियान, एक मांस का पुंज बना दे तो इसके कारण उसको पाप नहीं, पाप का आगम नहीं होता। यदि घात करते-कराते, काटते-कटाते, पकाते-पकवाते, गंगा के दक्षिण तीर भी जाए तो भी इसके कारण उसको पाप नहीं, पाप का आगम नहीं होगा। दान देते, दान दिलाते, यज्ञ करते, यज्ञ कराते यदि गंगा के उत्तर तीर भी जाए तो इसके कारण उसे पुण्य नहीं, पुण्य का आगम नहीं होगा। दान, दम-संयम से, सत्य बोलने से न पुण्य है, न पुण्य का आगम है।" इस प्रकार भंते ! पूर्ण काश्यप ने मेरे प्रत्यक्ष श्रामण्य-फल पूछने पर अक्रिया-वर्णन किया। जैसे कि भंते ! पूछो आम, उत्तर दे कटहल, पूछो कटहल, उत्तर दे आम; ऐसे ही भंते ! पूर्ण काश्यप ने मेरे प्रत्यक्ष श्रामण्य-फल पूछने पर अक्रिया (अक्रियवाद) उत्तर दिया।

"कैसे मुझ जैसा (कोई राजा) अपने राज्य में बसनेवाले किसी श्रमण या ब्राह्मण को देश से निकाल दे ! भंते, सो मैंने पूर्ण काश्यप के कहे हुए का न तो अभिनंदन किया और न निंदा ही की। न प्रशंसा, न निंदा ही करके खिन्न हो, कोई खिन्न बात भी न कहकर, उस (उनकी कही हुई) बात को न स्वीकार करके और न ही उसका खयाल कर, आसन

से उठकर मैं चल दिया।

मक्खलि गोसाल का मत (दैववाद)

"भंते ! एक दिन मैं वहा गया जहां मक्खलि गोसाल थे। वहां जाकर मक्खलि गोसाल के साथ कुशल-समाचार का आदान-प्रदान किया। एक ओर बैठकर मक्खलि गोसाल से मैंने यह कहा : हे गोसाल ! जिस तरह ये जो दूसरे शिल्प हैं जैसे हरित आरोहण इत्यादि और भी जो दूसरे शिल्प जो आंखों के सामने फल देनेवाले हैं, लोग उनसे अपने सुख-पुण्य कमाते हैं। हे गोसाल ! क्या वे उसी प्रकार श्रमण-भाव का पालन करने का प्रत्यक्ष फल हैं ? ऐसा कहने पर भंते ! मक्खलि गोसाल ने यह उत्तर दिया : "महाराज ! सत्वों के क्लेश का हेतु नहीं है, दशा नहीं है। बिना हेतु और बिना दशा के ही सत्व क्लेश पाते हैं। सत्वों की शुद्धि का कोई हेतु नहीं है, कोई दशा नहीं है। बिना हेतु और बिना दशा के सत्व शुद्ध होते हैं। अपने कुछ नहीं कर सकते हैं, पराये भी कुछ नहीं कर सकते हैं, (कोई) पुरुष भी कुछ नहीं कर सकता है। बल नहीं है, वीर्य नहीं है, पुरुष का कोई पराक्रम नहीं है। सभी सत्व, सभी प्राणी और सभी जीव अपने वश में नहीं हैं, निर्बल, निर्वीर्य और भाग्य और संयोग के फेर से छः जातियों (में उत्पन्न हो) सुख और दुख भोगते हैं। वे प्रमुख योनियां चौदह लाख छियासठ सौ हैं। पांच सौ पांच कर्म, तीन अर्धकर्म (केवल मन से, शरीर से नहीं), बासठ प्रतिपदाएं (मार्ग), बासठ अंतर्कल्प, छः अभिजातियां, आठ पुरुष-भूमियां, उनचास सौ आजीवक, उनचास सौ परिव्राजक, उनचास सौ नाग-आवास, बीस सौ इंद्रियां, तीस सौ नरक, छत्तीस रजोधातु, सात संज्ञी (होशवाले) गर्भ, आठ असंज्ञी गर्भ, सात निर्गंथ गर्भ, सात देव, सात मनुष्य, सात पिशाच, सात स्वर, सात सौ सात गाँठें, सात सौ सात प्रपात, सात सौ सात स्वप्न और अस्सी लाख छोटे-बड़े कल्प हैं जिन्हें मूर्ख और पंडित जानकर और अनुगमन कर दुखों का अंत कर सकते हैं। कोई यह नहीं कह सकता कि इस शील या व्रत या तप या ब्रह्मचर्य से मैं अपरिपक्व कर्म को परिपक्व करूंगा। परिपक्व कर्म को भोगकर अंत करूंगा। सुख-दुख द्रोण (नाप) से तुले हैं, संसार में घटना-बढ़ना, उत्कर्ष-अपकर्ष नहीं होता। जैसेकि सूत का गोला फेंकने पर उछलता हुआ गिरता है, वैसे ही मूर्ख और पंडित दौड़कर, आवागमन में पड़कर अंततः दुख का अंत करेंगे।"

"भंते ! इस प्रकार प्रत्यक्ष श्रामण्य-फल के पूछे जाने पर मक्खलि गोसाल ने संसार की शुद्धि का उपाय बताया। भंते ! जिस प्रकार आम के पूछने पर कटहल कहे और कटहल के पूछने पर आम कहे, इसी प्रकार प्रत्यक्ष श्रामण्य-फल के पूछे जाने पर मक्खलि गोसाल ने संसार की शुद्धि का उपाय बताया। भंते ! तब मेरे मन में यह हुआ "कैसे मुझ जैसा (कोई राजा) किसी ब्राह्मण या श्रमण को राज्य से निकाल दे ! सो भंते ! मैंने न तो उनके मत को स्वीकार किया, न अस्वीकार और आसन से उठकर चल दिया।"

अजित केशकंबल का मत (जड़वाद)

"भंते ! एक दिन मैं जहाँ केशकंबल थे, वहाँ गया। वहाँ जाकर मैंने उनका अभिवादन किया और एक ओर बैठ गया। एक ओर बैठकर मैंने उनसे पूछा : "हे अजित ! जिस प्रकार विभिन्न शिल्प प्रत्यक्ष फल देनेवाले हैं, क्या उसी प्रकार, श्रमण धर्म के पालन का प्रत्यक्ष फल होता है ?"

"ऐसा पूछने पर भंते ! अजित केशकंबल ने यह उत्तर दिया : "महाराज ! न दान है, न यज्ञ है, न होम है, न पुण्य या पाप का अच्छा-बुरा फल होता है, न यह लोक है, न परलोक है, न माता है, न पिता है, न अयोनिज सत्व हैं और न इस लोक में वैसे ज्ञानी और समर्थ श्रमण या ब्राह्मण हैं जो इस लोक और परलोक को स्वयं जानकर और साक्षात् कर (कुछ) कहेंगे। मनुष्य चार महाभूतों से मिलकर बना है। मनुष्य जब मरता है तो पृथ्वी, महापृथ्वी में लीन हो जाती है, जल महाजल में, तेज अग्नि में, वायु वायु में और इंद्रियां आकाश में लीन हो जाती हैं। लोग मरे हुए मनुष्य को खाट पर रखकर ले जाते हैं, उसकी निंदा-प्रशंसा करते हैं। हड्डियाँ कबूतर की भाँति उजली हो (बिखर) जाती हैं और सबकुछ भस्म हो जाता है। मूर्ख लोग जो दान देते हैं उसका कोई फल नहीं होता। अस्तित्ववाद (आत्मा में आस्था) झूठा है। मूर्ख और पंडित सभी के शरीर नष्ट होते ही उच्छेद को प्राप्त होते हैं। मरने के बाद कोई नहीं रहता।" भंते ! प्रत्यक्ष श्रामण्य-फल पूछे जाने पर अजित केशकंबल ने उच्छेदवाद का विस्तार किया। भंते ! जिस प्रकार आम के पूछने पर ··· इत्यादि। भंते ! तब मैंने सोचा मुझ जैसा (कोई राजा) किस प्रकार किसी ब्राह्मण या श्रमण को दोष लगा सकता है ! अजित केशकंबल ने जो कहा था उससे मैं प्रसन्न नहीं हुआ। किंतु मैंने नहीं कहा कि मुझे उनका मत अस्वीकार्य है। मुझे यह मत न तो अच्छा लगा, न ही मैंने इसे अस्वीकार किया और मैंने इस संबंध में कुछ भी नहीं कहा। मैं अजित के मत को स्वीकार किए बिना या उस पर ध्यान दिए बिना वहां से उठकर चला आया।"

प्रक्रुध कात्यायन का मत (अकृतवाद)

"भंते ! एक दिन मैं जहाँ प्रक्रुध कात्यायन थे वहां गया। वहां जाकर प्रसन्न भाव से अभिवादन कर एक ओर बैठ गया। एक ओर बैठकर मैंने उससे पूछा : हे कात्यायन ! जिस प्रकार विभिन्न शिल्प-कर्मों से प्रत्यक्ष लाभ होते हैं, क्या उसी प्रकार श्रामण्य धर्म का पालन करने से भी प्रत्यक्ष लाभ होते हैं ?

"इस पर भंते ! प्रक्रुध कात्यायन ने यह उत्तर दिया : महाराज ! यह सात काय (समूह) अकृत-अकृतविध-अनिर्मित-निर्माण रहित, अवध्य-कूटस्थ, स्तंभवत् (अचल) है। ये चल नहीं होते, विकार को प्राप्त नहीं होते : न एक-दूसरे को हानि पहुँचाते हैं, न एक-दूसरे के

सुख, दुख या सुख-दुख के लिए पर्याप्त हैं। कौन से सात ? पृथ्वी-काय, आप-काय, तेज-काय, वायु-काय, सुख, दुख और जीवन, यह सात। ये सात काय अकृत सुख-दुख के योग्य नहीं हैं। यहां न हंता है, न घातमिता (हनन करानेवाला) न सुननेवाला, न सुनानेवाला, न जाननेवाला, न जतलानेवाला। जो तीक्ष्ण शस्त्र से शीश भी काटे (तो भी) कोई किसी को प्राण से नहीं मारता। वह शस्त्र सातों कायों से अलग शून्य में गिरता है।"

"इस प्रकार भंते ! प्रत्यक्ष श्रामण्य-फल के पूछे जाने पर प्रक्रुध कात्यायन ने दूसरी ही बातें बताईं। भंते ! जैसे आम के पूछे जाने पर ··· इत्यादि।

"मुझ जैसा (राजा) क्यों अपने राज्य में रहनेवाले ब्राह्मण या श्रमण को दोष दे !

"भंते ! प्रक्रुध कात्यायन ने जो मुझे कहा उससे मैं प्रसन्न नहीं हुआ। किंतु मैंने ऐसा नहीं कहा कि मुझे उनका मत स्वीकार नहीं है। मुझे न तो उनका मत अच्छा लगा, न ही मैंने अपनी अप्रसन्नता प्रकट की। मैं उनके मत को स्वीकार किए बिना अथवा उस पर कोई ध्यान दिए बिना वहां से उठकर चला आया।"

निगंठ नाथपुत्त का मत (चातुर्भाम संवर)

"भंते ! एक दिन मैं जहां निगंठ नाथपुत्त थे वहां गया। प्रसन्नतापूर्वक अभिवादन का आदान-प्रदान कर उचित आसन पर बैठ गया। बैठकर मैंने उनसे यह प्रश्न पूछा : हे नाथपुत्त ! क्या जिस प्रकार विभिन्न शिल्पों को सीखने का प्रत्यक्ष फल होता है उसी प्रकार श्रामण्य-धर्म के पालन का भी प्रत्यक्ष फल होता है ? ऐसा कहने पर भंते ! निगंठ नाथपुत्त ने यह उत्तर दिया : महाराज ! निगंठ चार (प्रकार के) संवरों से संवृत (आच्छादित) रहता है। महाराज, निगंठ चार संवरों से कैसे संवृत्त रहता है ? महाराज ! (1) निगंठ (निर्ग्रंथ) जल के व्यवहार का वारण करता है (जिससे जल के जीव न मारे जाएं), (2) सभी पापों का वारण करता है, (3) सभी पापों का वारण करने से पापरहित होता है, (4) सभी पापों का वारण करने में लगा रहता है। महाराज ! इस प्रकार निगंठ चार संवरों से संवृत्त रहता है। महाराज ! चूंकि निगंठ इन चार प्रकार के संवरों से संवृत रहता है इस कारण वह निर्ग्रंथ, गतात्मा (अनिच्छुक), यतात्मा (संयमी) और स्थितात्मा कहलाता है।

"भंते ! प्रत्यक्ष श्रामण्य-फल के पूछे जाने पर निगंठ नाथपुत्त ने चार संवरों का वर्णन किया। भंते ! जैसे आम के पूछे जाने पर कटहल ··· इत्यादि। भंते ! तब मेरे मन में हुआ कि कैसे मुझ जैसा (कोई राजा) अपने राज्य में बसनेवाले श्रमण या ब्राह्मण को दोष दे !

"भंते ! निगंठ नाथपुत्त ने जो कहा था उससे मैं प्रसन्न नहीं हुआ। किंतु मैंने नहीं कहा कि उनका कहा हुआ मुझे स्वीकार नहीं। उनका कहना न तो मुझे अच्छा लगा न ही मैंने उसे अस्वीकार किया और अपनी अप्रसन्न्ता को भी नहीं कहा। मैं उनके मत को स्वीकार

किए बिना और उस पर ध्यान दिए बिना वहां से उठकर चला गया।"

संजय वेलट्ठिपुत्त का मत (अनिश्चयवाद)

"भंते ! एक दिन मैं जहां संजय वेलट्ठिपुत्त थे वहां गया। प्रसन्नतापूर्वक अभिवादन का आदान-प्रदान कर मैं उचित आसन पर बैठ गया। बैठकर मैंने संजय वेलट्ठिपुत्त से पूछा : वेलट्ठिपुत्त ! क्या श्रामण्य-धर्म का पालन करने का भी वैसा ही प्रत्यक्ष फल होता है जैसाकि शिल्प-कर्मों का ?

"ऐसा कहने पर भंते ! संजय वेलट्ठिपुत्त ने यह उत्तर दिया : महाराज ! यदि आप पूछें कि 'क्या परलोक है ?' और मैं समझूं कि परलोक है तो आपको बताऊं कि परलोक है। मैं ऐसा भी नहीं कहता, मैं वैसा भी नहीं कहता, मैं दूसरी तरह से भी नहीं कहता, मैं यह भी नहीं कहता कि 'यह नहीं है', मैं यह भी नहीं कहता कि 'यह नहीं नहीं है।' परलोक नहीं है। परलोक है भी और नहीं भी, परलोक न है, न नहीं है। अयोनिज प्राणी हैं, अयोनिज प्राणी नहीं हैं, हैं भी और नहीं भी, न हैं और न नहीं हैं। अच्छे-बुरे काम के फल हैं, नहीं हैं, हैं भी और नहीं भी, न हैं और न नहीं हैं। तथागत मरने के बाद होते हैं, न नहीं होते हैं ? यदि मुझसे ऐसा पूछें और मैं ऐसा समझूं कि मरने के बाद तथागत न होते हैं और न नहीं होते हैं, तो मैं आपको ऐसा कहूं। मैं ऐसा भी नहीं कहता, वैसा भी नहीं कहता।

"भंते ! प्रत्यक्ष श्रामण्य-फल के पूछे जाने पर संजय वेलट्ठिपुत्त ने कोई निश्चित बात नहीं कही। उन्होंने वैसे ही कहा जैसे आम के पूछने पर कटहल ··· इत्यादि। तब मेरे मन में आया की सभी श्रमणों एवं ब्राह्मणों में यह व्यक्ति सबसे अधिक मूर्ख और भ्रमित है। मैं इससे श्रामण्य धर्म के पालन का प्रत्यक्ष फल पूछता हूं तो यह मुझे अनिश्चयवाद की बात क्यों कहता है ? मुझ जैसा (कोई राजा) क्यों अपने राज्य में रहनेवाले श्रमण या ब्राह्मण को दोष दे !

"भंते ! संजय वेलट्ठिपुत्त ने जो मुझसे कहा उससे मैं प्रसन्न नहीं हुआ। किंतु मैंने यह नहीं कहा कि मैं उनका कहा हुआ अस्वीकार करता हूं। उनका कहा न तो मुझे अच्छा लगा, न ही मैंने उसे अस्वीकार किया और अपनी अप्रसन्नता के संबंध में भी कुछ नहीं कहा। मैं उनकी बात को अस्वीकार किए बिना या उस पर कोई ध्यान दिए बिना वहां से उठकर चला आया।"

उपर्युक्त वार्तालाप का पूर्ण उद्धरण देने का कारण केवल यही नहीं है कि हम पाली धर्मग्रंथों की साहित्यिक शैली की झलक दिखाना चाहते थे, जिसमें उबाऊ पुनरावृत्तियों की भरमार है। इसका कारण विशेष रूप से यह है कि इसमें उल्लिखित धारणाओं में आगे चलकर विकसित होनेवाले मानक भारतीय दर्शनों की संभावनाएं निहित थीं जिनमें पूर्ण संशयवाद से लेकर घोर भौतिकवाद तक सभी सम्मिलित हैं।

बौद्ध दृष्टिकोण से अपधर्मी माने जानेवाले मतों के और भी उदाहरण इन पाली ग्रंथों में सरलता से मिल जाएंगे। उदाहरण के लिए *पायासी सुत्तांत* नाम के एक विचित्र संवाद में पायासी नाम के एक राजा का वर्णन है जो आत्मा एवं कर्म के सिद्धांत के विरुद्ध एक प्रायोगिक प्रदर्शन करता है। कर्म का अर्थ है व्यक्ति के द्वारा किए गए कार्यों के संचित परिणाम। माना जाता है कि आत्मा जन्म-जन्मांतरों तक इनका बोझ ढोती है।

किंतु हमारे वर्तमान प्रयोजन के लिए मतों के और उद्धरण आवश्यक नहीं हैं। हम उस दार्शनिक उथल-पुथल की एक मोटी रूपरेखा दर्शाने का प्रयास कर रहे हैं जो द्वितीय नगरीकरण के कारण उत्पन्न हुई थी। इस दृष्टि से भारतीय दार्शनिक जागरण एवं प्राचीन यूनान के आयोनियाई जागरण में स्पष्ट अंतर दिखाई देता है। आयोनियाई दार्शनिक जागरण कुल मिलाकर चिंतन का एक ही मार्ग अपनाता है--प्रकृतिवादी मार्ग। भारत में द्वितीय नगरीकरण के दौरान दार्शनिक जागरण में ऐसी स्थिति उत्पन्न हुई जिसमें मानव एवं प्रकृति के रहस्य को शतशः रूपों में खोजने का प्रयास किया गया। यह बात तब और भी अधिक स्पष्ट हो जाती है जब हम उपनिषदों के साथ ही बौद्ध एवं जैन धर्म के उदय के प्रश्न पर विचार करते हैं।

21. उपनिषद् एवं उनके पश्चात्

किंतु हम पाली धर्मग्रंथों को यहीं छोड़कर मुख्य उपनिषदों की विवेचना पर आते हैं जो पारंपरिक रूप से भारत के सर्वप्रथम दार्शनिक अभिलेख माने जाते हैं। निस्संदेह हमारी विवेचना की वर्तमान अवस्था में यह न तो आवश्यक है न ही सुसाध्य कि हम उपनिषदों में मिलनेवाले बहुसंख्य छोटे-बड़े सिद्धांतों की विस्तृत विवेचना का प्रयास करें। *ए हिस्ट्री आफ प्रि-बुद्धिस्टिक इंडियन फिलॉसफी* में बी. एम. बरुआ ऐसा प्रयास कर चुके हैं। हम अपना ध्यान द्वितीय नगरीकरण के समय प्रचलित मूल दार्शनिक प्रवृत्तियों में से केवल तीन पर ही केंद्रित करने का प्रयास करेंगे। चिंतन की ये प्रवृत्तियां तत्कालीन साहित्यिक रचनाओं में अभिलिखित हैं। इनमें से पहली दो तो हमारे प्रमुख उपनिषदों में मिलती हैं जबकि तीसरी को समझने के लिए हमें प्राचीन पाली धर्मग्रंथों की ओर लौटना पड़ेगा। इन तीनों प्रवृत्तियों का प्रतिनिधित्व क्रमशः उद्दालक आरुणि, याज्ञवल्क्य और शाक्यमुनि जो गौतम बुद्ध के रूप में प्रसिद्ध हुए, करते हैं।

इन तीन प्रवृत्तियों को हमने इनके असाधारण महत्व के कारण चुना है। उद्दालक जैसाकि हम देखेंगे, प्रथम भौतिकवादी-प्रकृतिवादी वैज्ञानिक दृष्टिकोण के प्रतिनिधि थे यद्यपि लगभग दो हजार वर्षों से अधिक समय तक उनके यथार्थ विचारों को इतना तोड़-मरोड़कर प्रस्तुत

करने का प्रयास किया जाता रहा है कि उनके वास्तविक रूप को पहचानना कठिन हो गया है। याज्ञवल्क्य के संबंध में कोई कठिनाई नहीं होती क्योंकि घोर विचारवाद के रूप में उनके दर्शन की हमारी समझ एवं इस दर्शन की पारंपरिक समझ में पूर्ण सहमति है। बुद्ध एक अर्थ में भौतिकवाद एवं विचारवाद, दोनों से ही दूर रहना चाहते थे क्योंकि मूलतः उन्हें तत्वमीमांसा अप्रिय थी, यहां तक कि उन्हें दर्शन से कोई स्पष्ट लगाव भी नहीं था। उनकी सर्वोपरि चिंता मानव-दुख को लेकर थी जिसके सागर में वे अपने मानव बंधुओं को डूबते-उतराते देखते थे। पुनरवलोकन की दृष्टि से विश्लेषण किए जाने पर उनकी मूल जिज्ञासा सामाजिक प्रतीत होती है और उनके सामने प्रश्न था : तत्कालीन गहन सामाजिक उथल-पुथल से उत्पन्न दुख से मानव का छुटकारा किस प्रकार हो ? यह बात बुद्ध को प्रथम समाज-वैज्ञानिक बना देती है यद्यपि समाज-वैज्ञानिक से तात्पर्य यहां ई. पू. छठी शताब्दी के लिए अनुकूल अर्थ में ही लिया जाना चाहिए।[28]

भारत में परवर्ती दार्शनिक चिंतन की समस्या की विवेचना इस शृंखला की एक अन्य पुस्तिका के लिए छोड़कर इन तीन प्राचीन विचारकों के संक्षिप्त विवरण के साथ ही हम इस पुस्तिका का समापन करेंगे।

22. उद्दालक : प्रथम भारतीय भौतिकवादी एवं प्रकृति-वैज्ञानिक

उद्दालक के यथार्थ अवदान को समझने के लिए हमें आयोनियाई प्रकृतिवादी थेल्स का स्मरण करना होगा जिनका उल्लेख पहले किया जा चुका है। इसका कारण सरल है। अब तक लिखे गए विज्ञान के अधिकांश इतिहासों के अनुसार प्रकृति-विज्ञान की दिशा में पहला असाधारण कदम प्राचीन यूनान में मिलेशस के थेल्स ने ई. पू. छठी सदी में उठाया था। ऐसे दावे के पीछे इतिहासकारों के यूरोपकेंद्रित दृष्टिकोण का कहां तक हाथ है, इसका निर्णय अन्य लोग करेंगे। हम तो यह देखने का प्रयास करेंगे कि ऐसी धारणा बनाने में अज्ञान का कितना हाथ है। हम तटस्थ रूप से यह दर्शाने का प्रयास करेंगे कि प्रकृति-विज्ञान के द्वार खोलने का सर्वप्रथम श्रेय एक प्राचीन भारतीय चिंतक को जाता है जो थेल्स से एक शताब्दी पूर्व का नहीं तो कम से कम उसका वरिष्ठ समकालीन तो अवश्य था। जो भी हो, प्रकृति-विज्ञान के क्षेत्र में इस विचारक का अवदान कहीं श्रेष्ठ रहा होगा। यद्यपि यह विचारक ऐसे स्थान पर मिलता है जहां प्रकृति-वैज्ञानिक के होने की अपेक्षा नहीं की जा सकती अर्थात् उपनिषदों में और वह भी ब्राह्मण साहित्य में जिनसे उपनिषद् किसी प्रकार

जुड़े हुए थे।

अच्छा होगा कि हम अपनी विवेचना के आरंभ में ही उपनिषदों एवं थेल्स के संबंध में कुछ बातें स्पष्ट कर लें। पहले थेल्स को ही लेते हैं। वास्तव में थेल्स के संबंध में कुछ अधिक ज्ञात नहीं है। थेल्स से संबंधित जानकारी कतिपय उपाख्यानों एवं प्रति-उपाख्यानों पर ही आधारित है। कहा जाता है कि एक बार उसने ग्रहण की भविष्यवाणी की थी यद्यपि इस संवृत्ति की उसकी समझ विलक्षण थी और, जैसाकि आज माना जाता है, यह भविष्यवाणी उसने प्राचीन बेबिलोनवासियों द्वारा निकाल गए निष्कर्षों के आधार पर की थी। ये बेबिलोनवासी भी "इस संबंध में समान रूप से अनजान थे और फिर भी वे ग्रहणों के संबंध में न्यूनाधिक सत्य भविष्यवाणियां करते थे जिनका आधार 223 चांद्रमासों का चक्र था।" एक अन्य किंवदंती के अनुसार उसे पिरामिडों की छाया से पिरामिडों की ऊंचाई नापने की विधि का श्रेय दिया जाता है। इसका आधार भी समान समकोणीय त्रिकोणों का ज्ञान था जो उसे प्राचीन मिस्रवासियों से मिला था। इस प्रकार इन किंवदंतियों को सच भी माना जाए तो थेल्स को अधिक से अधिक पहले से विद्यमान खगोलशास्त्र एवं रेखागणित को अधिक परिष्कृत एवं व्यावहारिक बनाने मात्र का श्रेय दिया जा सकता है, उनकी आधारशिला रखने का नहीं। किंतु थेल्स की महान् ख्याति का आधार ब्रह्मांडमीमांसी चिंतन की वह नई दिशा है जिसका सूत्रपात कहते हैं कि थेल्स ने ही किया था। जैसा कि बर्नेट कहते हैं : "अरस्तू के अनुसार थेल्स का कहना था कि धरती पानी पर तैर रही है और इसमें संदेह नहीं कि वे धरती को चपटे तवे के रूप में देखते थे। ··· यह बात पर्याप्त आदिम प्रतीत होती है किंतु वास्तव में यह एक महत्वपूर्ण प्रगति को दर्शाती है ··· निस्संदेह यह उस बात से संबंधित है जिसे अरस्तू थेल्स की मुख्य प्रस्थापना मानते हैं अर्थात् यह कि प्रत्येक वस्तु जल से बनी है अथवा जैसाकि वे अपने शब्दों में कहते हैं, जल समस्त वस्तुओं का भौतिक कारण हैं।"[29]

थेल्स पर इस आरंभिक टिप्पणी के साथ अब हम उस वैज्ञानिक की ओर उन्मुख होते हैं जिसके संबंध में हम कहने जा रहे हैं। परंपरा उसका नाम उद्दालक आरुणि बतलाती है जो अपने गोत्र नाम गौतम से भी जाने जाते हैं।

उद्दालक से हमारा प्रथम परिचय ब्राह्मण-ग्रंथों में होता है। वैदिक साहित्य के अध्ययन में जीवन लगानेवाले विद्वान लुई रेनो उद्दालक का समय ई. पू. दसवीं से सातवीं शताब्दी के बीच ही मानते हैं। *शतपथ ब्राह्मण*[30] में उद्दालक के संबंध में एक आख्यान सूत्र रूप में मिलता है। स्पष्ट है कि सूत्रीकृत होने से बहुत पूर्व ही यह आख्यान प्रचलित रहा होगा। इसके आधार पर उद्दालक का समय थेल्स के बहुत पूर्व ठहरता है। जो भी हो, आख्यान अपने-आपमें रोचक है और उद्दालक की प्रवृत्ति पर प्रकाश डालता है। अतः इसे यहां संक्षेप में प्रस्तुत किया जा रहा है।

यद्यपि आर्यावर्त्त संस्कृति के केंद्र कुरु-पांचाल में उद्दालक पहले ही विद्वान ब्राह्मण के

रूप में ख्याति अर्जित कर चुके थे, तथापि एक समय वे उत्तरी क्षेत्र में रहते थे जो तब दंभी ब्राह्मणवादी विद्वानों की दृष्टि में सांस्कृतिक रूप से पिछड़ा प्रदेश माना जाता था। वहां उन्होंने स्वर्णखंड फेंका जो उस समय स्थानीय अभिजनों को चुनौती देने की रीति थी। इससे वहां लोगों में हड़बड़ी मच गई। अंत में स्वैदायन या शौनक ने उस चुनौती को स्वीकार किया। उन्होंने उद्दालक से तीन प्रश्न पूछे जो, आश्चर्यजनक रूप से, आज हमारे समय के लिए भी अप्रासंगिक नहीं हैं।

शौनक का पहला प्रश्न था : क्या कारण है कि मनुष्य संसार में दंतहीन जन्म लेता है, क्या कारण है कि व्यक्ति के बढ़ने के साथ उसके दांत उग आते हैं, क्या कारण है कि उसके बढ़ने के साथ ये नष्ट हो जाते हैं, क्या कारण है कि दांत पुनः उगते हैं और इस बार दीर्घकाल तक मनुष्य का साथ देते हैं, क्या कारण है कि जीवन के अंतिम समय में ये सब दांत पुनः नष्ट हो जाते हैं, क्या कारण है कि नीचे के दांत पहले आते हैं और ऊपर के बाद में, क्या कारण है कि नीचे के दांत छोटे होते हैं और ऊपर के बड़े, क्या कारण है कि उत्कर्तक दांत आकार में बड़े होते हैं और दाढ़ें एक ही आकार की होती हैं ?

दूसरा प्रश्न : क्या कारण है कि मनुष्य केशों के साथ जन्म लेता है, क्या कारण है दाढ़ी-मूंछ, बगल एवं शरीर के अन्य स्थानों पर केश बाद में आते हैं, क्या कारण है कि सिर के केश पहले श्वेत होते हैं और पुनः जीवन के अंतिम काल में संपूर्ण शरीर के बाल श्वेत हो जाते हैं ?

तीसरा प्रश्न : क्या कारण है कि बालक का वीर्य प्रजनन में सक्षम नहीं होता, क्या कारण है कि वयस्कावस्था में यह प्रजनन-योग्य होता है और क्या कारण है कि जीवन के अंतिम समय में पुनः यह प्रजनन में अक्षम हो जाता है ?

ग्रंथ के अनुसार उद्दालक ने निस्संकोच रूप से स्वीकार किया कि ये प्रश्न उनकी बुद्धि के परे हैं। अतः उन्होंने विनयपूर्वक स्वैदायन से प्रार्थना की कि वे उन्हें अपना शिष्य स्वीकार करें और इन प्रश्नों का रहस्य बताएं।

इस बात की अपेक्षा नहीं की जा सकती कि *शत्पथ ब्राह्मण* जैसे प्राचीन ग्रंथ में इन प्रश्नों के यथार्थ उत्तर मिल सकते हैं और यदि हम स्वयं से भी ये प्रश्न पूछें तो स्वीकार करना पड़ेगा कि इतने पूर्ण उत्तर तो हमें भी ज्ञात नहीं हैं। तथापि एक बात ध्यान देने योग्य है। ऐसे प्रश्न *प्रागानुभविक* जिज्ञासा मात्र से उत्पन्न नहीं होते अपितु ठोस प्रेक्षण पर आधारित होते हैं। उद्दालक को इन प्रश्नों के उत्तर जानने की इतनी उत्कट जिज्ञासा हुई कि स्वयं आर्यावर्त के सांस्कृतिक केंद्र में विद्वान माने जाने पर भी वे एक पिछड़े स्थान के व्यक्ति के शिष्य बनने को प्रस्तुत हुए। इससे उनके चिंतन की प्रवृत्ति का ज्ञान होता है। प्रत्यक्ष प्रेक्षण से उत्पन्न ये प्रश्न उनके लिए इतने महत्वपूर्ण थे कि वे उनका उत्तर जाने बिना रह नहीं सकते थे। इसके विपरीत कोरी परिकल्पनाओं में उनकी कोई रुचि नहीं थी, न ही वे इनकी चिंता करते थे जिन्हें उस समय पवित्र आर्यावर्त में अत्यंत आदर का स्थान

एवं संरक्षण प्राप्त था।

इसका अनुमान उपनिषद् के एक पाठ से सहज ही लगाया जा सकता है। पांचाल-नरेश के कुछ चाटुकारों ने उद्दालक से पूछा कि क्या वे उन मार्गों को जानते हैं जिनसे होकर मृतात्मा पितृयान और देवयान की ओर अग्रसर होती है। उद्दालक ने निस्संकोच रूप से स्वीकार किया कि उन्हें इन मार्गों का ज्ञान नहीं है। ऐसा प्रतीत होता है कि ऐसी निरर्थक जिज्ञासाओं में उनकी कोई रुचि नहीं थी यद्यपि उस समय आर्यावर्त में अभिजनों के बीच ऐसे ही प्रश्नों की विवेचना अत्यंत प्रचलित थी और वे इसी से आनंदित होते थे। स्पष्ट है कि उद्दालक उस समय प्रचलित चिंतनधारा के विपरीत जा रहे थे। ऐसी बात नहीं है कि उन्हें आत्मा शब्द के प्रयोग से बैर था जिसके संबंध में उपनिषद्कालीन भारत में परिकल्पनाओं की सीमा न थी। वस्तुतः, जैसाकि हम देखेंगे, उद्दालक स्वयं अपनी विवेचना में आत्मा शब्द का प्रयोग करते हैं। तथापि इस शब्द से उद्दालक का जो वास्तविक तात्पर्य था वह अत्यंत विलक्षण था।

एक प्रमुख उपनिषद् में उद्दालक को आत्मा की धारणा से संबंधित प्रश्न का सामना करते हुए दिखाया गया है। अश्वपति कैकेय नाम का एक 'नृपति' उनसे सीधे-सीधे अपना आत्मा-संबंधी मत प्रकट करने के लिए कहता है। उद्दालक का उत्तर अत्यंत असाधारण है :

'राजा ने उद्दालक आरुणि से कहा : "गौतम, तुम आत्मा किसे मानते हो ?"

"निस्संदेह, पृथ्वी को, ओ राजन्", उसने कहा।'[31]

यह उत्तर निश्चय ही विचित्र है। क्या इस प्रकार उद्दालक आत्मा की धारणा के प्रति ही अपनी उदासीनता प्रकट कर रहे थे जबकि यही धारणा उपनिषदों पर छाए हुए रहस्यात्मक विचारवाद का आधार थी ? क्या इसका तात्पर्य यह था कि उनके लिए यह धारणा कल्पना मात्र थी ?

जो भी हो, ऐसा प्रतीत होता है कि उद्दालक निश्चय ही धरती से इतना जुड़े हुए थे कि 'शुद्ध आत्मा' (महान् विचारवादी याज्ञवल्क्य के शब्दों में 'विज्ञानघन') के लिए उनकी संसार-संबंधी सामान्य धारणा में कोई स्थान नहीं रहा होगा; इसे परमसत्ता का उदात्त स्थान प्रदान करने का तो प्रश्न ही नहीं हो सकता। यह देखना शेष है कि कैसे-कैसे रोचक सिद्धांतों को प्रमाणित करने का प्रयास उन्होंने किया, यहां तक कि उन्होंने प्रायोगिक प्रदर्शन भी किए। ये सिद्धांत वाक्, प्राण और मन की उत्पत्ति से संबंधित हैं।

यह विवेचना हमें उपनिषदों की ओर ले आती है जो उद्दालक के संबंध में हमारी सूचना के मुख्य स्रोत हैं। *छांदोग्य उपनिषद्* के एक पूरे अध्याय (अध्याय 6) में विशेष रूप से उद्दालक के सिद्धांतों का सार-संक्षेप ही दिया गया है। इसे देखने से पूर्व उचित होगा कि उपनिषदों के संबंध में कुछ सामान्य चर्चा कर ली जाए।

विंटरनिट्ज ने एक बार कहा था : "उपनिषदों को श्रुति घोषित करना भारतीय दर्शन

के विकास के लिए घातक सिद्ध हुआ।"[32] यह कथन अत्यंत अर्थपूर्ण है क्योंकि उपनिषदों को श्रुति मानने के परिणामस्वरूप बहु-आयामी अनर्थ हुए। जिस ज्ञान को श्रुत मान लिया जाए उसमें आंतरिक असंगतियों के लिए स्थान नहीं रह जाता। अतः भारत के रूढ़िवादी चिंतन का यही प्रयास रहा कि संपूर्ण औपनिषदिक वाङ्मय में केवल एक अथवा एकाश्मी धारणा को ही देखा जाए। ऐसी प्रवृत्ति को राजकीय मान्यता भी प्राप्त थी। यहां तक कि आधुनिक विद्वान भी इससे सहमत हैं भले ही भांडारकर[33], थिबो[34], ह्यूम[35] एवं अन्य विद्वान इससे अपनी असहमति प्रकट करते रहे हैं जिनका इन ग्रंथों का विश्लेषण ऐसी धारणा की विसंगति को स्पष्ट रूप से दर्शाता है। तथापि लोक-विश्वास एवं इसके बाहर भी उपनिषदों के दर्शन की चर्चा का प्रचलन रहा। इसका सर्वाधिक व्यापक रूप था परम सत्ता अर्थात् ब्रह्म एवं आत्मा को एकरूप देखना जो रहस्यमय परम् विचारवाद का ही एक रूप था। इससे सर्वाधिक क्षति विज्ञान और वैज्ञानिक प्रवृत्ति को अथवा कहना चाहिए उस काल के विचारकों में इस प्रवृत्ति की संभावना को हुई। वर्तमान विवेचना में सबसे महत्व की बात यह जानना है कि किस प्रकार विश्व-विज्ञान में उद्दालक के अवदान को समझने से हम वंचित रहे हैं और किस प्रकार औपनिषदिक चिंतन की ब्रह्म और आत्मा वाली तत्वमीमांसा के सामान्य सांचे में उद्दालक अपने सिद्धांतों को बलपूर्वक रखने का कष्टसाध्य प्रयास करते रहे। ब्रह्म और आत्मा की यह तत्वमीमांसा ही उपनिषदों का विशिष्ट दर्शन मानी जाती है।

किंतु आइए, हम कल्पना को छोड़कर तथ्यों की ओर उन्मुख हों। जिस बात की ओर तत्काल ध्यान देना आवश्यक है वह यह है कि उपनिषदों के विचारकों में उद्दालक ही एकमात्र ऐसे विचारक हैं जिनकी विवेचना में ब्रह्म शब्द कहीं नहीं आता और न ही मोक्ष की धारणा मिलती है। ऐसा नहीं है कि उद्दालक इस संकल्पना से अनभिज्ञ थे। वस्तुतः एक स्थान पर तो उन्हें याज्ञवल्क्य से दार्शनिक चर्चा करते दर्शाया गया है और याज्ञवल्क्य ब्रह्म और आत्मा वाली तत्वमीमांसा के श्रेष्ठ प्रवक्ता थे। निश्चय ही वे प्रयासपूर्वक इसकी अवहेलना करते रहे होंगे जिसका कारण संभवतः यह था कि यह उस रहस्यात्मक तत्वमीमांसा से जुड़ा हुआ था जिसमें उद्दालक की कोई रुचि नहीं थी। इसी कारण परम सत्ता के लिए उन्होंने एक नया ही शब्द गढ़ा—*सत्* जिसका तात्पर्य है मात्र अस्तित्व अथवा मात्र सत्ता। जिस ढंग से वे इस नई संकल्पना को प्रस्तुत करते हैं वह भी अपने-आपमें कम रोचक नहीं है।

छांदोग्य उपनिषद् में उद्दालक अपने विवरण का आरंभ एक प्रस्तावना से करते हैं जिससे स्पष्ट है कि वे अपने ही ढंग से सही, प्रचलित चिंतनधारा के विपरीत जा रहे हैं। किसी समय श्वेतकेतु नामक व्यक्ति था जो उद्दालक का पुत्र था। जब वह बारह वर्ष का हुआ तो उस समय की प्रथा के अनुसार पिता ने उसे वेदों का अध्ययन करने के लिए भेजा। बारह वर्षों तक योग्य आचार्यों से वेदों की शिक्षा प्राप्त कर चौबीस वर्ष की आयु में वह घर लौटा। वह दंभी हो गया था और उसे अपनी विद्वत्ता पर गर्व हो गया था। उद्दालक

ने उससे कहा : "श्वेतकेतु, प्रिय पुत्र, तुम दंभी हो और तुम्हें अपनी विद्या पर गर्व है। किंतु क्या तुमने अपने आचार्यों से उस विद्या के संबंध में भी पूछा जिससे जो कुछ (धर्मग्रंथों में) सुना नहीं गया वह सुना जाता है, जो कुछ सोचा नहीं गया वह सोचा जाता है, जो कुछ समझा नहीं गया वह समझा जाता है ?"

पूरे बारह वर्षों के अपने गहन वेदाध्ययन के पश्चात् भी श्वेतकेतु यह नहीं समझ सका कि उसके पिता किस विद्या की बात कर रहे हैं। स्पष्ट है कि इसका कारण विद्याग्रहण में श्वेतकेतु की अक्षमता नहीं थी, जैसाकि आगे कहा जाएगा, अपितु जिस विद्या की बात उद्दालक कर रहे हैं उसका ज्ञान श्वेतकेतु के आचार्यों को भी नहीं था। फिर भी, श्वेतकेतु ने अपने पिता से प्रार्थना की कि वे अपने प्रश्न को अधिक स्पष्ट करें। तब पिता ने बताया कि वे जिसकी बात कर रहे हैं वह है परम तत्व जिससे संसार की प्रत्येक वस्तु बनी है। यह बात अर्थपूर्ण है कि अपने प्रश्न की व्याख्या उद्दालक सामान्य प्रेक्षणों की एक शृंखला द्वारा करते हैं :

"ठीक जिस प्रकार, सौम्य, मिट्टी के एक टुकड़े को जानने से, मिट्टी की बनी हुई प्रत्येक वस्तु को जान जाते हैं। इसके विकार (मिट्टी की बनी हुई विभिन्न वस्तुएं) शब्दभेद अथवा नाममात्र हैं, वास्तविकता तो मिट्टी ही है।"

"ठीक जिस प्रकार, सौम्य, एक स्वर्णाभरण को जानकर स्वर्ण की बनी हुई प्रत्येक वस्तु को जान लेते हैं। (स्वर्ण-वस्तुओं के रूप में) इसके विकार शाब्दिक भेद मात्र हैं, नाम मात्र; वास्तविकता तो मात्र स्वर्ण है।

"ठीक जिस प्रकार, सौम्य, एक 'नखनिकृंत' को जानने से लोहे की बनी हुई प्रत्येक वस्तु को जान जाते हैं। (लोहे की बनी हुई समस्त वस्तुओं के रूप में) इसके विकार शाब्दिक भेद की बात अथवा नाम मात्र हैं; वास्तविकता तो लोहा ही है।

"उसी प्रकार सौम्य, वह है (जिसकी मैं बात कर रहा हूं।)"

श्वेतकेतु ने कहा : "निश्चय ही जिन विद्वान आचार्यों ने मुझे शास्त्रों की शिक्षा दी उन्हें इसका कोई ज्ञान नहीं था, क्योंकि यदि उन्हें इसका ज्ञान होता तो मुझे क्यों नहीं बताते ? अतः भगवन्, इस (ज्ञान) को मुझे कहिए।"

उद्दालक इसके लिए सहमत हो गए। ऐसी भूमिका की अर्थवत्ता को गौण नहीं माना जा सकता। न ही इसके मुख्य अर्थ की किसी प्रकार अवहेलना की जा सकती है। रूक्ष हुए बिना या स्वर ऊंचा किए बिना धर्मशास्त्रों की निरर्थकता सिद्ध करने का यह एक चातुर्यपूर्ण उपाय था। बारह वर्षों की दीर्घ अवधि तक किए जानेवाले वेदाध्ययन के पश्चात् भी पुत्र परम सत् की खोज के अर्थ से अनभिज्ञ ही रहा। उद्दालक को आशा है कि यथार्थ प्रेक्षणों अथवा इंद्रियगम्य अनुभवों की शृंखला के माध्यम से वे इस अर्थ को अपने पुत्र पर प्रकाशित कर सकते हैं।

जहां तक मुझे ज्ञात है, अनुभवाश्रित प्रदत्त-सामग्री पर उद्दालक के इतना बल देने के

निहितार्थों पर अभी तक किसी ने टिप्पणी नहीं की है। अनुभवाश्रित प्रदत्त-सामग्री पर यह बल उद्दालक के संवाद के प्रत्येक चरण की विशेषता है। इसमें जो बात सबसे महत्वपूर्ण प्रतीत होती है वह यह है कि इसमें कुछ ऐसा है जो यदि इसे इसके यथार्थ संदर्भ में देखें तो असाधारण रूप से दुस्साहसपूर्ण है क्योंकि धर्मशास्त्रों की लोकप्रियता एवं उनके अभिरक्षक वैदिक पुरोहितों का तिरस्कार करके ही ऐसा किया जा सकता था। ब्राह्मण वाङ्मय में इस उक्ति की बार-बार पुनरावृत्ति हुई है जहां कहा गया है : परोक्षप्रियाः अव हि देवाः अथवा परोक्षकामाः इव हि देवाः। इसका अनुवाद आधुनिक विद्वान प्रायः इस प्रकार करते हैं कि "देवताओं को रहस्यमय ही प्रिय है," या "देवताओं को अस्पष्ट ही प्रिय है।" याज्ञवल्क्य ने, जिनकी सर्वोपरि रुचि यथार्थ के तत्वमीमांसी रहस्यीकरण में थी, स्पष्टतः यह अनुभव किया कि इस उक्ति के पूर्ण निहितार्थों को थोड़े विस्तार से समझाने की आवश्यकता है। अतः उन्होंने इसका पुनर्कथन किया और कहा : परोक्षप्रियाः इव हि देवाः, प्रत्यक्षद्विष अर्थात् "देवताओं को रहस्यमय प्रिय है और वे प्रत्यक्ष प्रेक्षण के विद्वेषी हैं।"[36] लौकिक ज्ञान के प्रति देवताओं के ऐसे घोषित विद्वेष के विरोध में उद्दालक ने लगभग आरंभ से अंत तक प्रत्यक्ष प्रेक्षण को अपने मत का एकमात्र आधार बनाया। ई. पू. सातवीं या आठवीं सदी के किसी विचारक से यह अपेक्षा नहीं की जा सकती कि वह यथार्थ प्रेक्षण एवं आभासी प्रेक्षण में सूक्ष्म भेद कर सके। कुछ अनुभवाश्रित प्रदत्त-सामग्री जिस पर उद्दालक आश्रित थे, आज हमारे लिए आभासी पर्यवेक्षण का ही महत्व रखती है।

किंतु यह बात यहां अप्रासंगिक है। जो बात प्रासंगिक है वह है उनके चिंतन की दिशा, न कि उनके निष्कर्षों का अंतर्भूत महत्व। इस दृष्टि से देखने पर विज्ञान के इतिहास में उद्दालक की स्थापना सचमुच अप्रतिम है क्योंकि उनके पूर्व किसी ने भी प्रत्यक्ष प्रेक्षण या अनुभवाश्रित प्रदत्त-सामग्री को अपने मत का आधार नहीं बनाया था।

इस बिंदु पर हमारे लिए आवश्यक हो जाता है कि हम चर्चा से थोड़ा हटकर संक्षेप में उद्दालक की तुलना उनके कनिष्ठ समकालीन थेल्स से करें।

जैसाकि पहले कहा जा चुका है, थेल्स के संबंध में प्रामाणिक जानकारी बहुत कम है। फिर भी उन्हें विश्व-विज्ञान का प्रणेता माना जाता है क्योंकि उन्होंने प्राकृतिक तत्व की स्थापना के लिए प्रचलित धार्मिक मत को समाप्त करने का अति महत्वपूर्ण कदम उठाया। धार्मिक मत के विपरीत उन्होंने एक प्राकृतिक तत्व को जगत् की उत्पत्ति का आदि-कारण बताया। जैसाकि फैरिंगटन बड़े सुंदर ढंग से कहते हैं, थेल्स ने प्राचीन बेबीलोनियाई धर्म के जल-देवता मर्दुक को हटाकर केवल जल को ही वह आदि-कारण या मूल तत्व माना जिससे संसार की प्रत्येक वस्तु उत्पन्न होती है।

यदि इस सबको विज्ञानपूर्व अवस्था से विज्ञान की अवस्था में संक्रमण का निरूपण माना जाए तो हम उद्दालक की उपलब्धियों की तुलना उस व्यक्ति की उपलब्धियों से कर सकते हैं जिसे इतिहास वैज्ञानिक परंपरा का जनक मानता है। उद्दालक के पहले ही उद्धृत

विवरण की भूमिका से स्पष्ट है कि उन्हें भी अलौकिक एवं रहस्यमय के हस्तक्षेप को समाप्त करना पड़ा था जिससे वेद भरे पड़े थे। ऐसा उन्होंने इस कारण किया कि संसार में प्रत्येक वस्तु की उत्पत्ति के प्राकृतिक आदि-कारण की स्थापना कर सकें। फिर, थेल्स की तुलना में उद्दालक के लिए यह कार्य कहीं कठिन रहा होगा। अंततः बेबीलोनवासियों का जलदेवता मर्दुक थेल्स के लिए एक विदेशी देवता ही था जबकि वेदों के देवी-देवता उद्दालक की अपनी परंपरा के थे, महिमामंडित और पूज्य थे और उनको प्रत्यक्ष या परोक्ष रूप से अस्वीकार करने के लिए अत्यधिक साहस की आवश्यकता थी।

इसके अतिरिक्त, उद्दालक के लिए समस्या केवल किसी प्राचीन देवता को हटाकर प्राचीन ब्रह्मांडिकी में किसी प्रकार का परिष्कार करने की नहीं थी। उद्दालक की समस्या नितांत नए सिरे से अपना काम आरंभ करने की थी। इसके लिए उन्हें तथ्यों के अनेक प्रेक्षणों को आधार बनाना पड़ा जिनके पीछे उस समय की सामान्य तकनीकियों को पहचाना जा सकता था— कुम्हार, सुनार, लुहार के शिल्प को अर्थात् उन लोगों को जो यथार्थ रूप में अपने हस्तकौशल से प्रकृति में परिवर्तन ला रहे थे; मिट्टी को मिट्टी के बर्तनों में, स्वर्ण (या स्वर्ण-अयस्क) को स्वर्णाभूषणों में, लोहे (या लौह-अयस्क ?) को लोहे के उपकरणों में बदल रहे थे। जिन प्रेक्षणों को उद्दालक ने अपने सिद्धांत के निर्माण के लिए चुना वे प्रकृति में घटनेवाली घटनाओं का *निष्क्रिय प्रेक्षण मात्र नहीं* थे अपितु ऐसी बातें थीं जिनमें *मानव के श्रम की भूमिका थी।*

स्पष्ट है कि श्रमरत हाथों पर तिरस्कार करनेवाला कोई भी व्यक्ति अपनी बात के उदाहरणस्वरूप अन्य उदाहरण लेता। तो क्या इससे हम यह समझें कि उद्दालक के सिद्धांतों में निहित समाजशास्त्र में श्रम करनेवालों को वैसी हीन दृष्टि से नहीं देखा जाता था जैसेकि *धर्मशास्त्रों में* देखा जाता था ? यह प्रश्न अप्रासंगिक नहीं माना जाएगा बशर्ते हम दो बातों को ध्यान में रखें। एक तो यह कि बौद्धों के उद्दालक जातक के आधार पर बी. एम. बरुआ[37] तर्क देते हैं कि उद्दालक जिस समाजशास्त्र को मानते थे उसमें जातिगत घृणा के लिए कोई स्थान नहीं था। दूसरे, पी.सी.रे.[38] ने 1902 में ही कहा था कि भारत में वैज्ञानिक प्रवृत्ति के पतन का सबसे महत्वपूर्ण कारण था तकनीशियनों एवं शिल्पियों का सामाजिक रूप से हीन बनाया जाना। इसका निहितार्थ यह है कि विज्ञान तकनीकों से पोषित होता है। इसी बात को आज विज्ञान के इतिहासकारों का एक वर्ग अधिक विस्तारपूर्वक कहता है। इस वर्ग में जे. डी. बर्नल, जोज़फ नीधम, बेंजामिन फैरिंगटन जैसे वैज्ञानिक आते हैं। इस दृष्टि से उद्दालक का हस्तशिल्पियों एवं तकनीशियनों के अनुभव से कुछ ग्रहण करने का उत्साह देवी-देवताओं के संसार को समाप्त करने मात्र से कहीं अधिक अर्थपूर्ण है।

किंतु आइए, हम यह देखें कि किस प्रकार उद्दालक को अपने मत की व्याख्या करते हुए दिखाया गया है। यह देखना सचमुच बहुत रोचक है कि *छांदोग्य उपनिषद्* (अध्याय 6) में वे किस व्यवस्थित ढंग से अपने मत की व्याख्या करते हैं।

उद्दालक की रुचि सर्वोपरि प्रकृति की अनंत विविधता के परम हेतु को जानने में थी। अतः जिस बात को वे सर्वप्रथम जानना चाहते हैं वह है स्वयं हैतुकता का स्वरूप। *छांदोग्य उपनिषद्* के अनुसार भूमिका के पश्चात्, उद्दालक सीधे हैतुकता की संकल्पना पर आते हैं। जैसाकि वे कहते हैं :

"आरंभ में, सौम्य (उद्दालक ने अपने पुत्र से कहा), यह संसार केवल *सत्* था, केवल एक, कोई दूसरा नहीं। निश्चय ही, कुछ लोग कहते हैं, "आरंभ में यह संसार मात्र *असत्* था, केवल एक, कोई दूसरा नहीं और असत् से ही सत् की उत्पत्ति हुई।" किंतु वस्तुतः सौम्य, ऐसा कैसे संभव था ? असत् से सत् की उत्पत्ति कैसे हो सकती थी ? इसके विपरीत, सौम्य, आरंभ में यह संसार केवल सत् था, केवल एक, दूसरा नहीं।"

यहां कुछ बातों को स्पष्ट करना आवश्यक है।

पहले तो यह कि जिस बौद्धिक परिवेश में उद्दालक रहते थे उसमें धर्मशास्त्रों द्वारा स्वीकृत एक मान्यता प्रचलित थी जिसका निहितार्थ यह प्रतीत होता है कि संसार का मूल कारण इतना रहस्यमय है कि इसे न तो सत् और न ही असत् के रूप में निरूपित किया जा सकता है। विश्वोत्पत्ति से संबंधित *ऋग्वेद* की 'नासदीय-सूक्त'[39] नामक ऋचा में ऐसी ही धारणा मिलती है जिसके अनुसार संसार का सृजन ऐसी ही परम अनिर्वचनीयता की स्थिति से हुआ : "उस समय असत् नहीं था, न सत् ही था।" स्पष्ट है कि उद्दालक के कुछ समकालीन अथवा निकट-समकालीन इसका यह अर्थ करना चाहते थे कि आरंभ में केवल असत् ही था, ऐसी धारणा कुछ *उपनिषदों* में स्पष्ट रूप से मिलती है।[40] अपनी धारणा प्रस्तुत करने से पूर्व उद्दालक ने इस धारणा का प्रत्याख्यान करना आवश्यक समझा। उनका तर्क था कि असत् से तो केवल असत् ही उत्पन्न हो सकता है। इस प्रकार उद्दालक सत्य के प्रथम अन्वेषक हो जाते हैं जिन्होंने सचेत रूप से हैतुकता की संकल्पना को स्पष्ट करना चाहा।

दूसरे, जिस धारणा का प्रतिपादन उद्दालक करते हैं वह निश्चय ही उस धारणा के सदृश है जिसे बाद में भारतीय दर्शन में सत्कार्यवाद कहा गया। इसमें कारण में ही परिणाम की संभावना को निहित माना जाता है। सांख्यवादियों ने इस धारणा का बड़ी दृढ़ता से प्रतिपादन किया। उनका तर्क था कि ऐसा होने के कारण ही कार्य के स्वरूप से कारण के स्वरूप का अनुमान किया जा सकता है। सांख्यवादियों के अनुसार चूंकि परिणाम का स्वरूप भौतिक जगत का है, अतः इसके आदि-कारण का स्वरूप भी किसी न किसी रूप में भौतिक ही होना चाहिए। सांख्य की शब्दावली में इसे प्रकृति या प्रधान (अचेतन पदार्थ) कहते हैं। तो क्या यह संभव है कि जो धारणा बाद में सांख्य दर्शन के रूप में विकसित हुई, उसकी नींव उद्दालक ने रखी थी ? यदि इस संभावना में कुछ भी सत्य है तो यह *उपनिषदों* के परवर्ती व्याख्याकारों के लिए घातक सिद्ध हो सकती है जो संपूर्ण उपनिषद् वाङ्मय में केवल विचारवादी-आध्यात्मिक तत्वमीमांसा ही देखते हैं।

स्मरणीय है कि शंकर[41] एवं रामानुज[42] ने जो औपनिषदिक दर्शन के परवर्ती व्याख्याकार हैं, यह सिद्ध करने का भरसक प्रयास किया कि उद्दालक की धारणा को सांख्यवादी भौतिकवाद का आद्य-रूप नहीं माना जा सकता। इसका तात्पर्य क्या यह है कि ऐसा माने जाने की संभावना उनके युग में भी थी ?

शंकर और रामानुज यह दर्शाने के लिए विभिन्न संभावनाओं की गवेषणा करते हैं कि उद्दालक की स्थापना पारंपरिक वेदांत को प्रस्तुत करने का ही एक ढंग है। इसके पश्चात् वे अपना प्रबलतम तर्क प्रस्तुत करते हैं। ब्रह्म और आत्मा के साक्षात्कार की धारणा को वेदांत में मोक्ष का राजमार्ग माना गया है। तब यह कैसे संभव था कि उद्दालक का पुत्र उनके पास मोक्ष का एकमात्र मार्ग पूछने आए और वे उसे जगत की सृष्टि के भौतिक आदि-कारण का उपदेश करें ?

किंतु इस तर्क में स्पष्ट दोष है। *छांदोग्य उपनिषद्* में कहीं इस बात का संकेत तक नहीं है कि श्वेतकेतु मोक्ष का रहस्य जानने की इच्छा से अपने पिता के पास गया था। तथ्य तो यह है कि श्वेतकेतु-प्रकरण पर उपनिषदों में या उनसे अलग जो कुछ कहा गया है उसमें मोक्ष की संकल्पना की पूर्ण अवहेलना की गई है। *छांदोग्य उपनिषद्* में तो केवल इतना बताया गया है कि बारह वर्षों के वेदाध्ययन के पश्चात् श्वेतकेतु विद्या का देय लेकर लौटा और उद्दालक ने सर्वप्रथम जो कार्य किया वह था अपने पुत्र को उसके दंभ की निरर्थकता दर्शाना। बारह वर्षों की दीर्घ अवधि तक वेदाभ्यास करने के पश्चात् भी श्वेतकेतु वह बात नहीं जान पाया जो उद्दालक के लिए सर्वाधिक महत्वपूर्ण थी। उपनिषदेतर भारतीय सांस्कृतिक परंपरा तो शंकर और रामानुज के इस निर्णायक तर्क को और भी निर्बल कर देती है। इसके अनुसार उद्दालक का पुत्र श्वेतकेतु कामशास्त्र का प्रणेता माना जाता है[43] और काम मोक्ष प्राप्ति का साधन नहीं हो सकता।

अतः तटस्थ रूप से देखने पर उद्दालक की धारणा में ब्रह्म और आत्मा का वही सिद्धांत नहीं दीख पड़ता। फिर भी परंपरा में बड़ी शक्ति होती है। लगभग दो हजार से अधिक वर्षों तक हमारे दार्शनिक क्षेत्र में परंपरा से यही माना जाता रहा कि उद्दालक ने मोक्ष की आध्यात्मिक-विचारवादी धारणा प्रतिपादित की थी। वास्तव में यह धारणा उन चार कूट-सूत्रों में अभिव्यक्त मानी जाती है जिन्हें उपनिषदों में महावाक्य कहा जाता है। इनमें से एक महावाक्य का तात्पर्य है "वह तू है" (तत् त्वम् असि)।

उद्दालक की विवेचना में यह महावाक्य बार-बार आता है। किंतु उद्दालक बार-बार अपने पुत्र को यह स्मरण कराने के अतिरिक्त और क्या करते कि अंतिम विश्लेषण में वह (श्वेतकेतु) उस सत् के अतिरिक्त और कुछ नहीं है जिससे संसार की समस्त वस्तुएँ उत्पन्न हुई—मच्छर और कीट जैसे सूक्ष्म से सूक्ष्म जीवों से लेकर सूर्य, चंद्रमा जैसे आकाशीय पिंड इत्यादि तक। इसमें चंद्रदेव, सूर्यदेव और उन समस्त देवी-देवताओं को हटा दिया गया है जिनसे वेद भरे पड़े हैं। क्या यह कार्य किसी ऐसे व्यक्ति का हो सकता है जिसकी भौतिकवाद

की ओर प्रबल प्रवृत्ति न हो ? उद्दालक की यह भौतिकवादोन्मुख प्रवृत्ति भले ही शताब्दियों तक दबाई जाती रही हो, लेकिन आज उपनिषदों की कुछ अपेक्षाकृत तटस्थ व्याख्याओं में वह अपने को पुनः प्रतिष्ठित करती प्रतीत होती है। इस व्याख्या को हरमन जैकोबी[44] एवं बी.एम. बरुआ[45] ने विकसित किया और सन् 1954 से वाल्टर रुबेन[46] ने इसे उत्साहपूर्वक आगे बढ़ाया। रुबेन उद्दालक को प्रथम दर्शनशास्त्री भी मानते हैं। किंतु जो बात रुबेन, बरुआ और जैकोबी की दृष्टि से छूट गई अथवा जिस पर उन्होंने पर्याप्त बल नहीं दिया वह यह है कि उद्दालक को प्रथम प्रकृति-वैज्ञानिक भी माना जाना चाहिए। आधुनिक विद्वानों में केवल एरिख फ्राउवालनर[47] ने ही उद्दालक को प्रकृति-विज्ञान के द्वार पर, हलकी ही सही, दस्तक देते हुए दर्शाया है : "यह (उद्दालक की धारणा) लगभग वैज्ञानिक दृष्टिकोण जैसी है।" किंतु फ्राउवालनर ने भी उद्दालक के इधर-उधर बिखरे हुए निष्कर्षों पर ही ध्यान केंद्रित किया है और उस बात को अनदेखा कर दिया है जो हमें उद्दालक के संबंध में सर्वाधिक महत्त्व की लगती है। यह है—वैज्ञानिक पद्धति का सर्वप्रथम निर्माण एवं उसकी प्रयुक्ति, निरंतर अनुभवाश्रित प्रदत्त-सामग्री से कुछ ग्रहण करना और यहां तक कि ऐसी विधि अपनाना जिसे प्रयोगात्मक के अतिरिक्त कुछ और नहीं कहा जा सकता। जो भी हो, फ्राउवालनर द्वारा किया गया उद्दालक का मूल्यांकन अकेला ही रहा और इससे विज्ञान एवं दर्शन के इतिहास की प्रचलित धारणा पर कोई प्रभाव नहीं पड़ा। इसका परिणाम यह हुआ कि विज्ञान के इतिहासकारों के लिए उद्दालक आज भी अपरिचित हैं और वे थेल्स को ही विज्ञान का अग्रदूत मानते हैं।

चूँकि हमारी इस विवेचना का उद्देश्य अपना ध्यान मुख्य रूप से उद्दालक के भौतिकवाद एवं विज्ञानोन्मुख अभिवृत्ति पर केंद्रित करना है, इसलिए यहां हम उनकी सामान्य विवेचना की रूपरेखा मात्र प्रस्तुत करेंगे, और इसमें उनकी पद्धति की कुछ महत्वपूर्ण बातों पर ही विशेष ध्यान दिया जाएगा।

उद्दालक मूल *सत्* से संसार की प्रत्येक जैविक और अजैविक वस्तु के विकास का व्यवस्थित विवरण देने का प्रयास करते हैं। *छांदोग्य उपनिषद्* में आणविक परिकल्पना के प्रथम पूर्वाभास की कुछ झलक मिलती है। उद्दालक के अनुसार *सत्* का सूक्ष्मतम सार, जिससे संसार की प्रत्येक वस्तु बनी है, अत्यंत सूक्ष्म सत्ताओं से निर्मित है, जो इतनी सूक्ष्म हैं कि इन्हें देखना भी संभव नहीं है और इसीलिए इन्हें और भी छोटे रूप में विभाजित नहीं किया जा सकता। यहां *छांदोग्य उपनिषद्* का वह अंश उद्धृत है जिसमें उद्दालक और श्वेतकेतु का संवाद मिलता है :

> "वहाँ से एक गूलर तो लाओ।"
> "यह रहा, भगवन्।"
> "इसे काटो।"
> "काट दिया, भगवन्।"

"इसमें क्या देखते हो ?"

"ये बहुत सूक्ष्म बीज, भगवन् ।"

"इनमें से एक को तोड़ो ।"

"तोड़ दिया, भगवन् ।"

"इसमें क्या दिखाई देता है ?"

"कुछ भी तो नहीं, भगवन् ।"

तब उन्होंने (उद्दालक ने) उससे (श्वेतकेतु) से कहा : "वस्तुतः, सौम्य, यही सूक्ष्मतम सार जो तुम नहीं देख पा रहे, इसी सूक्ष्मतम सार से यह महान् न्यग्रोध वृक्ष उत्पन्न होता है। विश्वास करो, सौम्य, जो सूक्ष्मतम सार है वही इस संपूर्ण संसार की आत्मा है। वही यथार्थ है। वही आत्मा है। वह तू है, श्वेतकेतु, तत् त्वम् असि ।"

"इसे विस्तार से समझाकर कहेंगे, भगवन ?"

"ऐसा ही हो, सौम्य," उन्होंने कहा : "इस लवण को जल में डालो, फिर प्रातःकाल मेरे पास आना ।"

उसने ऐसा ही किया।

तब उन्होंने उससे कहा : "जिस लवण को तुमने कल संध्या समय जल में रखा था उसे यहां लाओ ।"

तब उसने लवण को जल में टटोला किंतु वह उसे मिला नहीं क्योंकि वह पूर्णतः घुल चुका था।

"अब इसे इधर से पीकर देखो," उन्होंने कहा, "कैसा लगता है ?"

"खारा ।"

"बीच में से चखकर देखो," उन्होंने कहा, "कैसा लगता है ?"

"खारा ।"

"उस किनारे से चखकर देखो," उन्होंने कहा, "कैसा लगता है ?"

"खारा ।"

"इसे एक ओर रखकर मेरे पास आओ ।"

श्वेतकेतु ने ऐसा ही किया। उसने कहा, "यह तो सदा एक-सा रहता है ।" तब उन्होंने कहा, "वस्तुतः, सौम्य, यहां तुम सत् को नहीं देखते। परंतु निश्चय ही वह यहां है। वह जो सूक्ष्मतम सार है जिसे यह सारा संसार आत्मा के रूप में धारण करता है, वही यथार्थ है। वही आत्मा है। वह तू है, श्वेतकेतु, तत् त्वम् असि ।"

यह समझना कठिन नहीं है कि ई. पू. आठवीं या सातवीं सदी में वास्तविकता के परम् घटक की खोज करनेवाले एक विचारक से ऐसी शब्दावली की अपेक्षा नहीं की जा सकती जो हमारे आज के मानदंडों के अनुसार परिष्कृत हो। इसके अतिरिक्त यद्यपि उद्दालक 'आत्मा'

शब्द का प्रयोग करते हैं किंतु हम पहले ही देख चुके हैं कि इस शब्द से उनका तात्पर्य क्या है—अर्थात् पृथ्वी से अधिक कुछ नहीं। फिर भी उद्दालक के बारे में एक बात ध्यान देने योग्य है कि वे संसार की मूल वस्तु को सूक्ष्मतम सार के रूप में विभाजित करना चाहते थे जिसका निर्माण अविभाजनीय सूक्ष्म कणों से हुआ हो जिसे गूलर के बीज को विभाजित करके और प्रत्येक विभाजित अंश को पुनः विभाजित करके अथवा लवण-खंड को जल में डालकर समझा जा सकता है—या अपनी शब्दावली में कहें तो जब इसके अणु अविभाजनीय सत्ताओं में विभाजित हो जाते हैं। इसी कारण बी. एम. बरुआ बड़े विश्वास के साथ कहते हैं कि "उद्दालक ने कणाद् के अणु-सिद्धांत का पूर्वाभास कर लिया था।"[48] किंतु इस संबंध में एक बात कहना शेष रहती है। वह यह है कि जहां कणाद् और देयोक्रेतस जैसे अन्य परमाणुवादियों के लिए परमाणविक परिकल्पना चिंतन की ही वस्तु रही, वहीं उद्दालक ने इसे निश्चित प्रेक्षण पर आधारित करने का साहसिक कदम उठाया, भले ही आज के मानदंड के अनुसार यह प्रेक्षण अत्यंत अनगढ़ प्रतीत होता हो। किसी भी स्थिति में, प्राचीन संदर्भ में रखकर देखें तो उद्दालक के संबंध में एक अत्यंत विशिष्ट बात यह दिखाई देती है कि यों ही किसी सिद्धांत को प्रतिपादित कर देने या किसी धर्मशास्त्र का सहारा लेने के स्थान पर वे अपनी *विवेचना के लगभग प्रत्येक चरण पर यथार्थ प्रेक्षण द्वारा ही इसे सोदाहरण दर्शाना चाहते हैं।*[49]

इस प्रकार उद्दालक का महत्व उनके निष्कर्षों में इतना नहीं है जितना उस कार्यपद्धति में जिसका उन्होंने अनुसरण किया। उद्दालक के कनिष्ठ समकालीन यूनानी विचारक थेल्स के संबंध में जो कुछ ज्ञात है उसमें कहीं इस बात का संकेत नहीं मिलता कि वे किसी व्यवस्थित कार्यपद्धति द्वारा अपनी इस धारणा पर पहुँचे थे कि जल समस्त संसार का परम तत्व है। जिस बात पर अंततः कभी-कभी संदेह किया ही जाता है उसे यदि मान भी लिया जाए कि प्रकृति की प्रकृतिवादी समझ के कारण ही थेल्स को विश्वविज्ञान के इतिहास में प्रथम प्रकृति-वैज्ञानिक माना जाता है, तब भी विज्ञान के इतिहासकारों के पास यह जानने का कोई साधन नहीं है कि वे अपने निष्कर्षों तक कैसे पहुँचे। इस संबंध में केवल अटकलें ही लगाई जा सकती हैं। इसके विपरीत, उद्दालक अपनी प्रक्रिया के संबंध में अथवा अपनी कार्यपद्धति के संबंध में कोई बात अस्पष्ट नहीं छोड़ते। इस प्रकार उद्दालक के साथ मानव-इतिहास में एक ऐसी बात का उदय हुआ जो सचमुच नई थी।

यहां उद्दालक की कार्यपद्धति के संबंध में थोड़ी और चर्चा करना अनुचित न होगा। यह दर्शाने के लिए कि आदि-सत् सूक्ष्म कणों से निर्मित है, उद्दालक मुख्यतः दो प्रेक्षणों पर निर्भर रहते थे। इनमें से विशेष रूप से दूसरा यदि आधुनिक अर्थ में प्रयोग नहीं था तो प्रयोग से मिलती-जुलती कोई बात अवश्य था। इस बात को कि किसी वस्तु को विभक्त करते जाने की प्रक्रिया अंततः ऐसी स्थिति तक ले जाती है जहां वह वस्तु अदृश्य हो जाती है और इस कारण उसका और विभाजन संभव नहीं होता, प्रेक्षण के रूप में तो लिया जा

सकता है, किंतु सरल, निष्क्रिय प्रेक्षण के अर्थ में नहीं लिया जा सकता क्योंकि इस प्रक्रिया में प्रेक्षक का सक्रिय हस्तक्षेप भी सम्मिलित होता है। यह बात उद्दालक द्वारा दिए गए दूसरे उदाहरण में और स्पष्ट हो जाती है। यह बात अनायास ही उन आरंभिक रसायनशास्त्रियों का स्मरण कराती है जो अपनी प्रयोगशालाओं में ऐसा घोल तैयार करते थे जिसमें घुले हुए पदार्थ के अणुओं का एक-सा वितरण होता था और ज्ञानेंद्रिय द्वारा परीक्षण किए जाने पर घोल के प्रत्येक अंश में उस पदार्थ की उपस्थिति का प्रमाण मिलता था। यदि कोई इसे प्रयोग कहने में संकोच का अनुभव करता है तो कदाचित् इस कारण कि सोदाहरण प्रदर्शन की इस प्रक्रिया में उसे इसके आद्य-रूप की ही पुनरावृत्ति दिखाई देती है। किंतु वह इस बात को भूल जाता है कि इसी में सर्वप्रथम परमाणविक एवं आणविक परिकल्पना का पूर्वाभास मिलता है।

किंतु उद्दालक के संबंध में जो बात अधिक महत्वपूर्ण है वह यह है कि वे प्रायोगिक पद्धति से मिलती-जुलती किसी बात से ही संतुष्ट नहीं थे। इसके विपरीत उन्होंने प्रायोगिक पद्धति के सार का निरूपण किया है और उनका निरूपण शताब्दियों तक विज्ञान के इतिहास में वस्तुतः स्वीकृत रहा। इसका प्रमाण उस प्रस्थापना के दृष्टांत में मिलता है जिसमें मन को खाए गए अन्न के सूक्ष्म कणों से निर्मित बताया गया है। अन्य घटकों को वैसा ही रहने दें तो आप देखेंगे कि भोजन के अभाव में मन का भी अभाव होता है और भोजन के होने पर मन भी रहता है। यहां हम संक्षेप में देखेंगे कि किस प्रकार उद्दालक इस प्रस्थापना को विकसित करते हैं और किस प्रकार निश्चित प्रायोगिक पद्धति द्वारा इसे प्रमाणित करते हैं।

उद्दालक ने आदि-सत् की धारणा एक सद्यः गतिशील वस्तु के रूप में की थी या आधुनिक शब्दावली में कहें तो वे संसार के नानात्व को पदार्थ की अंतर्भूत गति से उपजा मानते थे। स्पष्ट है कि ऐसे गहन विचार को अभिव्यक्त करने के लिए इतने प्राचीन काल के विचारक को आसानी से शब्द नहीं मिलते थे। जो शब्द उद्दालक यथार्थतः प्रयुक्त करते हैं वह है ऐक्षत। इसका शाब्दिक अर्थ है –"इच्छा की", आदि-सत् के अनेक होने की इच्छा की, इत्यादि।

शंकर और रामानुज जो सिद्ध करना चाहते हैं कि उद्दालक द्वारा संकल्पित जगत के आदि-कारण की प्रकृति जड़ पदार्थ की नहीं हो सकती, इस शब्द को बहुत महत्त्व देते हैं। उनका तर्क है कि इच्छा करने की क्रिया किसी जड़ वस्तु में नहीं दर्शाई जा सकती। किंतु ठीक इसी शब्द को उद्दालक ताप (तेज), जल (अप्) और भोजन (अन्न) के संदर्भ में भी प्रयुक्त करते हैं। अतः रामानुज को इतना तो स्वीकार करना ही पड़ा कि संभव है यह आलंकारिक अभिव्यक्ति (उपचार) हो जिस प्रकार यह कहा जाता है कि जलती हुई धरती जल की 'पुकार' कर रही थी। संदर्भ से स्पष्ट है कि इस प्रकार की व्याख्या से बचा नहीं जा सकता। अतः 'ऐक्षत' शब्द को प्रयुक्त करते हुए भी उद्दालक का तात्पर्य स्पष्टतः यही

था कि आदि-सत् में निहित गतिशीलता के कारण अर्थात् किसी बाह्य अभिकरण के हस्तक्षेप के बिना इससे क्रमशः तेज या ताप, 'ताप' से अप् या जल और अप् से अन्न या भोजन विकसित हुए। उद्दालक और हमारे बीच लगभग ढाई हजार वर्षों का अंतराल होने के कारण यह समझने में थोड़ी कठिनाई हो सकती है कि तेज अथवा ताप से उनका तात्पर्य क्या था। किंतु जिस प्रकार वे यह दर्शाने का प्रयास करते हैं कि किस प्रकार 'ताप' से 'जल' और 'जल' से 'भोजन' उत्पन्न हुआ वह इस बात का प्रमाण है कि अनुभवगम्य प्रमाण के प्रति उनमें कितना उत्साह था यद्यपि यह भी सत्य है कि उनके समय में सतही बल्कि मिथ्या प्रेक्षण एवं उचित प्रेक्षण में भेद करना कठिना रहा होगा। वे तर्क करते हैं कि ताप से पीड़ित लोग आंसू और पसीना गिराते हैं जबकि जल की प्रचुरता से प्रचुर अन्न उत्पन्न होता है। इन प्रेक्षणों का प्रयोजन यही दर्शाना है कि जल ताप से और भोजन जल से उत्पन्न होते हैं। हमारे मानदंड के अनुसार इनमें से पहला तो मिथ्या प्रेक्षण है और दूसरा अधिक से अधिक अधूरा प्रेक्षण है। किंतु ऐतिहासिक दृष्टि से ऐसा निर्णय देना काल-दोष होगा। फिर भी इससे उद्दालक के उस मूल उत्साह में कोई अंतर नहीं आता जिस उत्साह से लगभग प्रत्येक चरण में प्रेक्षण का सहारा लेते हैं। प्रेक्षण के प्रति ऐसे उत्साह को विज्ञान के इतिहास की दृष्टि से कदापि कम करके नहीं आंका जा सकता।

इस प्रकार आदि-सत् से विकसित तीन तत्त्वों से सुसज्जित होकर उद्दालक यह दर्शाने के लिए उद्यत होते हैं कि किस प्रकार सूर्य, चंद्र और विद्युत जैसी आकाशीय संवृत्तियों से लेकर मच्छरों एवं कीट-पतंगों जैसे क्षुद्रतम प्राणियों तक इस संसार की प्रयेक वस्तु तेज, अप् और अन्न से उत्पन्न हुई है यद्यपि विभिन्न वस्तुओं के निर्माण में इनमें से कोई एक तत्त्व मुख्यतः प्रयुक्त होता है। प्रकृति की ऐसी सर्वव्यापक व्याख्या स्पष्टतः उद्दालक के समय के लिए असामयिक थी। किंतु हमारी रुचि इसमें इस कारण है कि यह वस्तुतः प्रकृति को सूर्यदेव, चंद्रदेव और अन्य देवी-देवताओं से रहित करने का प्रयास था जिनसे वैदिक देवसभा भरी हुई थी। इसके अतिरिक्त इन तीन तत्त्वों से संसार के समस्त प्राणियों की उत्पत्ति दर्शाकर उद्दालक ने पुनर्जन्म के सिद्धांत के लिए कोई स्थान नहीं छोड़ा जो उस समय भारतीय संस्कृति में जड़ें जमा रहा था और जो अंततः भारतीय स्मृतिकारों द्वारा दी गई वर्ण-विभाजित सामाजिक व्यवस्था के औचित्य का मूल आधार बना। साथ ही *छांदोग्य उपनिषद्* में अभिलिखित उद्दालक के संवादों से ऐसा प्रतीत होता है कि कदाचित् वे सूर्य, चंद्रमा इत्यादि की उत्पत्ति की बात इस आशा से करते हों कि उनकी विश्व-संबंधी धारणा को एक प्रकार की पूर्णता मिले क्योंकि वे इनका उल्लेख मानो चलते-चलाते ही करते हैं, विस्तार से नहीं।

इसके विपरीत, जैसा कि बाद की चर्चा से स्पष्ट होता है, उनकी मुख्य रुचि इस बात की व्याख्या करने में थी कि किस प्रकार उन्हीं तीन मूल तत्त्वों और इसी कारण आदि-सत् से मानव की उत्पत्ति हुई जिसमें वे तीन बातें भी सम्मिलित हैं जिन्हें उद्दालक मानव की तीन मुख्य विशेषताएं मानते हैं। ये हैं—प्राण, मन और वाणी (वाक्)। इस सबकी शुद्ध

प्रकृतिवादी व्याख्या प्रस्तुत करने के प्रयास करके ऐतिहासिक दृष्टि से उद्दालक ने प्रकृति-विज्ञान की ओर ऐसा कदम बढ़ाया जो अत्यंत विस्मयकारी था।

सर्वप्रथम, उद्दालक से पूर्व किसी ने भी बुद्धिजीवी एवं प्रकृतिवादी दृष्टि से मानव की विशेषताओं अर्थात् प्राण, मन और वाणी की व्याख्या का प्रयास नहीं किया था। यह बात कि उद्दालक ने इन तीन विशेषताओं को समझने में ध्यान लगाया, अपने-आपमें उनकी वैज्ञानिक प्रकृति की पहचान मानी जानी चाहिए।

दूसरे, जहां तक 'प्राण' का प्रश्न है, यह जैविक पदार्थ का प्रभेदक है। तथापि इस प्रभेदक के प्रति सजगता विचारों के इतिहास में एक नई बात थी। थेल्स समेत आरंभिक यूनानी विचारकों के संबंध में जो कुछ ज्ञात है उससे स्पष्ट है कि उन्हें इस प्रभेदक का ज्ञान नहीं था। (हम थेल्स से ही उद्दालक की तुलना प्रकृति-वैज्ञानिक के रूप में करना चाहते हैं।) वे समझते थे कि पदार्थ में किसी प्रकार प्राण होता है या पदार्थ कोई जीवित वस्तु होता है। यही कारण है कि दर्शनशास्त्र के इतिहास में उनकी वास्तविक स्थिति के निरूपण के लिए एक नई शब्दावली की आवश्यकता अनुभव की जाती है। इसके लिए जो शब्द गढ़ा गया वह है 'भूतजीववाद' यद्यपि इसमें और प्राचीन जीववाद में कोई विशेष अंतर नहीं है।

तीसरे, असलियत चाहे जो हो, तथ्य यह है कि उद्दालक से पूर्व किसी अन्य विचारक ने सचेत रूप से जीवन की उत्पत्ति का प्रश्न नहीं उठाया था। यह कार्य उद्दालक ने किया और उनके निर्णयों को वैज्ञानिकता से शून्य मानना भूल होगी, क्योंकि उन्होंने किसी न किसी प्रकार जल से या जल के सूक्ष्मतम सार से जीवन की उत्पत्ति को समझने का प्रयास किया।

चौथे, इससे पूर्व किसी अन्य विचारक ने उस प्रकार 'मन' के सृजन का प्रश्न नहीं उठाया जिस प्रकार कि उद्दालक ने उठाया। कदाचित् अधिक आश्चर्य की बात यह है कि वे भोजन के सूक्ष्मतम कणों से 'मन' की उत्पत्ति मानते थे।

पांचवें, उद्दालक केवल कल्पना के बल से ही दावा नहीं करते अपितु अपने मत के पक्ष में *प्रयोगात्मक सोदाहरण प्रदर्शन* भी करते हैं और विज्ञान के इतिहास में इसके महत्व को गौण दर्शाने का प्रश्न ही नहीं है। *अन्य सब बातों को छोड़ भी दिया जाए तो प्रयोगात्मक सोदाहरण प्रदर्शन की यह कार्यपद्धति ही उद्दालक को विश्व-इतिहास में प्रथम प्रकृति-वैज्ञानिक के रूप में प्रतिष्ठित करने के लिए पर्याप्त है।* विशेष रूप से इस बात के संबंध में उन्हें प्राचीनता का लाभ दिए जाने की आवश्यकता नहीं है। उनकी प्रायोगिक पद्धति में स्पष्टतः काफी-कुछ महत्वपूर्ण है या कम से कम उसकी संभावना है जो आनेवाली शताब्दियों में भी प्रयोगात्मक पद्धति के लिए महत्वपूर्ण बना रहा। जैसाकि जे. डी. बर्नल कहते हैं, "इसमें कोई संदेह नहीं कि विज्ञान की पद्धति कोई स्थिर वस्तु नहीं है, यह एक विकासमान प्रक्रिया है।"[50]

फिर भी, ऐतिहासिक दृष्टि से महत्वपूर्ण बात यह है कि इस दिशा में पहला कदम उठाया गया। उद्दालक ने न केवल ई. पू. आठवीं या सातवीं सदी में यह कदम उठाया अपितु इस पद्धति की जो अनिवार्य बातें उन्होंने बताईं वे कम से कम जॉन स्टुअर्ट मिल के समय तक अर्थपूर्ण बनी रहीं।

अंत में, उद्दालक तेज के सूक्ष्मतम अंशों से वाणी की उत्पत्ति की व्याख्या करना चाहते थे। तेज के लिए हमने 'ताप' शब्द स्वीकार कर लिया है। तेज से उद्दालक का ठीक तात्पर्य क्या था, इस पर अभी और शोध की आवश्यकता है। वैसे भी वाणी की उत्पत्ति की उनकी धारणा हमारे लिए पूर्णतः स्पष्ट नहीं है। किंतु इसका कारण उद्दालक के कथन की अस्पष्टता नहीं है अपितु हम ही उनके इस अत्यंत महत्वपूर्ण शब्द को समझने में अक्षम हैं। साथ ही, यह तथ्य है कि विज्ञान के इतिहास में उद्दालक ही निःसंदेह ऐसे प्रथम विचारक हैं जिन्होंने वाणी की बुद्धिवादी एवं मूलतः प्रकृतिवादी व्याख्या करने की आवश्यकता अनुभव की। स्पष्टतः इसका यह कारण है कि वे 'मन' की ही भांति 'वाणी' को भी मानव की लाक्षणिक विशेषता मानते थे।

जिस ढंग से उद्दालक ने इन बातों को प्रस्तुत किया उसे समझने के लिए उस पूरे अंश को उद्धृत करना आवश्यक है जिसमें उद्दालक मानव की उत्पत्ति का निरूपण करते हैं। वैज्ञानिक साहित्य के सर्वप्रथम दृष्टांत के रूप में इस अंश का महत्व अनूठा है। यहां इस बात को स्मरण रखना आवश्यक है कि केवल परिकल्पना पर ही निर्भर रहने के स्थान पर उद्दालक अपने तथ्यों को यथार्थ प्रेक्षण द्वारा प्रस्थापित करते थे। यह प्रेक्षण दही को बिलोकर मक्खन निकालने का है। क्या इसमें हमें तकनीशियन के (इस स्थिति में ग्वाले के) दर्शन नहीं होते जिसके यथार्थ अनुभव से उद्दालक अपना निष्कर्ष निकालते हैं ? किंतु आइए, पहले हम इस उदाहरण को देखें।

> "(उद्दालक अपने पुत्र को समझाते हैं) खाया हुआ भोजन (अन्न) तीन भागों में विभाजित हो जाता है। इसका स्थूलतम भाग मल बन जाता है, मध्यम भाग मांस बनता है और जो सूक्ष्मतम भाग है उससे मन बनता है।
>
> "पी लिए जाने के पश्चात् जल तीन भागों में विभक्त हो जाता है। इसका स्थूलतम भाग मूत्र का निर्माण करता है, मध्यम भाग रक्त का और सूक्ष्मतम भाग प्राण का निर्माण करता है।
>
> "तेज (जिसे परवर्ती व्याख्याकार तेल, घी अथवा पिघले हुए मक्खन के रूप में व्याख्यायित करते हैं; कदाचित् इस पर प्राचीन औषधिविज्ञान का प्रभाव रहा हो; देखिए *चरक-संहिता* एक (13. 14.) जब गृहीत होता है तो तीन भागों में विभक्त हो जाता है। इसका स्थूलतम भाग अस्थि का निर्माण करता है, मध्यम भाग मज्जा का और सूक्ष्मतम भाग वाणी का निर्माण करता है क्योंकि, सौम्य, मन अन्नमय, प्राण जलमय और वाणी तेजोमय है।"

(पुत्र ने कहा :) "इसे विस्तार से समझाकर कहें, भगवन् ! (पिता ने समझाया :) "जमाए हुए दूध (दही) को, सौम्य, जब बिलोया जाता है तो इसका सूक्ष्मतम अंश ऊपर आ जाता है, यह मक्खन बन जाता है। इसी प्रकार, सौम्य, जब अन्न खाया जाता है तो इसका सूक्ष्मतम अंश ऊपर आ जाता है और मन बन जाता है।

"जल का सूक्ष्मतम अंश, सौम्य, ऊपर आ जाता है और प्राण बनता है।

"तेज (तेल, घी इत्यादि) ग्रहण किए जाने पर, सौम्य, इसका सूक्ष्मतम अंश ऊपर आ जाता है और वाणी बनता है।

"क्योंकि सौम्य, मन अन्नमय है, प्राण जलमय है और वाणी तेजोमय है।"

(पुत्र ने कहा :) इसे विस्तार से समझाकर कहें, भगवन् !"

"अच्छा, सौम्य," (उन्होंने कहा) "किसी भी व्यक्ति के सोलह भाग होते हैं। पंद्रह दिनों तक भोजन मत करो, इच्छानुसार जल पियो। जो जल पीता है वह प्राण से वियुक्त नहीं होता, क्योंकि प्राण जलमय है।"

तब उसने (पुत्र ने) पंद्रह दिनों तक भोजन नहीं किया। तब फिर वह (पुत्र) उनके (उद्दालक के) पास आया। उसने कहा : "क्या कहूं, भगवन् ?"

"ऋक् (ऋग्वेद-संहिता की ऋचाएं), सौम्य, यजु (*यजुर्वेद संहिता* के मंत्र), साम (*सामवेद-संहिता* के गीत) कहो !" (तात्पर्य यह कि वह सब जो पुत्र ने बारह वर्षों की दीर्घ अवधि में अपनी बौद्धिक शक्ति से सीखा था।)

तब वह (पुत्र) बोला, "निश्चय ही, भगवन्, ये सब मुझे स्मरण नहीं आते।"

उससे उन्होंने (उद्दालक ने) कहा : "जिस प्रकार, सौम्य, जुगनू के आकार का एक अंगार किसी महान अग्नि के बाद बचा रहे तो उससे अधिक अग्नि प्रज्वलित नहीं होती (यहां भी प्रेक्षण पर दिया जानेवाला बल देखने योग्य है) ठीक उसी प्रकार, सौम्य, तुम्हारे सोलह भागों में से केवल एक भाग भी बचा रहे तो भी इसकी सहायता से तुम वेदों का स्मरण नहीं कर सकते। अतः भोजन करके आओ, तब मैं तुम्हें समझाऊंगा।"

तब उसने भोजन किया। फिर वह उनके पास गया। तब जो कुछ भी उन्होंने (उद्दालक ने) उससे पूछा, उसने सबका उत्तर दिया। तब उन्होंने (उद्दालक ने) उससे कहा : "जिस प्रकार, सौम्य, किसी बड़ी अग्नि से बचे हुए जुगनू के आकार के एक अंगार को तिनकों से दबाकर भड़का दिया जाता है और इससे बाद में अग्नि अत्यंत प्रज्वलित हो जाती है (अनुभवगम्य प्रदत्त-सामग्री पर दिए जानेवाले बल को देखिए) ठीक उसी प्रकार, सौम्य, तुम्हारे सोलह भागों में से केवल एक, सोलहवां भाग शेष रह गया था। भोजन पाकर यह भड़क उठा है। इससे अब तुम अपनी वेद-विद्या का स्मरण कर सकते हो। क्योंकि, सौम्य, मन अन्नमय है, प्राण जलमय है, वाणी तेजोमय है।"

तब उसने (श्वेतकेतु ने) उनसे (उद्दालक से कहा :) "जान लिया, हां जान लिया।" अब आगे जाने के पूर्व हम अपने-आपसे एक सरल प्रश्न करें। जिस प्रणाली का अनुसरण उद्दालक कर रहे थे, उसका सार क्या है ? इसका एक ही उत्तर हो सकता है : यह प्रेक्षण एवं प्रयोग की प्रणाली के अतिरिक्त कुछ अन्य नहीं है।

कभी-कभी यह कहा जाता है कि थेल्स की धारणा के पीछे भी एक प्रकार का प्रेक्षण था। यह था जलमग्न क्षेत्र से उभरते हुए भू-भाग का प्रेक्षण। इसे मान भी लें तो आगे यह भी मानना पड़ेगा कि भू-भाग के जल से पुनः निकलने को धरती की उत्पत्ति मानना मिथ्या प्रेक्षण या कुप्रेक्षण था। इसके अतिरिक्त अनुभव का वह यथार्थ सार जिस पर उनकी प्रस्थापना आधारित थी, संभवतः मिस्र और बेबीलोनवासियों से ली गई है। यह भी कहा जाता है कि थेल्स ने पृथ्वी को जल में तैरते चपटे तवे के रूप में परिकल्पित किया तो उसके पीछे उनका अपनी मातृभूमि का प्रेक्षण था जो जल से घिरा हुआ छोटा-सा द्वीप था। उनकी प्रस्थापना का औचित्य सिद्ध करनेवाले इस प्रेक्षण के महत्व के संबंध में कुछ न कहा जाए तो अच्छा हो। थेल्स की तुलना में जब हम उद्दालक को देखते हैं तो अनायास ही यह अनुभूति होती है कि हम एक नितांत भिन्न दृष्टिकोण के संसार में प्रविष्ट हो रहे हैं। आधुनिक मानदंड के अनुसार अनगढ़ प्रतीत होने पर भी प्रेक्षण के प्रति उद्दालक का उत्साह सच्चा है और उनकी उस प्रस्थापना को प्रतिपादित करने में प्रासंगिक है जो थेल्स की प्रस्थापना से कहीं अर्थपूर्ण है। फिर, यह केवल सरल प्रेक्षण की बात ही नहीं है। इस धारणा के प्रमाण-रूप में कि मन पचे हुए अन्न के सूक्ष्मतम कणों से निर्मित है, उद्दालक ऐसी प्रणाली अपनाते हैं जो प्रयोगात्मक प्रमाण से किसी प्रकार कम नहीं है। अन्य परिस्थितियां वैसी ही रहने पर अन्न की उपस्थिति में मन की उपस्थिति होती है जबकि अन्न के अभाव में मन का अभाव होता है।

ऐसी कार्यपद्धति से सुसज्जित होकर और संभवतः व्यापकता के आकर्षण से उद्दालक मानव के अन्य पक्षों जैसे निद्रा, क्षुधा, तृष्णा और मृत्यु की भी व्याख्या करने का प्रयास करते हैं। मृत्यु की व्याख्या विकास-प्रक्रिया के क्रमिक प्रतिगमन के रूप में की गई है जिसमें अन्न, जल में, जल तेज में और तेज पुनः आदि-सत् में विलीन हो जाते हैं। हमारे वर्तमान प्रयोजन के लिए उद्दालक की धारणा के इस पक्ष में विस्तार से जाने की आवश्यकता नहीं है। कारण कि इसमें अधिकतर सूत्रों जैसी पुनरावृत्ति है और कोई ऐसी बात नहीं है जिससे पहले कही जा चुकी बातों में कोई महत्वपूर्ण वृद्धि हो सके। किंतु जिस ढंग से वे अपनी मुख्य प्रस्थापना का सार-संक्षेप अपने संवाद में अनेकों बार प्रस्तुत करते हैं उसे यहां उद्धृत करना उचित होगा ताकि उनके पक्ष को भली प्रकार समझा जा सके। *छांदोग्य उपनिषद्* में यह इस प्रकार अभिलिखित है :

> यहां, सौम्य, यह जान लो कि यह (शरीर) एक अंकुर है जो उग आया है। यह बिना मूल के नहीं होगा।

इसका मूल अन्न के अतिरिक्त और क्या हो सकता है ? अतः सौम्य, अन्न को अंकुर और जल को इसका मूल जानो। जल को, सौम्य, अंकुर मानकर तेज (ताप) को इसका मूल मानो। ताप को, सौम्य, अंकुर मानकर सत् को इसका मूल मानो।

यहां समस्त प्राणियों का मूल सत् है, सौम्य, सत् उनका घर है, सत् उनका आधार है ···

जिस प्रकार, सौम्य, मधुमक्खियां विभिन्न वृक्षों के सार को एकत्र करके मधु बनाती हैं और विभिन्न सारों को एक इकाई बना देती हैं, इस प्रकार कि मधु यह भेद नहीं कर पाता कि "मैं उस वृक्ष का सार हूं", निश्चय ही उसी प्रकार, सौम्य, यहां के समस्त प्राणी सत् को पाकर भी नहीं जानते कि हमने सत् को पा लिया है। (प्रेक्षण का आग्रह यहां भी देखिए; यह कहने में कोई अतिशयोक्ति नहीं है कि उद्दालक में का प्रेक्षण-प्रेम उन्माद की सीमा तक था।)

जो भी इस संसार में है—व्याघ्र हो, सिंह हो, वृक् हो, वराह हो, कीट हो, पतंग हो, दंश हो, मशक हो—वह वही (सत्) हो जाता है।

वह जो सूक्ष्मतम सार है, वही इस समस्त संसार की आत्मा है। वही यथार्थ है। वही आत्मा है। वह तुम हो, श्वेतकेतु, तत् त्वम् असि !

यह सब कहीं रिक्त कल्पना न प्रतीत हो, इसके लिए वे एक कदम आगे जाकर यथार्थ प्रेक्षण के आधार पर इसे प्रमाणित करते हैं। उपनिषद् में आगे कहा गया है :

(पुत्र ने कहा :) "भगवन्, मुझे और विस्तार से बताइए !"

"अच्छा सौम्य," उन्होंने कहा (और आगे कहने लगे :) "ये नदियां, सौम्य, बहती हैं। पश्चिम की नदियां पश्चिम की ओर, पूर्व की नदियां पूर्व की ओर। वे सब समुद्र में ही जाती हैं। वे स्वयं समुद्र हो जाती हैं। (प्रेक्षण को देखिए !) जिस प्रकार वे नहीं जानतीं कि "मैं यह हूं," "मैं वह हूं," उसी प्रकार, सौम्य, यहां के समस्त प्राणी यद्यपि सत् से ही उत्पन्न हैं लेकिन वे नहीं जानते कि हम सत् से ही उत्पन्न हैं। जो भी इस संसार में है—व्याघ्र हो, सिंह हो, दंश हो, मशक हो इत्यादि—वह वहीं हो जाता है। "वह जो सूक्ष्मतम सार है, वही इस संपूर्ण संसार की आत्मा है। वही यथार्थ है। वही आत्मा है। वह तू है, श्वेतकेतु, तत् त्वम् असि।"

अब हम अपनी विवेचना का सार-संक्षेप करें। उद्दालक आरुणि ने जिनका समय ई. पू. आठवीं या सातवीं सदी के बाद का नहीं हो सकता, विश्व की चामत्कारिक एवं पौराणिक धारणा से प्रकृति की प्रकृतिवादी समझ की ओर कदम बढ़ाया। इस प्रयोजन से उन्होंने बड़ी चतुराई से पहले धर्मशास्त्रों के ज्ञान की निरर्थकता को दर्शाया एवं हैतुकता की संकल्पना को स्पष्ट करते हुए आदि-सत् को संसार के आदि-कारण के रूप में प्रतिपादित किया। उन्होंने आत्मा के तद्रूप माने गए ब्रह्म शब्द की अवहेलना की जो उस समय के सामान्य बौद्धिक वातावरण में अत्यंत प्रचलित था। आत्मा के प्रति उन्होंने कोई आदर-भाव नहीं दर्शाया। उनका कथन

था कि वे आत्मा की संकल्पना प्रयुक्त करने के लिए बाध्य तो थे किंतु इससे उनका तात्पर्य मिट्टी से अधिक कुछ और नहीं था। इन आरंभिक बातों के पश्चात् वे अपनी धारणा की रूपरेखा प्रस्तुत करते हैं जिसके अनुसार प्रकृति की प्रत्येक वस्तु अंततः सत् में अंतर्निहित गतिशीलता के कारण उत्पन्न होती है। उद्दालक की कार्यपद्धति के रूप में जो बात हमें सबसे महत्वपूर्ण लगती है वह यह है कि इसमें लगभग प्रत्येक चरण पर वे अनुभवाश्रित प्रदत्त-सामग्री या प्रत्यक्ष प्रेक्षण का सहारा लेते हैं। प्रत्यक्ष प्रेक्षण को पुरोहित वर्ग एवं ब्रह्म तथा आत्मा के दर्शन के प्रतिनिधियों ने पहले ही देवताओं को अप्रिय बताकर प्रतिबंधित कर रखा था और इस प्रवृत्ति को उन क्षुद्र मुखियों एवं सामंतों का पूर्ण संरक्षण प्राप्त था जो उस समय आर्यावर्त में अपनी शक्ति सुदृढ़ कर रहे थे। किंतु ऐसी प्रचलित दार्शनिक प्रवृत्तियों एवं उन्हें मिलनेवाले संरक्षण की चिंता किए बिना उद्दालक प्रत्यक्ष प्रेक्षण से जुड़े रहे। खाए गए अन्न के सूक्ष्मतम कणों से मन की उत्पत्ति की व्याख्या करते समय उन्होंने प्रायोगिक पद्धति की आधारभूत बातों के निरूपण की ओर अत्यंत महत्वपूर्ण कदम उठाया।

उद्दालक द्वारा प्रकृति-विज्ञान की दिशा में उठाए गए पहले कदम को अभी विज्ञान के इतिहासकारों की मान्यता मिलना शेष है। मुख्यतः यूरोपकेंद्रित प्रभाव के कारण इन इतिहासकारों का झुकाव इस धारणा की ओर है कि प्रकृति-विज्ञान की उत्पत्ति किसी 'यूनानी चमत्कार' से हुई। कम से कम विज्ञान के आधुनिक इतिहासकारों के एक वर्ग में यूरोपवाद के विरुद्ध बढ़ते इस विरोध के बावजूद उनके बीच भी उद्दालक का नाम पूरी तरह अपरिचित है। इसका मुख्य कारण यह है कि दो हजार वर्षों से अधिक की दीर्घ अवधि तक उद्दालक की धारणाओं को बलपूर्वक उपनिषदों की विचारवादी तत्वमीमांसा की सामान्य संरचना में स्थित करने का प्रयास किया जाता रहा है। इस कारण हम सचेत प्रकृति-विज्ञान के अग्रदूत के रूप में उद्दालक की यथार्थ महानता के अनुभव से वंचित रह जाते हैं।

यदि उद्दालक आरुणि के सुझावों को स्वीकार किए जाने की तटस्थ परिस्थितियां उत्पन्न की जा सकतीं तो आज हमारे देश के सांस्कृतिक इतिहास का रूप क्या होता ? इसके उत्तर का केवल अनुमान ही किया जा सकता है क्योंकि तथ्य यह है कि इन्हें स्वीकार किए जाने की ऐतिहासिक परिस्थितियां वास्तव में थीं ही नहीं। हां, एक बात जिसका अनुमान लगाने की आवश्यकता नहीं है और जो वास्तव में घटी वह है परम् विचारवाद का एकमात्र दर्शन स्वीकार किया जाना। इसके लिए उद्दालक की यथार्थ धारणाओं को इतना अधिक तोड़ा-मरोड़ा गया कि उन्हें पहचानना कठिन हो गया।

23. उद्दालक के चिंतन की दिशा

उद्दालक आरुणि के व्यक्तिगत जीवन के बारे में यथार्थ ऐतिहासिक महत्व की कोई बात ज्ञात नहीं है। उपनिषद् हमें विश्वास दिलाना चाहते हैं कि वे पेशे से पुरोहित थे। लेकिन उनकी शिक्षाओं से किसी पुरोहितीय झुकाव का संकेत नहीं मिलता। खासकर अपने काल के धनी यजमानों पर बुरी तरह निर्भर इस परजीवी वर्ग के विशिष्ट चिंतन का संकेत तो मिलता ही नहीं। उनको प्रचुर मात्रा में दान मिलने का कोई आख्यान भी नहीं है।

उद्दालक जातक में दर्ज बौद्ध किंवदंती के अनुसार वे तक्षशिला में एक दासी और एक मंत्री के संयोग से पैदा हुए थे। उद्दाल वृक्ष के नीचे यह कृत्य होने के कारण उनका नाम उद्दालक पड़ा। इस दंतकथा को कोई भी खास महत्व नहीं देता यद्यपि तक्षशिला के उल्लेख को आसानी से अनदेखा नहीं किया जा सकता। तक्षशिला तब अनेक महत्वूपर्ण व्यापार-मार्गों की मिलनस्थली थी। व्यापार के साथ विभिन्न जनगणों के विचारों का प्रवाह होने से रूढ़िवादी तंत्र के दमघोंटू वातावरण की कठोरता कम होती थी। इस कारण यह अनुमान लगाना कठिन नहीं है कि तक्षशिला प्राचीन काल में लौकिक अध्ययन-मनन का महत्वपूर्ण केंद्र कैसे बनी। उपरोक्त जातक में ही कहा गया है कि उद्दालक की आरंभिक शिक्षा तक्षशिला में हुई थी और वहां वे यतियों से कुछ सीख पाने की आशा में हीन समझे जानेवाले काम भी करते रहे। बी. एम. बरुआ[51] ने तो इस बात पर भी जोर दिया है कि उनकी ज्ञान-पिपासा इतनी तीव्र थी कि वे प्रत्येक व्यक्ति से उसकी जाति या सामाजिक स्थिति का ध्यान रखे बिना कुछ सीखने को तत्पर रहते थे। यह बात *शतपथ ब्राह्मण* की कथा से मिलती-जुलती है जिसके अनुसार वे अपने क्षेत्र के एक ऐसे व्यक्ति का शिष्य बनने को भी तैयार हो गए जो ब्राह्मणवादी रूढ़ितंत्र द्वारा परित्यक्त था। महत्व की बात यह है कि वे इस गुरु से जो कुछ सीखना चाहते थे वह अत्यंत लौकिक प्रकार का विषय था। यह विषय था—मूलतः शरीर की संरचना और क्रिया-विधान संबंधी अनेकों संवृत्तियों का कारण। पाली ग्रंथ हमें यह विश्वास दिलाना चाहते हैं कि ऐसी संवृत्तियों में तब केवल तक्षशिला और आस-पास के क्षेत्रों में ही विशेष रुचि ली जाती थी और यही कारण है कि बौद्ध भारत के प्रसिद्ध चिकित्सक जीवक को चिकित्साशास्त्र के अध्ययन के लिए राजगृह से चलकर तक्षशिला जाना पड़ा था। एक उपनिषद्[52] में उद्दालक कहते हैं कि एक समय वे मद्र देश में अध्ययनरत थे। इस मद्र देश को आज का स्यालकोट माना जाता है जो तक्षशिला के बहुत पास है। तब तक्षशिला जिस व्यापक क्षेत्र का केंद्र थी उसे गांधार कहा जाता था। उद्दालक शायद एकमात्र प्रमुख औपनिषदिक विचारक हैं जो गांधार की बातें करते हैं और कहते हैं कि यह क्षेत्र विद्वानजन की स्थली था।[53]

ये सब उद्दालक के जीवन के संबंध में मात्र कुछेक बाह्य संकेत हैं और अगर इनका

कोई ऐतिहासिक मूल्य है तो इनसे उनके चिंतन की सामान्य दिशा पर कुछ प्रकाश पड़ सकता है। लेकिन इस दिशा के अधिक महत्वपूर्ण संकेत स्वयं उनकी शिक्षाओं में निहित हैं। हमने देखा कि वे किस प्रकार एक-एक चरण पर अपनी विवेचना के लिए प्रेक्षणों को आधार बनाते हैं और ये प्रेक्षण प्रकृति की संवृत्तियों के निष्क्रिय प्रेक्षण मात्र नहीं हैं बल्कि ऐसी घटनाओं के प्रेक्षण हैं जिनके द्वारा कुंभकार, लौहकार, स्वर्णकार, ग्वाला आदि श्रमजीवी प्राकृतिक वस्तुओं के सक्रिय रूपांतरण में लगे होते हैं। इन प्रेक्षणों के पीछे श्रमजीवियों की उपस्थिति स्पष्ट है। अगर उनका चिंतन शुद्ध रूप से परजीवी और उत्पादन-प्रक्रिया से कटे हुए काल्पनिक चिंतन की विपरीत दिशा में बढ़ा तो इसका कारण यही और मात्र यही है।

कर्म से असंबद्ध शुद्ध काल्पनिक और दर्शनशास्त्री को दिए गए दानों के बल पर फलने-फूलनेवाले चिंतन के एक उदाहरण के रूप में अब हम उनके कनिष्ठ समकालीन याज्ञवल्क्य के दर्शन पर विचार करेंगे। इनका घोर विचारवाद उद्दालक द्वारा विकसित प्रकृतिवादी, विज्ञानोन्मुखी चिंतनधारा के ठीक विपरीत है।

24. याज्ञवल्क्य एवं उनके युग का विचारवादी दर्शन

किंतु भौतिकवाद एवं प्रकृति-विज्ञान के प्रति उद्दालक के उत्साह को तत्काल ही संसार का नकार करनेवाले घोर विचारवाद की चुनौती मिली। औपनिषदिक साहित्य में इस घोर विचारवाद के सबसे प्रमुख प्रतिनिधि याज्ञवल्क्य हैं। राजा विदेह जनक इसके प्रमुख संरक्षक बताए जाते हैं। यह विचारवाद उपनिषदों में कैसे आया ?

डायशेन इसे आत्मा के साथ ब्रह्म के सरल समीकरण के रूप में प्रस्तुत करते हैं।[54] ब्रह्म की संकल्पना का पूर्व इतिहास जो भी रहा हो, उपनिषदों में सामान्यतः इसका तात्पर्य 'परम सत्ता' माना जाता है। इस प्रकार इस सिद्धांत का दावा है कि आत्मा ही परम सत्ता है। अतः उपनिषदों की विचारवादी धारणा के अनुसार परम सत्ता शुद्ध चेतना है। इसका स्वाभाविक परिणाम यह है कि सामान्य रूप से अनुभूत लौकिक संसार की अपनी कोई अंतर्भूत सत्ता नहीं है।

याज्ञवल्क्य ने घोषणा की : "देखो, वस्तुतः यह आत्मा ही है जिसे देखा जाना चाहिए, जिसे पुकारना चाहिए, जिसका ध्यान करना चाहिए, जिस पर चिंतन करना चाहिए ··· देखो, वस्तुतः आत्मा को देखने से, पुकारने से, ध्यान करने से, बोध से, यह समस्त संसार जाना

जाता है।"[55] *छांदोग्य उपनिषद्*[56] में भी संसार के पौराणिक स्रष्टा प्रजापति से भी ऐसी ही घोषणा कराई गई है : "आत्मा जो पाप, जरा, मृत्यु, शोक, सुकृत, दुष्कृत, क्षुधा, तृष्णा से मुक्त है, जिसकी इच्छा सत् है, जिसकी संकल्पना सत् है, उसी की खोज की जानी चाहिए, उसी को जानने की इच्छा करनी चाहिए। जिसने इस आत्मा को पा लिया, जान लिया, उसने समस्त विश्वों को और समस्त इच्छाओं को पा लिया।"

किंतु आत्मा के ज्ञान को सर्वोच्च महत्व क्यों दिया गया ? प्रजापति इसका कोई उत्तर नहीं देते। तथापि *बृहदारण्यक उपनिषद्*[57] में याज्ञवल्क्य इस संबंध में रोचक तर्क प्रस्तुत करते हैं कि क्यों बाह्य जगत की समस्त वस्तुओं से नाता तोड़कर शुद्ध रूप से आंतरिक आत्मा की ओर उन्मुख होना चाहिए : "निश्चय ही पति-प्रेम के कारण पति प्रिय नहीं होता अपितु आत्मा के प्रेम के कारण पति प्रिय होता है। निश्चय ही पत्नी-प्रेम के कारण पत्नी प्रिय नहीं होती अपितु आत्मा के प्रेम के कारण पत्नी प्रिय होती है। निश्चय ही पुत्र-प्रेम के कारण पुत्र प्रिय नहीं होते अपितु आत्मा के प्रेम के कारण पुत्र प्रिय होते हैं। निश्चय ही संपत्ति-प्रेम के कारण संपत्ति प्रिय नहीं होती अपितु आत्मा के प्रेम के कारण संपत्ति प्रिय होती है।" इसी प्रकार आगे भी कहा गया है। यहां तक कि ब्राह्मणत्व, क्षात्रत्व, संसार, देवगण और भूतगण भी इनके प्रेम के कारण नहीं अपितु आत्मा के प्रेम के कारण प्रिय होते हैं। संक्षेप में, जैसाकि याज्ञवल्क्य कहते हैं, "निश्चय ही समस्त के प्रेम के कारण समस्त प्रिय नहीं होता अपितु आत्मा के प्रेम के कारण समस्त प्रिय होता है।"

हमें यह एक प्रकार का मनोविज्ञान या नीतिशास्त्र प्रतीत हो सकता है तथापि यहां याज्ञवल्क्य का प्रयोजन तत्वमीमांसा की विवेचना है। अतः इससे तात्पर्य यह हुआ कि आत्मा ही प्रत्येक वस्तु के पीछे निहित परम सत्ता है और इस कारण किसी भी वस्तु का यथार्थ बोध अनिवार्यतः आत्मा का ही बोध होता है; जिसने आत्मा को जाना उसने सब कुछ जान लिया, किंतु जिसने किसी वस्तु को आत्मा से भिन्न जाना उसे अज्ञान ही मिला। "प्रत्येक वस्तु उसे त्याग देती है जो आत्मा के अतिरिक्त सब वस्तुओं को जानता है। यह ब्राह्मणत्व, यह क्षात्रत्व, ये जगत्, ये देवगण, यह भूतगण, यहां की प्रत्येक वस्तु वही है जो यह आत्मा है।"[58] कुछ अनगढ़ रूपकों की शृंखला द्वारा याज्ञवल्क्य इस बात की व्याख्या करते हैं कि किस प्रकार आत्मा के एकमात्र यथार्थ होने के कारण आत्मा को ग्रहण किए बिना किसी भी वस्तु को ग्रहण नहीं किया जा सकता अथवा केवल आत्मा को ग्रहण करने से ही किसी भी अन्य वस्तु को ग्रहण किया जा सकता है। यह ऐसा ही है जैसे जब ढोल बजाया जा रहा हो तब कोई बाह्य ध्वनि को नहीं ग्रहण कर सकता, किंतु ढोल या उसे बजानेवाले को ग्रहण करके ध्वनि ग्रहण की जाती है। यही बात शंखध्वनि या बंसी की ध्वनि के संबंध में भी सत्य है। संभवतः संसार की प्रत्येक वस्तु को आत्मा में निहित वस्तु के रूप में देखा गया है, ठीक इसी प्रकार जैसे वाद्य की ध्वनि वाद्य से निःसृत होती है। किंतु इस आत्मा का स्वरूप क्या है जिसे ग्रहण करने से इस संसार की प्रत्येक वस्तु ग्रहण की जाती है ?

याज्ञवल्क्य इसे भूमा के रूप में, ज्ञान या चेतना के एक समूह अर्थात् 'विज्ञानघन' के रूप में निरूपित करते हैं : "यह महत् भूमा जो अनंत और असीम है, चेतना का समूह मात्र है।"[59]

ज्ञान या चेतना के इस समूह को परम सत्ता का पद प्रदान किया गया। इसका अर्थ सर्वप्रथम तो यह था कि सामान्य अर्थ में जिसे ज्ञान माना जाता है उसका तिरस्कार किया जाए। *छांदोग्य उपनिषद्*[60] में नारद ऋषि सनत्कुमार के पास जाकर स्वीकार करते हैं : "भगवन्, मैं *ऋग्वेद, यजुर्वेद, सामवेद* और चौथे वेद के रूप में अथर्वेद को जानता हूं, पंचम वेद के रूप में इतिहास-पुराण जानता हूं, वेदों के वेद (अर्थात् व्याकरण), श्राद्ध-कल्प, गणित, दैवमुत्पातज्ञान, महाकालाधिनिधि, क्षत्रविद्या, देवविद्या, ब्रह्मविद्या, भूतविद्या, सर्पविद्या, और नृत्य, गीत, शिल्पादि जातना हूं। इतना सब, भगवन्, मैं जानता हूं।" इस विस्तृत सूची के अंतर्गत उस समय प्रचलित ज्ञान की सभी शाखाएं आ जाती हैं। और जो नाम यहां आए हैं वे उपनिषदों में[61] अन्यत्र भी मिलते हैं।

तथापि विशेष ध्यान देने की बात यह है कि इस समस्त ज्ञान के होते हुए भी नारद संतुष्ट नहीं थे और सच्चे ज्ञान की खोज में थे तथा सनत्कुमार ने ज्ञान की इन सभी शाखाओं को मात्र नाम (नाम इव) घोषित किया। (तथापि यह स्मरण रखना चाहिए कि 'मात्र नाम' से यहां तात्पर्य नितांत काल्पनिक वस्तु से है और इस कारण इसे उद्दालक की इस बात से भ्रमित नहीं करना चाहिए कि मिट्टी इत्यादि मूल पदार्थ एवं इसकी बनी विभिन्न वस्तुओं में 'मात्र नाम' का ही अंतर है। अतः शाब्दिक साम्य होने पर भी इन दो प्रस्थापनाओं को एक दूसरे से भ्रमित नहीं करना चाहिए।) नारद ने पूछा : "क्या भगवन्, नाम से अधिक भी कुछ है ?" "हां, है" और अंत में सनत्कुमार उन्हें यह बोध कराते हैं कि भूमा ही, जिससे उनका तात्पर्य आत्मा से है, परम सत्ता है :

"यहां पृथ्वी पर लोग गो, अश्व, गज और स्वर्ण, दास और पत्नी, क्षेत्र और आयतन की महिमा मानते हैं। मैं ऐसा नहीं कहता, मैं ऐसा नहीं कहता ··· । वह (भूमा) निश्चय ही नीचे है। वह ऊपर है। वह पश्चिम की ओर है। वह पूर्व की ओर है। वह उत्तर की ओर है। यह समस्त संसार निस्संदेह वही है ··· मैं, निस्संदेह, नीचे हूं, मैं ऊपर हूं। मैं पश्चिम में हूं। मैं पूर्व में हूं। निस्संदेह यह समस्त संसार मैं हूं ··· । आत्मा निस्संदेह नीचे है। पश्चिम में आत्मा है। पूर्व में आत्मा है। आत्मा दक्षिण में है। आत्मा उत्तर में है। आत्मा ही निस्संदेह यह समस्त संसार है।"[62]

इसमें सायास तर्कणा का अधिक प्रयास नहीं मिलता। अपने पक्ष को जिस रूप में यहां प्रस्तुत किया गया है उसे विचारवादी 'रहस्यात्मक सहजबोध' कहेंगे। किंतु इसमें एक ऐसे दार्शनिक दृष्टिकोण की संभावनाएं हैं जिसमें न केवल मानव-ज्ञान की समस्त शाखाओं एवं सामान्य बोध की समस्त शक्तियों अपितु संसार एवं जीवन की वास्तविकता का भी तिरस्कार एवं अस्वीकार करने की शक्ति थी। सर्वोच्च ज्ञान के नाम पर यह एक ऐसे दर्शन

में विकसित हो सकता था (और जैसाकि हम आगे देखेंगे, सचमुच विकसित हुआ) जिसने प्रकृति को काल्पनिक सृष्टि कहकर एवं तर्क और अनुभव को तात्विक रूप से अप्रामाणिक घोषित करके प्रकृति के रहस्यों पर विजय पाने के और इस प्रकार उन्हें जांनने के सभी प्रयासों का विरोध किया। संक्षेप में, सर्वोच्च ज्ञान की परख का परिणाम इसके ठीक विपरीत सिद्ध हुआ।

यह बात बड़ी रोचक है कि डायशेन जो स्वयं भी प्रखर विचारवादी हैं, किस प्रकार संसार का नकार करनेवाले उपनिषदों के दर्शन के इस पूर्वाभास से रोमांचित हो उठते हैं। "तथापि शीघ्र ही इस बात का बोध हो गया कि ब्रह्म के इस ज्ञान का स्वरूप अनिवार्यतः उससे भिन्न है जिसे सामान्य जीवन में 'ज्ञान' कहा जाता है। कारण कि यह संभव है कि कोई *छांदोग्य उपनिषद्* के नारद की भांति ज्ञान की समस्त संभव शाखाओं एवं लौकिक विज्ञानों का ज्ञान होने पर भी ब्रह्म-ज्ञान के संबंध में स्वयं को अज्ञान (अविद्या) की स्थिति में पाए।

यद्यपि मूल रूप से यह विचार शुद्धतः नकारात्मक था किंतु समय बीतने के साथ इसका स्वरूप अधिकाधिक सकारात्मक होता गया। यह इस अर्थ में नकारात्मक था कि कोई भी लौकिक अनुभव ब्रह्म-ज्ञान का मार्ग नहीं हो सकता था। सकारात्मक इस अर्थ में कि यह इस चेतना को जगाता है कि लौकिक यथार्थ का ज्ञान वस्तुतः ब्रह्म-ज्ञान की प्राप्ति में बाधक है। अज्ञान मात्र के नकारात्मक विचार से मिथ्या ज्ञान के सकारात्मक विचार तक अविद्या की संकल्पना विकसित हुई। प्रायोगिक ज्ञान हमारे समक्ष नानात्व के संसार को प्रकट करता है जबकि वास्तव में केवल ब्रह्म का ही अस्तित्व होता है। प्रायोगिक ज्ञान शरीर को दर्शाता है जबकि वास्तव में केवल आत्मा का अस्तित्व होता है। ऐसे ज्ञान को निश्चय ही मिथ्या ज्ञान, एक भ्रम, एक माया होना चाहिए। विकास की दिशा में यह एक महत्वपूर्ण कदम है। यह वही कदम है जिसे पार्मेनिदीज और अफलातून ने उठाया था जब उन्होंने घोषणा की थी कि इंद्रियगोचर जगत का समस्त अनुभव मात्र भ्रम है।

इंद्रियानुभव एवं यहां तक कि बोध तक के अस्वीकार का एक परिणाम यह हुआ कि यह स्वयं इस सिद्धांत के लिए घातक सिद्ध हुआ और लगभग ब्रह्म-ज्ञान के अस्वीकार की ही स्थिति आ गई अर्थात् उसी ज्ञान के अस्वीकार की जिसका प्रतिपादन करने के लिए ही सामान्य मानव-ज्ञान को इस प्रकार तिरस्कृत किया गया था। किसी भी वस्तु को इस या उसके रूप में ही जाना जाता है। किंतु एकमात्र यथार्थ होने के कारण आत्मा को किसी अन्य वस्तु के द्वारा नहीं समझा जा सकता अपितु 'इस' या 'उस' के रूप में आत्मा को जानने का प्रयास करना ही अज्ञान और अंधकार में डूबना होगा। अतः याज्ञवल्क्य ने घोषणा की कि इसे जानने का एकमात्र मार्ग नकारात्मक ही हो सकता है: "वह आत्मा यह नहीं है, यह वह नहीं है (नेति नेति) यह अग्राह्य है क्योंकि इसे ग्रहण नहीं किया जा सकता। यह अनश्वर है क्योंकि यह नष्ट नहीं होती। यह निर्लिप्त है क्योंकि यह लिप्त नहीं होती।

यह निर्बंध है। यह कंपित नहीं होती। यह घायल नहीं होती।"[64] किंतु क्या ऐसा शुद्धतः नकारात्मक उपागम वास्तव में आत्मा या ब्रह्म के सकारात्मक ज्ञान का मार्ग दिखा सकता है ? याज्ञवल्क्य इसका नकारात्मक उत्तर देते हैं। कारण कि ज्ञान में द्वैत पूर्वमान्य रहता है जबकि शुद्ध ज्ञाता के रूप में आत्मा का अर्थ है द्वैत मात्र का नकार : "जहां कहीं द्वैत होता है, वहां मानो एक दूसरे को देखता है, वहां एक दूसरे को पुकारता है, वहां एक दूसरे से बातें करता है, वहां एक दूसरे का विचार करता है, वहां एक दूसरे को जानता है। जहां वस्तुतः प्रत्येक वस्तु केवल किसी की अपनी ही आत्मा हो जाती है तब कोई कैसे और किसे सूंघेगा ? तब कोई कैसे और किसे देखेगा ? तब कोई कैसे और किसे सुनेगा ? तब कोई कैसे और किससे बोलेगा ? तब कोई कैसे और किसके संबंध में सोचेगा ? तब कोई कैसे और किसको जानेगा ? कोई कैसे उसे जानेगा जिसके द्वारा यह सब जाना जाता है ? देखो, कोई कैसे जाननेवाले को जानेगा ?"[65]

रोचक बात यह है कि इसी दृष्टिकोण से यह भी घोषित किया गया कि यद्यपि आत्मा या ब्रह्म अपनी परिभाषा से ही संभव ज्ञान से परे हैं, फिर भी प्रत्येक प्राणी की इस तक पहुंच है, यद्यपि वह इस बात को नहीं जानता। "अतः जिस प्रकार वे लोग जो किसी प्रच्छन्न स्वर्ण-भंडार के ऊपर से बार-बार आते-जाते रहते हैं किंतु उन्हें वह खजाना नहीं मिलता क्योंकि उन्हें इसका पता नहीं होता, उसी प्रकार यहां प्राणी नित्य प्रतिदिन ब्रह्मलोक में जाते रहते हैं किंतु वह उन्हें मिलता नहीं क्योंकि, सत्य ही, जो मिथ्या है वह उन्हें मार्ग से भटका देता है।"[66] यहां गड़े हुए खजाने का रूपक तो पर्याप्त स्पष्ट है किंतु प्राणी किस प्रकार बिना जाने बार-बार ब्रह्म के पास जा सकता है ? शंकर इस उपनिषद् की अपनी टीका में इसका उत्तर एक शब्द में देते हैं : सुषुप्तिकाल में अर्थात् स्वप्नरहित गहन निद्रा की अवस्था में जिसे हम सामान्यतः चेतना के पूर्ण प्रावरोध की अवस्था समझते हैं। यह उत्तर विचित्र प्रतीत हो सकता है तथापि यह याज्ञवल्क्य की धारणा के अनुकूल है। यह हमें यह भी दर्शाता है कि विचारवादी दर्शनशास्त्री किस प्रकार स्वप्न, स्वप्नरहित निद्रा और अंत में मृत्यु तक का सहारा लेने को बाध्य हो जाते हैं।

सामान्य जागृतावस्था के अनुभव के प्रति गहन तिरस्कार की भावना के कारण याज्ञवल्क्य निद्रा की ओर उन्मुख हुए : "सुषुप्त होने पर वह इस संसार एवं मृत्यु के रूपों का अतिक्रमण कर जाता है।"[67] किंतु यह कैसे संभव है ?

"वस्तुतः यह व्यक्ति जन्म लेने एवं शरीर धारण करने के कारण दुष्कृतों से ग्रस्त होता है। जब वह मरने पर विदा लेता है तो दुष्कृतों को पीछे छोड़ जाता है। वस्तुः इस व्यक्ति की केवल दो अवस्थाएं होती हैं—इस लोक में रहने की अवस्था एवं उस लोक में रहने की अवस्था। इनकी मध्यवर्ती एक अवस्था और है और वह है सुषुप्ति की अवस्था। इस अवस्था में रहकर व्यक्ति इन दोनों अवस्थाओं को देखता है अर्थात् इस लोक और परलोक, दोनों में अपनी स्थिति देखता है। इस लोक में होने की अवस्था का जो भी मार्ग हो, इसे

अपनाकर व्यक्ति (इस लोक के) दुष्कृतों एवं (परलोक के) आनंद को देखता है। जब कोई व्यक्ति सोता है तो वह इस सर्वधारक संसार के पदार्थ को अपने साथ ले जाता है। स्वयं इसे खोल डालता है, स्वयं इसे बनाता है और अपनी ही चमक में, अपने ही प्रकाश में स्वप्न देखता है। तब यह व्यक्ति स्वयं-प्रकाशित हो उठता है। वहां न तो कोई रथ होते हैं, न कोई बिस्तर, न ही मार्ग किंतु वह अपने-आपमें से रथ, बिस्तर एवं मार्ग उत्पन्न करता है। वहां कोई आनंद, कोई सुख, कोई प्रसन्नता नहीं होती। वहां कोई तड़ाग नहीं होते, कमल-सरोवर नहीं होते, कोई निर्झरणियां नहीं होतीं। किंतु वह अपने-आपमें से ही तड़ाग, कमल-सरोवर एवं निर्झरणियां उत्पन्न कर लेता है। कारण कि वह स्रष्टा होता है।"[68]

इसके दृष्टांत रूप में याज्ञवल्क्य कुछ प्राचीन श्लोक उद्धृत करते हैं :

"निद्रा की अवस्था में ऊपर-नीचे आते-जाते, कोई देवता, अपने लिए अनेक रूपों का निर्माण करता है, अभी मानो स्त्री-सुख का उपभोग करता हुआ, अभी मानो, हंसता यहां तक कि भयानक दृश्यों को भी देखता हुआ।"

इस धारणा के विरुद्ध की जानेवाली संभावित आपत्ति की याज्ञवल्क्य ने पूर्वकल्पना कर ली थी और उसका उत्तर भी दिया था : "कुछ लोग कहते हैं : यह तो उसकी जागृतावस्था है क्योंकि जिन वस्तुओं को वह जागते हुए देखता है, सोते हुए भी उन्हीं को देखता है। (ऐसा नहीं है, क्योंकि) वहां (अर्थात् नींद में) व्यक्ति आत्मप्रकाशित होता है।"[69]

यहां दो बातें सिद्ध करने का प्रयास किया गया है। एक, स्वप्न में आत्मा जागृतावस्था के भौतिक अवरोधों से कुछ सीमा तक मुक्त होती है और इसे अपना अपेक्षाकृत अधिक स्पष्ट बोध होता है क्योंकि यह स्वयं-प्रकाशित होती है। दूसरे, स्वप्न में अनुकूल वस्तुओं का व्यक्ति से इतर कोई अस्तित्व नहीं होता क्योंकि स्वयं आत्मा ही इनका सृजन करती है और वही इनको 'प्रक्षिप्त' करती है। एक कदम और आगे बढ़कर दूसरी बात को ज्ञानमीमांसी विचारवाद को दृढ़ आधार बनाया जा सकता है क्योंकि यदि स्वप्न इस बात का प्रमाण है कि आत्मा स्वप्न में अनुकूल वस्तुओं का सृजन करने की क्षमता रखती है तो यह भी मानना पड़ेगा कि आत्मा अनुभव की वस्तुओं का निर्माण भी कर सकती है और यह मान लेने में भी कोई बाधा नहीं है कि जागृतावस्था में भी आत्मा यही कार्य करती है।

यदि औपनिषदिक विचारवादियों के लिए निद्रा का तात्पर्य भौतिक बंधन से सापेक्ष मुक्ति है तो गहन स्वप्नरहित निद्रा की अवस्था में तो यह मुक्ति और भी अधिक होगी। याज्ञवल्क्य यह तर्क तो करते हैं कि स्वप्न की वस्तुएं आत्मा का ही सृजन या प्रक्षेपण होती हैं किंतु कदाचित् अनिच्छापूर्वक उन्हें यह भी स्वीकार करना पड़ता है कि निद्रा की अवस्था में भी जागृतावस्था के भय व्यक्ति का पीछा नहीं छोड़ते। "जब लोग उसे मारते प्रतीत होते हैं, जब लोग उस पर विजय प्राप्त करते प्रतीत होते हैं, जब कोई हाथी उसे चीरकर टुकड़े-टुकड़े करता प्रतीत होता है, जब उसे प्रतीत होता है कि वह गढ़े में गिरता जा रहा है

तो इन स्थितियों में वह अज्ञान के माध्यम से उन्हीं क्षणों की कल्पना करता है जिन्हें वह जागृतावस्था में देखता है।"[70] स्वप्नावस्था की यह आंशिक सीमा अर्थात् कभी-कभी जागृतावस्था के भय से पीड़ित होने की सीमा भी गहन स्वप्नरहित निद्रा की अवस्था में जाने पर समाप्त हो जाती है। "जिस प्रकार कोई बाज या चील आकाश में उड़ते हुए थक जाए और अपने पंखों को समेटकर अपने नीड़ में लौट आए, ठीक उसी प्रकार व्यक्ति भी शीघ्रता से उस सुषुप्तावस्था में चला जाता है जहां उसे कोई इच्छा नहीं होती और वह कोई स्वप्न नहीं देखता।"[71] यह स्वप्नरहित निद्रा की अवस्था ही शुद्ध आत्मा या ब्रह्म से साक्षात्कार की स्थिति है क्योंकि बोधयुक्त आत्मा को यहां बाह्य अंतरों का कोई ज्ञान नहीं रहता।

"यह, वस्तुतः, उसका वह रूप है जिसमें वह कामनाओं से परे, दुष्कृतों से मुक्त, भयरहित होता है। जैसे कोई पुरुष अपनी प्रिय पत्नी के आलिंगन में बंधकर बाह्य और अंतर के संबंध में भूल जाता है, उसी प्रकार यह व्यक्ति जब बोधमय आत्मा के आलिंगन-पाश में होता है तो बाह्य-अंतर के बारे में कुछ नहीं जानता। वस्तुतः यही उसका (सच्चा) रूप है जिसमें उसकी कामना तुष्ट हो जाती है, जिसमें आत्मा ही उसकी इच्छा होती है, जिसमें वह इच्छा और शोक से मुक्त होता है। वहां पिता पिता नहीं रहता, माता माता नहीं रहती, संसार संसार नहीं रहता, देवता देवता नहीं रहते, वेद वेद नहीं रहते, चोर चोर नहीं रहता, वहां भ्रूण का हत्यारा भ्रूण का हत्यारा नहीं रहता, चांडाल चांडाल नहीं रहता, पौलकश पौलकश नहीं रहता, भिक्षु भिक्षु नहीं रहता, तपस्वी तपस्वी नहीं रहता। सुकृत उसके पीछे नहीं जाते, दुष्कृत उसके पीछे नहीं जाते क्योंकि तब वह हृदय के समस्त शोकों के परे जा चुका होता है।"[72]

तथापि समस्या यह है कि सुषुप्ति की इस अवस्था के पश्चात् भी जागरण की अवस्था में लौटना पड़ता है। इस प्रकार सुषुप्ति की अवस्था में आत्मा से पूर्ण अद्वैत की स्थिति का साक्षात्कार केवल अस्थायी होता है। तब स्थायी साक्षात्कार प्राप्त करने का क्या उपाय है ? उपनिषद् में इसके तुरंत पश्चात् मिलनेवाली विवेचना के आधार पर यह अनुमान होता है कि याज्ञवल्क्य के पास इसका एक ही उत्तर है। यह है—मृत्यु। स्वयं ब्रह्म ही होने के कारण मुक्त आत्मा ब्रह्म में ही चली जाती है। याज्ञवल्क्य इस बात का निरूपण करते हैं कि मरणासन्न व्यक्ति किस प्रकार समस्त द्वैत को त्याग देता है :

"वह एक हो रहा है, लोग कहते हैं, वह देखता नहीं है। वह एक हो रहा है, लोग कहते हैं, वह सूंघता नहीं है। वह एक हो रहा है, लोग कहते हैं, वह चखता नहीं है। वह एक हो रहा है, लोग कहते हैं, वह बोलता नहीं है। वह एक हो रहा है, लोग कहते हैं, वह सुनता नहीं है। वह एक हो रहा है, लोग कहते हैं, वह सोचता नहीं है। वह एक हो रहा है, लोग कहते हैं, वह स्पर्श नहीं करता। वह एक हो रहा है, लोग कहते हैं, वह जानता नहीं। उसका हृदय-बिंदु प्रकाशित हो उठा है।"[73]

इस प्रकार विचारवादी दर्शनशास्त्र में मृत्यु किसी न किसी रूप में चरम दार्शनिक विवेक का प्रतीक है। लेकिन विचारवादी दृष्टिकोण को माननेवाले अन्य दार्शनिक कदाचित् इस प्रकार का अतिवादी पक्ष अपनाने में संकोच करते हैं। इसी कारण मृत्यु के स्थान पर वे रहस्यात्मक समाधि की कल्पित अवस्था (संभवतः तथाकथित योग की अवस्था) की बातें करते हैं जिसे वे तुरीय अथवा चतुर्थ अवस्था कहते हैं और मानते हैं कि इसमें सच्ची आत्मा से सर्वोच्च साक्षात्कार होता है।

बृहदारण्यक उपनिषद् के एक आख्यान के अनुसार विपुल संपदा के स्वामी राजा जनक विचारवादी धारणा की इस व्याख्या से इतने प्रसन्न हुए कि उन्होंने ऋषि याज्ञवल्क्य को सहस्र गायें उपहारस्वरूप दे डालीं। निस्संदेह, याज्ञवल्क्य ने इस लौकिक दान के प्रति कोई महान विचारवादी उदासीनता प्रकट नहीं की। इस प्रकार शुद्ध चेतना के आकाश में उन्मुक्त विचरण कराने के पश्चात् यह आख्यान हमें पुनः धरती पर लौटा लाता है। तथापि जब हम धरती पर लौटते हैं तो एक सरल और गंभीर प्रश्न उठता है : उस चेतना से वस्तुतः क्या तात्पर्य है जिसके नाम पर विचारवादी दर्शनशास्त्री संसार का नकार करनेवाला ऐसा काल्पनिक ढांचा खड़ा कर देते हैं। भौतिकवादी धारणा के अनुसार इसका उत्तर पहले ही दिया जा चुका है। उद्दालक के अनुसार मन या चेतना खाए गए अन्न का सूक्ष्मतम सार है।

25. विचारवादी दृष्टिकोण का भौतिक आधार

परंपरा के अनुसार उपनिषदों को वेदों का भाग माना जाता है। फिर भी यह स्मरण रखना आवश्यक है कि स्वयं वैदिक परंपरा में औपनिषदिक दृष्टिकोण पारंपरिक आस्थाओं से निश्चित विच्छेद का सूचक है। यह बात स्वयं इन उपनिषदों में कही गई है। जैसाकि हमने देखा है, सनत्कुमार ने नारद से कहा कि स्वयं वेद भी 'मात्र नाम' हैं।

तब, वैदिक परंपरा में चिंतन के इस नए मोड़ का क्या कारण था ? यहां उस काल के सामाजिक-आर्थिक इतिहास में जाने की आवश्यकता नहीं है। उत्तर की एक मोटी रूपरेखा ही यहां प्रस्तुत की जा सकती है। जीवन का तिरस्कार करनेवाली जो दर्शनिक धारणा इस प्रकार विकसित हुई वह जीवन से ही मुंह मोड़नेवाले दार्शनिक चिंतन का परिणाम हो सकती थी जैसे दास-प्रथा के विकसित होने के साथ यूनान में हो रहा था, वैसे ही भारत में भी नित्य-परिवर्तनशील भौतिक संसार के प्रति उच्च तिरस्कार की भावना 'शुद्ध बुद्धि-तत्व'

अथवा 'शुद्ध ज्ञान' अर्थात् कर्म से वियुक्त ज्ञान के क्षेत्र में दार्शनिक जिज्ञासा की मुक्त उड़ान का ही परिणाम थी। यह तभी संभव था जब समुदाय का एक वर्ग किसी समुदाय के अन्य वर्ग के अतिरिक्त उत्पादन पर निर्वाह करता हुआ शारीरिक श्रम के भार से मुक्त हो गया हो और इसी कारण वह भौतिक संसार की यथार्थता को स्वीकार करने की बाध्यता से भी मुक्त हो गया हो क्योंकि केवल श्रम की प्रक्रिया ही चेतना पर वस्तुनिष्ठ बाध्यता का प्रभाव डाल सकती है। दूसरे शब्दों में कहें तो सिद्धांत ने व्यावहारिकता से नाता तोड़ लिया था और शुद्ध सिद्धांत बन गया था। सोची गई बात विचार मात्र बनकर रह गई और इस प्रकार ज्ञाता, विषयी ने अपने-आपको संज्ञात अथवा विषय की सीमाओं से मुक्त करने का प्रयास किया और उसे अज्ञान या अविद्या की उपज माना।

उपनिषद्कालीन समाज में वर्ग-व्यवस्था पूर्णतः स्थापित हो चुकी थी जिसमें क्षत्रिय अथवा राजा और सामंतों का शासक वर्ग था और ब्राह्मण उनकी छत्रछाया में रहते थे।

"वस्तुतः (*बृहदारण्यक उपनिषद्* में कहा गया है) आरंभ में यह जगत ब्रह्म था—एक अकेला। एक होने से उसका विकास नहीं हुआ। उसने और भी श्रेष्ठ रूप क्षात्रत्व को उत्पन्न किया और उनको भी जो देवताओं में क्षत्रिय हैं जैसे इंद्र, वरुण, सोम, रुद्र, पर्जन्य, यम, मृत्यु, ईशान। अतः क्षात्र से श्रेष्ठ अन्य कुछ नहीं है। इसी कारण राजसूय संस्कार में ब्राह्मण क्षत्रियों से नीचे बैठते हैं। वे केवल क्षत्रियों को ही यह सम्मान देते हैं। यही वस्तु अर्थात् ब्राह्मणत्व क्षात्रत्व का स्रोत है। इसी कारण सर्वोच्च होने पर भी राजा अंततः अपने स्रोत के लिए ब्राह्मणत्व पर ही आश्रित रहता है। अतः जो भी उसे (ब्राह्मण को) क्षति पहुंचाता है, अपने ही स्रोत पर आक्रमण करता है। इसमें उसी की हानि अधिक होती है क्योंकि वह अपने से श्रेष्ठ को क्षति पहुंचाता है।"[74]

इस प्रकार श्रेष्ठता के दावेदार दो उच्च वर्गों के बीच समझौता हो गया। इसकी तुलना में *छांदोग्य उपनिषद्* में चांडाल अर्थात् वर्ण-संस्तर में निम्नतम जाति को श्वान और शूकर के समकक्ष रखा गया है।

यदि *बृहदारण्यक उपनिषद्* के दर्शनशात्री याज्ञवल्क्य हमें उस काल के नए दार्शनिक दृष्टिकोण की जानकारी देते हैं तो स्मृतिकार याज्ञवल्क्य स्पष्ट रूप से कहते हैं कि यह नया दर्शन केवल द्विजों (शाब्दिक अर्थ : दो बार उत्पन्न) अर्थात् केवल दो उच्च वर्णों (ब्राह्मणों एवं क्षत्रियों) का विशेषाधिकार है। उदाहरण के लिए *याज्ञवल्क्य स्मृति*[76] में *बृहदारण्यक उपनिषद्* का वह अंश शब्दशः उद्धृत है जिसमें आत्मा के देखे जाने, पुकारे जाने, चिंतन किए जाने इत्यादि का उल्लेख है, किंतु अंत में विशेष रूप से 'द्विजातिभिः' जोड़ दिया गया है अर्थात् इसे केवल उन्हीं के द्वारा देखा, पुकारा इत्यादि जाता है जो द्विज हैं। निस्संदेह, स्मृतिकार याज्ञवल्क्य दर्शनशास्त्री याज्ञवल्क्य के पश्चात् ही प्रकट होते हैं, तथापि वे स्पष्टतः उसी का औचित्य सिद्ध करते हैं जो पुरातनता से एक सिद्ध-सत्य बन चुका था।

उत्पादन में लगनेवाले श्रम से इन वर्णों का क्या संबंध था ? इसका हमारे नीतिशास्त्रों के पास बड़ा स्पष्ट उत्तर है। बौधायन[77] के अनुसार वेद और कृषि एक-दूसरे के शत्रु हैं। मनु[78] का कहना है कि वैश्य का कर्म करने को बाध्य होने पर भी ब्राह्मण और क्षत्रिय को कृषि-कार्य से बचना चाहिए क्योंकि यह पराधीन होती है और इसमें क्षति निहित है। उनके अनुसार[79] धनार्जन के सात साधन हैं : 1) उत्तराधिकार, 2) प्राप्ति, 3) क्रय, 4) विजय, 5) कृषि, 6) वाणिज्य, 7) भेंट स्वीकार करना। टीकाकार मेधातिथि इसमें इतना और जोड़ते हैं कि इनमें से प्रथम तीन साधन सभी वर्णों के लिए हैं किंतु चौथा केवल क्षत्रियों के लिए है जिस प्रकार कि अंतिम केवल ब्राह्मणों के लिए है। पुनः, आपात-काल में अपनाए जानेवाले व्यवसायों की सूची देते समय मनु[80] कहते हैं कि ब्राह्मणों एवं क्षत्रियों को वृद्धि (उत्पादन) से संबंधित गतिविधियों में संलग्न नहीं होना चाहिए। अधिक दृष्टांत देने की आवश्यकता नहीं है। उत्पादन के श्रम के प्रति उच्च वर्णों का घृणा-भाव इतने से ही स्पष्ट है। यह बात भी अर्थपूर्ण है कि (निम्न) जातियों के अनेक नाम उनके व्यवसायों से जड़े हुए हैं, उदाहरण के लिए अयस्कार (लुहार), कुंभकार, चर्मकार, तक्षण (राज), तैलिक (तेली), नट (नर्तक), रथकार (रथ बनानेवाला), वेण (बेंत का काम करनेवाला) इत्यादि।[81]

इसकी तुलना में *ऋग्वेद* के आरंभिक सूत्रों में न तो वर्ण-भेद है, न ही शारीरिक श्रम के प्रति तिरस्कार का भाव। निस्संदेह इस बृहद् आदि-काव्य में कबीले के सामूहिक श्रम को गौरवमंडित करनेवाले अनेक अंश हैं। *ऋग्वेद* में प्रायः मिलनेवाला विषय है अन्न और भौतिक संपदा की वृद्धि की कामना और देवताओं को भी प्रायः मानवों के साथ पशुपालन एवं अन्न-धन की वृद्धि के कार्यों में संलग्न दिखाया गया है। कला और कौशल को हेय दृष्टि से नहीं देखा जाता था जैसाकि बाद के वर्ण-विभाजित समय में हुआ, अपितु मूलतः वे इतने महत्वपूर्ण समझे जाते थे कि आरंभिक कवियों की पौराणिक कल्पना में त्वष्ट्र (शिल्पी) को एक वैदिक देवता के पद पर प्रतिष्ठित किया गया। "वह कुशल शिल्पी है; वह शिल्प-कौशल का प्रदर्शन करते हुए विविध वस्तुओं का निर्माण करता है। वस्तुतः वह सबसे सुघर संभाषण में दक्ष शिल्पी है।"[82]

अतः ये परिस्थितियां ऐसी नहीं थीं जिनमें ज्ञान या विवेक कर्म से वियुक्त होता या उसका विरोध करता। यह बात अर्थपूर्ण है कि वैदिक कवियों के लिए ज्ञान के शब्द कर्म के शब्द भी थे। उदाहरण के लिए *निघंटु*[83] (वैदिक शब्दों का सर्वप्रथम संग्रह) के अनुसार 'प्रज्ञा' अथवा ज्ञान का एक पर्यायवाची शब्द है 'धी' और यह शब्द कर्म का एक पर्यायवाची भी है। इसी प्रकार 'सचि' का अर्थ कर्म और प्रज्ञा, दोनों ही था। इसके निहितार्थ स्पष्ट हैं : ऐसा कोई ज्ञान नहीं है जो कर्म न हो या उस समय जो ज्ञान था वह व्यावहारिक गतिविधि का ज्ञान था। रोचक बात तो यह है कि जो 'माया' शब्द परवर्ती विचारवादी दर्शनशास्त्र में ब्रह्मांडीय भ्रम के अनिर्वचनीय सिद्धांत का पर्याय बना, वही *निघंटु* में प्रज्ञा के पर्यायवाची शब्द के रूप में उल्लिखित है। संभवतः इसके मूल में प्राचीन ज्ञान-कर्म-संकुल

का यह महत्व ही निहित रहा है।

यह सब हमें विचारवादी धारणा के जन्म से पूर्व प्राचीन यूनान की स्थिति का स्मरण कराता है। "पांचवीं सदी से पूर्व विचार और कर्म का भेद नहीं, अपितु उनकी एकता ही सर्वोपरि थी। महाकाव्यों एवं गीति-काव्यों में ज्ञान व्यावहारिक है, ज्ञान 'कैसे' का ज्ञान है। ज्ञान कर्म का कौशल और इसीलिए कर्म करने की शक्ति है। हेराक्लाइटस पहले विचारक थे जिन्होंने इस ओर ध्यान दिया। वे इस बात को मानकर चलते हैं कि 'लोगोस' (ज्ञान) और 'सोफी' (प्रज्ञान) सम्यक् शब्द (और विचार) एवं सम्यक् कर्म, दोनों को संदर्भित करते हैं।"[84] तथापि दास-प्रथा के विकास एवं इसके परिणामस्वरूप शारीरिक श्रम के हीन समझे जाने के साथ ज्ञान की प्रवृत्ति कर्म के साथ अपने पुराने संबंध से और इसी कारण उस संसार से भी मुक्त होने की होती गई जिसके साथ कर्म के माध्यम से ही संपर्क रखा जा सकता है।

"अफलातून के लिए ज्ञान का तात्पर्य प्रकृति के ज्ञान से नहीं अपितु आधिप्रकृति के ज्ञान से है जो प्रत्ययों से निर्मित होती है ... जहाँ तक कला का प्रश्न है, जो प्रकृति को नियंत्रित करने की शक्ति है और जिसकी धीमी प्राप्ति को डेमोक्राइटस पशुओं से अपने आत्मविभेदीकरण के तुल्य मानता है, अफलातून ने इसे एक प्रकार का उपेक्षित स्थान प्रदान किया। यह मत या धारणा के क्षेत्र की वस्तु है, दास का वर्णसंकर ज्ञान है, दर्शनशास्त्री का सत्य नहीं है।"[85]

"*लाज* में अफलातून ने समाज को दास-प्रथा के आधार पर संगठित किया है और ऐसा करने के पश्चात् एक अति-महत्वपूर्ण प्रश्न किया है : हमने अपने नागरिकों को शारीरिक श्रम करने की आवश्यकता से मुक्त करने का उत्तम प्रबंध कर लिया है। कला और कौशल का कार्य अन्य लोगों को दे दिया गया है, कृषि-कर्म दासों को सौंप दिया गया है, इस शर्त के साथ कि वे हमें उपज का इतना अंश प्रदान करें कि हम अपनी मर्यादानुकूल उचित ढंग से रह सकें। तो अब हम अपने जीवन को किस प्रकार व्यवस्थित करें ? इससे भी अधिक महत्वपूर्ण प्रश्न यह होता कि हमारी नई जीवन-शैली किस प्रकार हमारे विचारों को पुनर्गठित करेगी ? कारण कि यह नई जीवन-शैली अपने साथ एक नई चिंतन-पद्धति भी लाई जो विज्ञान के लिए घातक सिद्ध हुई। तब यह धारणा अपनाना कठिन हो गया कि प्रकृति की गवेषणा करके सच्चे ज्ञान की प्राप्ति हो सकती है क्योंकि वे सब साधन एवं प्रक्रियाएं जिनके द्वारा प्रकृति को मानव की इच्छा का अनुगामी बनाया जा सकता है, उस समय तक तथ्य रूप में न सही, अफलातून एवं अरस्तू के राजनीतिक दर्शन में तो निश्चय ही दासों के हवाले किए जा चुके थे।"[86] उपनिषद्कालीन भारत में भी कृषि एवं कला-कौशल निम्न वर्णों के व्यवसाय हो गए थे और उच्च वर्ग अर्थात् शासक क्षत्रियों और शासक वर्ग की छत्रछाया में पलनेवाले ब्राह्मणों ने अपने विचारों का पुनर्गठन मोटे तौर पर उसी प्रकार किया जिस प्रकार अफलातून ने किया था। कर्म से चिंतन के इस सायास अलगाव ने संसार

को नकारनेवाले दर्शनशास्त्र को जन्म दिया।

कुछ आधुनिक विद्वान[87] अगर उपनिषद्कालीन दर्शनशास्त्र का स्रोत राजसी मानते हैं तो उसका आधार इसी परिस्थिति में निहित है। उपनिषदों में मिलनेवाले आंतरिक प्रमाणों से इस संबंध में कोई संदेह नहीं रह जाता कि उस काल के राजाओं और सामंतों ने उपनिषदों में अभिलिखित इस विलक्षण रूप से नए दार्शनिक दृष्टिकोण को विकसित करने में अग्रणी भूमिका निभाई। *बृहदारण्यक उपनिषद्*[88] एवं *कौषीतकी उपनिषद्*[89], दोनों में मिलनेवाले एक आख्यान के अनुसार किसी गार्ग्य नामक व्यक्ति ने काशी के राजा अजातशत्रु को ब्रह्म का स्वरूप समझाने का उत्तरदायित्व लिया। उसने सिद्धांतों की एक शृंखला प्रस्तुत की जिनकी संख्या *बृहदारण्यक* में बारह एवं *कौषीतकी* में सोलह बताई गई है। इनको राजा ने असंतोषजनक कहकर अस्वीकार कर दिया। अतः गार्ग्य ने कहा : "मुझे शिष्य रूप में स्वीकार कीजिए।" अजातशत्रु ने कहा, "निश्चय ही यह परंपरा के विरुद्ध है कि कोई ब्राह्मण यह सोचकर क्षत्रिय के पास जाए कि वह मुझे ब्रह्म समझाएगा। तथापि मैं तुम्हें ब्रह्म का स्पष्ट ज्ञान दूंगा।" तब राजा ने उसे बताया कि किस प्रकार सामान्य चेतना के क्रमशः मरण पर (पहले स्वप्नावस्था एवं उसके बाद स्वप्नरहित निद्रा में लीन होने पर) ब्रह्म या आत्मा के सच्चे स्वरूप का साक्षात्कार किया जा सकता है :

"उस आत्मा पर ये आत्माएं उसी प्रकार निर्भर रहती हैं जिस प्रकार किसी मुखिया पर उसके अपने (लोग)। जिस प्रकार मुखिया अपने (लोगों) का उपभोग करता है या जैसे उसके अपने लोग मुखिया के लिए उपयोगी होते हैं, उसी प्रकार यह बोधयुक्त आत्मा इन आत्माओं का उपभोग करती है और उसी प्रकार ये आत्माएं उस आत्मा के लिए उपयोगी होती हैं।"

अर्थपूर्ण बात यह है कि यह रूपक उस युग के शासक वर्ग के विशेषाधिकारों से लिया गया है और यह हमें अनायास ही उस स्थिति का स्मरण कराता है जो दास-प्रथा के विकास के साथ यूनान में विकसित हुई। "यह स्वामी-सेवक-संबंध प्रत्येक क्षेत्र में अफलातून के चिंतन के लिए आधारभूत हो गया।"[90] अरस्तू ने "स्वतंत्र व्यक्ति के प्रति दास की अधीनता के औचित्य को सिद्ध करने के लिए पुरुष के प्रति स्त्री की एवं आत्मा के प्रति शरीर की अधीनता का हवाला दिया। किंतु स्त्री की अधीनता की प्रकृति तो वही थी जो दासता की थी और आत्मा के प्रति शरीर की अधीनता या रूप के प्रति पदार्थ की अधीनता विचारों के स्तर पर उस दरार का प्रक्षेपण थी जो उन्हें समाज में दिखाई देती थी।"[91] उपनिषद्कालीन शासक के लिए भी यह रूपक केवल दर्शनशास्त्र की ही बात नहीं था क्योंकि वह इस बात का भी दावा करता है कि आत्मा के इस नए दर्शनशास्त्र में उसके वर्ग की राजनीतिक शक्ति की कुंजी भी निहित है। उसने कहा : "निश्चय ही जब तक इंद्र ने इस आत्मा को नहीं जाना तब तक असुर उस पर विजय प्राप्त करते रहे। जब वह इसे जान गया तो असुरों पर आक्रमण करके और उन्हें वर्जित करके, उसने श्रैष्ठ्य, संप्रभुता

('स्वराज्य') और समस्त देवताओं एवं समस्त प्राणियों पर आधिपत्य स्थापित कर लिया।"[92]

यह दावा, कदाचित् अधिक स्पष्ट रूप से, *छांदोग्य उपनिषद्* के एक आख्यान में दोहराया गया है[93] जो कुछ परिवर्तनों के साथ *बृहदारण्यक* एवं *कौषीतकी* में भी मिलता है। गौतम नाम का एक ब्राह्मण (जो कि स्वयं उद्दालक आरुणि थे) पांचाल-नरेश के पास जाकर पूछता है कि दार्शनिक ज्ञान के संबंध में अभिजन क्या विचार रखते हैं। इस आख्यान के *छांदोग्य* संस्करण में राजा कहता है : "जो तुमने मुझसे कहा है, गौतम, तुमसे पूर्व किसी अन्य ब्राह्मण को प्राप्त नहीं था और इसी कारण समस्त संसारों में सदैव क्षत्रियों का ही शासन रहा है।" स्पष्टतः इस दावे में एक महत्वपूर्ण ऐतिहासिक सत्य निहित है क्योंकि राज-शक्ति और नए दार्शनिक दृष्टिकोण अंततः एक-दूसरे से पूर्णतः असंबद्ध नहीं थे। तथापि इन दोनों के बीच का संबंध उलट गया प्रतीत होता है जैसाकि शासक वर्ग की चेतना में प्रतिबिंबित होता है। राज-शक्ति ने राजाओं को उनका अवकाश प्राप्त वर्ग का रूप प्रदान किया जिसके परिणामस्वरूप उनका अवकाश-वर्ग का दर्शनशास्त्र विकसित हुआ। श्रम की प्रक्रियाओं से, जो श्रमिक वर्गों के लिए थीं, कटकर शासक वर्ग ने जो दर्शनशास्त्र विकसित किया वह भौतिक संसार से विरक्ति का दर्शनशास्त्र ही हो सकता था। उनका विश्वास था कि वे निद्रामग्न होकर और स्वप्नरहित निद्रा का उपभोग करते हुए सत् की शुद्धतम प्रज्ञा प्राप्त कर सकते हैं। महत्व की बात यह है कि इस दर्शनशास्त्र का उद्दालक के विचारों पर जरा-सा भी प्रभाव नहीं पड़ा।

किंतु आइए, हम औपनिषदिक दर्शनशास्त्र के राजसी स्रोत के सिद्धांत पर लौट आएं, जिसके पक्ष में इसके अनुयायी उपनिषदों से अनेक अन्य उदाहरण प्रस्तुत करते हैं। कीथ इस सिद्धांत पर कड़ी आपत्ति उठाते हैं।

"समस्या का सच्चा समाधान तो इस सिद्धांत के अनुयायियों की स्पष्ट कठिनाइयों में ही मिल जाता है। हमें ऐसा समाधान स्वीकार करना चाहिए जिससे स्पष्ट हो सके कि संपूर्ण औपनिषदिक परंपरा के ब्राह्मणवादी होते हुए भी ऐसा क्यों हुआ कि उपनिषदों में इस सिद्धांत के सभी महत्वपूर्ण कार्यों का श्रेय लौकिक नृपतियों को ही दिया गया है। यह मानना असंगत होगा कि इन प्रसंगों को अपनी मर्यादा के लिए अनादरसूचक देखते हुए भी ब्राह्मण इन्हें ज्यों का त्यों रहने देते।"[94]

ठीक यही बात महत्व की है। औपनिषदिक दर्शनशास्त्र को यदि ब्राह्मण अपने लिए अपमानजनक मानते तो यह जिसका श्रेय नृपतियों एवं सम्राटों को दिया जाता है, ब्राह्मणवादी परंपरा में कभी सुरक्षित नहीं रहता। यह बात भी तर्कसंगत प्रतीत होती है कि मूलतः राजवृत्ति पर जीविका के लिए आश्रित होने के कारण ब्राह्मण इसे अपमानजनक मानते भी तो कैसे। यह सत्य है कि ब्राह्मण ग्रंथों में इन दोनों उच्च वर्गों में सत्ता-संघर्ष के अस्पष्ट संकेत मिलते हैं किंतु उपनिषदों तक आते-आते उनके बीच समझौता हो चुका था। ब्राह्मण न तो प्रत्यक्ष उत्पादक थे और न ही शासक वर्ग की भांति सीधे लुटेरे। अतः, जैसाकि विभिन्न औपनिषदिक

आख्यानों से प्रतीत होता है, ब्राह्मणों को अतिरिक्त उत्पादन के उसी भाग से संतोष करना पड़ा जो उन्हें राजाओं से दक्षिणा के रूप में मिलता था क्योंकि राजा ही यज्ञ का समस्त व्यय वहन करते थे।

हम पहले ही देख चुके हैं कि किस प्रकार विधि-संहिताओं ने यह कहकर कि ब्राह्मणों के लिए दक्षिणा एवं क्षत्रियों के लिए लूट धनोपार्जन के सर्वोत्तम स्रोत हैं, इस नई स्थिति का औचित्य सिद्ध किया था। जो भी हो, विचारवादी दर्शनशास्त्र इन दोनों वर्गों के लिए अनुकूल था क्योंकि दोनों ही उत्पादन अथवा मनु के शब्दों में वृद्धि में लगनेवाले श्रम से समान रूप से कटे हुए थे।

अतः हम पाते हैं कि उपनिषदों में राजा अजातशत्रु और पुरोहित याज्ञवल्क्य एक ही दर्शनशास्त्र का उपदेश करते हैं। *बृहदारण्यक* में राजा जनक विचारवाद के कल्पना-लोक में याज्ञवल्क्य की उड़ान से इतने प्रसन्न होते हैं कि वे उन्हें प्रचुर लौकिक संपदा का दान दे डालते हैं। इस प्रकार, संक्षेप में, विचारवादी दर्शनशास्त्र की क्षत्रिय उत्पत्ति के सिद्धांत के अनुयायी और विरोधी, दोनों ही इसमें क्षत्रिय बनाम ब्राह्मण की समस्या देखने की भूल करते हैं। वे यह भूल जाते हैं कि ये दोनों ही अवकाश-प्राप्त वर्ग थे और दोनों में से किसी को भी आत्मा पर प्रकृति की श्रेष्ठता सिद्ध करने की चिंता नहीं थी, अपितु प्रकृति पर आत्मा की श्रेष्ठता का दर्शनशास्त्र ही दोनों के अनुकूल था।

26. दर्शनशास्त्र का मूलभूत अंतर्विरोध

अभी तक हमने विशेष रूप से दो दार्शनिक धारणाओं का कुछ विस्तृत वर्णन किया है। इनमें से एक का प्रतिनिधित्व तो उपनिषदों में विशेष रूप से उद्दालक आरुणि द्वारा हुआ है और दूसरी का याज्ञवल्क्य एवं अन्य विचारकों द्वारा। उद्दालक के दर्शनशास्त्र को शताब्दियों तक तोड़-मरोड़कर प्रस्तुत किया जाता रहा है। फिर भी, जैसाकि हमने दर्शाने का प्रयास किया है, वे मूलतः भौतिकवादी थे जो लगभग प्रत्येक चरण में व्यावहारिक प्रेक्षण का आश्रय लेते थे और इन प्रेक्षणों के पीछे तकनीशियनों एवं शारीरिक श्रम करनेवालों को देखा जा सकता था। इसमें प्रकृति-विज्ञान के मूलभूत सैद्धांतिक तत्वों का पोषण किया गया है। दूसरा दर्शनशास्त्र स्पष्टतः विचारवादी था जिसका गर्वपूर्ण दावा था कि यह अवकाश-प्राप्त वर्गों का ही विशेषाधिकार है।

भौतिकवाद एवं विचारवाद के निर्माण में इस विरोध पर ध्यान केंद्रित करने का विशिष्ट प्रयोजन है। यह प्रयोजन मुख्यतः यह दर्शाता है कि किस प्रकार गंगाघाटी सभ्यता के काल में समाज की दरार ने दर्शनशास्त्र में भी मूलभूत दरार उत्पन्न कर दी।

मूलभूत दार्शनिक दृष्टिकोणों की यह दरार तब तक बनी रही जब तक समाज में दरार रही यद्यपि जैसा कि हम आगे देखेंगे, इसमें अस्थायी रूप से कुछ भराव भी हुआ। वैसा ही जैसा, उदाहरण के लिए, यूरोप की बूर्जुवा क्रांति जैसे महान क्रांतिकारी परिवर्तनों के समय हुआ था।

ऐसे अस्थायी भरावों एवं परिणामस्वरूप भौतिकवाद की अस्थायी विजय के रूप में होनेवाले प्रतिबिंबन के बावजूद अवकाश-प्राप्त वर्ग के पुनः स्थापित होने के साथ ही दार्शनिक चिंतन की धारा पुनः विचारवाद की ओर मुड़ गई। ऐसा तब तक चलता रहा जब तक कि इस विभाजित समाज को ही उखाड़ फेंकनेवाली परिस्थितियाँ उत्पन्न नहीं हुईं। इसके साथ ही भौतिकवादी धारणा की अंतिम विजय घोषित हुई जो हमें वैज्ञानिक समाजवाद के संस्थापकों की रचनाओं में मिलती है।

किंतु तथ्यों का अतिसरलीकरण नहीं किया जाना चाहिए। यह सोचना भूल होगी कि वैज्ञानिक समाजवाद को कुछ प्रतिभाशाली लोगों ने एकाएक ही आविष्कृत कर लिया। इसके विपरीत यह मानव-इतिहास के चरमोत्कर्ष का प्रतीक था जिसके नियमों को उचित रूप से समझे जाने एवं निरूपित किए जाने की आवश्यकता थी। यह कार्य वैज्ञानिक समाजवाद के संस्थापकों ने किया। इससे संबंधित विशिष्ट दार्शनिक दृष्टिकोण का विकास भी इसी प्रकार हुआ। यह मानव-चिंतन के विकास की संपूर्ण प्रक्रिया का चरम उत्कर्ष था जिसमें विचारवादी चिंतन भी सम्मिलित है। जिस सीमा तक यह तथ्य अनबूझा रहा उस सीमा तक वैज्ञानिक समाजवाद के दर्शनशास्त्र को हठधर्मितापूर्ण नारेबाजी कहकर अवमानित करने के प्रयास भी किए जाते रहे। इसकी कुछ विस्तृत चर्चा हम इस शृंखला की समापन पुस्तिका में अर्थात् विश्व-दर्शन की धारा का मोटे तौर पर सर्वेक्षण कर चुकने के पश्चात् करेंगे। तब हम देखेंगे कि इसमें प्रायः एक अंतर्धारा बहती रहती है। अतः इसका आकलन केवल सतह पर चलनेवाली गतिविधियों के आधार पर नहीं किया जाना चाहिए।

यह बात भौतिकवाद एवं विचारवाद, दोनों के ही संबंध में सत्य है। इसी कारण भौतिकवाद के प्रशंसक होने पर भी वैज्ञानिक समाजवाद के दर्शनशास्त्र के संस्थापक भौतिकवाद और विचारवाद, दोनों के ही सतही ज्ञान के विरुद्ध हमें सचेत करते हैं। अतः भौतिकवाद को श्रेष्ठतर दर्शनशास्त्र मान लेना उतना ही गलत है जितना कि विचारवाद को श्रेष्ठतर मान लेना निरी बकवास है। भौतिकवाद की अंतर्धारा में प्रायः निरा-कुत्सित पंक भी रहा है। यह निरा गंवारपन से कुछ कम भी न था। इसकी अभिव्यक्ति भौंडे भौतिकवाद में हुई है जो घृणित है। साथ ही, विचारवाद की अंतर्धारा में प्रायः बहुत-कुछ इतना अधिक अर्थपूर्ण रहा है कि वैज्ञानिक समाजवाद के संस्थापक उसके बिना उस विश्व-धारणा तक नहीं पहुंच सकते थे जिस पर वे अंततः पहुंचे।

किंतु इसकी विस्तृत चर्चा बाद में।

27. बुद्ध : प्रथम समाज-वैज्ञानिक

जिस समय उपनिषद्कालीन भारत में विचारवाद एवं भौतिकवाद के बीच संघर्ष चल रहा था उस समय गंगाघाटी सभ्यता में एक ऐसा विलक्षण व्यक्ति सामने आया जिसने घोषणा की कि यह सब, चिंतन बल्कि किसी भी रूप में तत्व-चिंतन अप्रासंगिक है। उदाहरण के लिए, जब वाण लगता है तो क्या वाण बनानेवाले की प्रकृति इत्यादि का चिंतन करने से घायल व्यक्ति की पीड़ा कम हो जाती है या कि इसकी कोई प्रासंगिकता है ? स्पष्ट है कि नहीं। उस समय तत्काल जो कुछ करने की आवश्यकता होती है वह है वाण को खींच निकालना और घाव की मरहम-पट्टी करके पीड़ा को कम करना। यही स्थिति इस संसार में स्त्री-पुरुषों की है जो मर्मांतक पीड़ा की जकड़ में हैं क्योंकि इस संसार में रहने का अर्थ ही मर्मांतक पीड़ा भोगना है। पीड़ा या कष्ट, कष्ट या पीड़ा—यही जीवन का मूल तथ्य है। अतः सर्वप्रथम समझने की बात यही है। भले ही कोई बात इसके विपरीत प्रतीत होती हो, मुख्य बात यही है कि पृथ्वी पर अस्तित्व धारण करने का अर्थ दुख के अतिरिक्त कुछ और नहीं है। किंतु चूंकि प्रत्येक वस्तु का कोई न कोई कारण होता है, अतः इस दुख का भी कोई न कोई कारण अवश्य होना चाहिए जिसे समझना ही दूसरा तर्कपरक कार्य है। तीसरे, चूँकि कारण को दूर करके ही परिणाम को दूर किया जा सकता है, इसलिए व्यक्ति को इस सर्वव्यापी दुख के कारण को दूर करने का और ऐसा करके दुख से छुटकारा पाने का भरसक प्रयास करना चाहिए। दुख से दूर होने पर ही निर्वाण की अवस्था प्राप्त होती है।

अतः किसी भी प्रकार के तत्वमीमांसी चिंतन के स्थान पर जिस बात की तत्काल आवश्यकता है वह है दुख के तथ्य को और इससे बाहर निकलने के मार्ग को भी जानना। ऐसी घोषणा करनेवाला वह विलक्षण व्यक्ति शाक्यों के कुल में उत्पन्न हुआ और इसी कारण शाक्यमुनि कहलाया। उनका वास्तविक नाम सिद्धार्थ था। सत्य का बोध हो जाने पर उन्हें 'बुद्ध' कहा जाने लगा। उनकी मृत्यु 80 वर्ष की अवस्था में ई. पू. 485 के कुछ वर्ष पूर्व या पश्चात् हुई। अपने जीवन-काल में लगभग पचास वर्षों तक वे उपदेश करते रहे।

बुद्ध के मूल उपदेश में चार बातें महत्वपूर्ण हैं—संसार में प्रत्येक वस्तु दुख है, कि दुख का कोई कारण होता है, कि इस कारण को दूर किया जा सकता है, और यह कि इस कारण के दूर हो जाने पर निर्वाण की प्राप्ति होती है। बौद्ध परंपरा में इन्हीं चार बातों को 'चार आर्य-सत्य' कहा गया है। चूंकि तत्वमीमांसी चिंतन इन बातों को जानने में सहायक नहीं हो सकता, अतः बुद्ध इसे निरर्थक मानते हैं यद्यपि आगे चलकर स्वयं बौद्ध धर्म विस्तृत एवं भव्य तत्त्वमीमांसी चिंतन से बच नहीं सका। किंतु वह एक अन्य कहानी है और जैसाकि हम आगे चलकर देखेंगे, बौद्ध धर्म में इस प्रकार का चिंतन बुद्ध के मुख्य उपदेश से दूर

हट जाने का ही परिणाम था। यह विचलन भी संभवतः अपरिहार्य था क्योंकि बुद्ध के सामाजिक सुधार संबंधी उपदेश ऐतिहासिक दृष्टि से समय-पूर्व थे। अभी हमारे सामने प्रश्न है : यह कैसे हुआ कि गंगाघाटी सभ्यता में तो विभिन्न प्रकार के तत्वमीमांसी चिंतन की बाढ़-सी आई हुई थी और यह तथ्य बौद्ध ग्रंथों ही नहीं, उपनिषदों और जैन ग्रंथों से भी प्रमाणित होता है, लेकिन फिर भी बुद्ध किस प्रकार ऐसा कट्टर तत्वमीमांसा-विरोधी दृष्टिकोण अपना सके और यह घोषित कर सके कि मानव-अस्तित्व की समस्याओं का निरर्थक तत्वमीमांसी चिंतन से काई सरोकार नहीं है।

संभवतः बुद्ध की सैद्धांतिक प्रवृत्ति अपने समकालीन विचारकों से भिन्न थी जो तत्वमीमांसी रहस्यों की खोज में लगे थे। प्राचीन बौद्ध ग्रंथों से अनुमान होता है कि बुद्ध तत्कालीन समाज में हो रहे गहन परिवर्तनों को समझना चाहते थे और इनके परिणामस्वरूप उत्पन्न होनेवाली समस्याओं का समाधान देना चाहते थे। अतः आधुनिक अर्थ में न सही, अपने समय की परिस्थितियों के अनुसार बुद्ध पहले समाजशास्त्री थे। तथापि आधुनिक समाजशास्त्र की सहायता से ही हम उनके उपदेशों की भव्यता एवं सीमाओं को समझ सकते हैं।

द्वितीय नगरीकरण अथवा गंगाघाटी सभ्यता का सबसे निर्णायक लक्षण था अनेक निरंकुश राजसत्ताओं का उदय। इन राजसत्ताओं का उदय कबीलाई जनतंत्रों के अवशेषों पर हुआ था। इन जनतंत्रों की व्यवस्थाओं को आदिम साम्यवाद भी कहा जाता है। इनमें से अनेक जनतंत्रों के अवशेष ई. पू. छठी शताब्दी तक उभरते हुए राजतंत्रों के समय तक भी बने रहे। इन नए राजतंत्रों की राजकीय नीति की सबसे महत्वपूर्ण विशेषता थी—इन स्वतंत्र कबीलों के विरुद्ध व्यवस्थित अभियान चलाना जिसका उद्देश्य न केवल लूटना अपितु उन घोर जनतांत्रिक आदिम साम्यवाद के दृष्टांतों को भी समाप्त करना था जो स्वतंत्रता, समता और बंधुत्व पर आधारित थे। ये जनतंत्र लोगों में ऐसे मूल्यों की प्रेरणा जगा सकते थे जो इन उभरते हुए निरंकुशतंत्रों के विपरीत होती।

इसका स्पष्ट उदाहरण है कोशल-नरेश विदुदभ द्वारा शाक्यों—(गौतम के गोत्रजनों) का स्त्रियों एवं बच्चों सहित नरसंहार करना। बुद्ध निरुपाय होकर यह घृणित कर्म देखते रहे। स्वतंत्र कबीलों के विरुद्ध निरंकुश राजतंत्रों के अभियान का एक अन्य उदाहरण जिसका उल्लेख बौद्ध ग्रंथों में मिलता है, मगध-नरेश अजातशत्रु द्वारा वज्जियों के संघ पर आक्रमण है। अजातशत्रु की घोषणा थी : "मैं वज्जियों का समूल नाश कर दूंगा। मैं वज्जियों को नष्ट कर दूंगा। मैं इन वज्जियों को पूर्णतः ध्वस्त कर दूंगा।" बौद्ध ग्रंथों में इसका कोई कारण नहीं बताया गया कि क्यों अजातशत्रु ने ऐसी घोषणा की। जैन ग्रंथों में एक कारण का उल्लेख है कि राजा किसी विशिष्ट हाथी और माला को प्राप्त करना चाहता था। यह बहुत ही छिछला कारण प्रतीत होता है; वास्तविक कारण निश्चय ही कुछ और रहा होगा। इसका कुछ संकेत कौटिल्य के *अर्थशास्त्र* में मिलता है : पड़ोस में इन स्वतंत्र कबीलों

के रहते इन उभरते हुए सम्राटों का भविष्य सुरक्षित नहीं रह सकता था और सीधे सैन्य आक्रमण करके इन शक्तिशाली कबीलों को विजित करना कठिन था। इसके अतिरिक्त इन जनतंत्रों के उदाहरण राजतंत्रों के लिए खतरनाक सिद्ध हो सकते थे। अतः इन संघों का ध्वंस उभरते राजतंत्रों की राजनीति का अनिवार्य अंग हो गया।

दूसरे इन नए राजतंत्रों में ऐसे मूल्य जोर पकड़ने लगे थे जिनकी पहले कल्पना भी नहीं की जा सकती थी। कबीलों के राज्य में संक्रमण की प्रक्रिया में प्रशासनतंत्र अपने विपरीत में रूपांतरित हुआ होगा। एंगेल्स[96] के शब्दों में : "कबीलों के अपने मामलों के स्वतंत्र प्रशासन के संगठन की जगह अब पड़ोसियों को लूटने और दमित करने के संगठन ने ले ली और इसी के अनुरूप इसकी संस्थाएं लोगों की इच्छा का प्रतिनिधित्व करने के स्थान पर दमित करने का साधन बना दी गईं।"

ऐसा होना ऐतिहासिक रूप से अपरिहार्य था। जातकों के फिक द्वारा किए गए विश्लेषण से स्पष्ट होगा कि यह किस प्रकार घटित हुआ अर्थात् कल तक जो लोग कबीले के स्वतंत्र एवं समान सदस्य और उनके कुछ पड़ोसी अभी तक वैसे ही थे, कैसे उभरते राजाओं ने उन्हें लूटा और उनका दमन किया।

"प्राचीन कथाओं में मिलनेवाले राजा के रूप में बौद्ध जनता का आदर्शपुरुष सदैव नहीं दिखाई देता। राजा में प्रायः हमें ऐसे चंचल इच्छाधारी निरंकुश व्यक्ति के दर्शन होते हैं जो अपनी प्रजा का दमन करता है और दंड, कर, अत्याचार एवं डकैती द्वारा उन्हें वश में रखता है, जो अपनी प्रजा को उतना ही अप्रिय होता है जितना कि आंख में पड़ा धूलि-कण, या चावल में रेत-कण या कि हाथ में चुभनेवाला कांटा। *दसराजधम्म* में उल्लिखित सद्गुणी राजा के गुणों की ही भांति अवगुणों का भी उल्लेख मिलता है जो मानो सिक्के का दूसरा पहलू है और राजा के वास्तविक चरित्र को, उसकी मद्यप-वृत्ति एवं निर्दयता (खंतीवादी जातक एवं चुल्लधम्मपाल जातक में), भ्रष्टाचारिता (भारु जातक में) मिथ्यात्व एवं अनीतिपरायणता (चेतिय जातक) को दर्शाता है ··· आध्यात्मिक एवं लौकिक मामलों में केवल उसके सलाहकारों की नीतिपरायणता ही उसकी स्वेच्छाचारिता एवं निरंकुशता पर किंचित् रोक लगा सकती थी। जहां मंत्रियों में इस नीतिपरायणता का अभाव होता था या पुरोहित राजा की इच्छा का पालन करने में ही सहायक होता था, वहां प्रायः ऐसी परिस्थितियां उत्पन्न हो जाती थीं कि लोगों के सामने खुला विद्रोह करने के अतिरिक्त कोई चारा नहीं रह जाता था।"[97]

फिक पदकुसलमानव जातक और सच्चंकिर जातक से इन विद्रोहों के उदाहरण प्रस्तुत करते हैं। आस-पास के छोटे कबीले भी निरंकुश शासन के विरुद्ध विद्रोह करने लगे। राजा इन विद्रोहों को दबाने में लगे रहते थे :

"सैन्य अभियानों की कोई कमी नहीं थी ··· जो अधिकांशतः बीच में पड़नेवाले सीमावर्ती कबीलों के विद्रोह को दबाने के लिए किए जाते थे। ऐसे विद्रोहों के संबंध में

ग्रंथों में बहुत जानकारी है, जंगल में खदेड़ दिए गए मूल कबीले नाम-मात्र के लिए अधीन थे और उनके कारण आक्रामक आर्यों को सदैव व्यस्त रहना पड़ता था। सीमाओं पर तैनात सैन्य टुकड़ियां इन विद्रोहों को दबाने के लिए सदैव पर्याप्त नहीं होती थीं। बंधनमोख्ख जातक के अनुसार विद्रोहियों (जिन्हें चोर या दस्तु कहा गया है) से अनेक युद्ध लड़ने के पश्चात् सैन्य टुकड़ियां राजा के पास संदेश भेजती हैं कि वे आगे युद्ध करने में असमर्थ हैं। तब राजा सेना को एकत्रित करके (बलकयम् समहरित्वा) युद्ध करने जाता है।"[98]

यह स्मरणीय है कि जैसा कि कोशांबी[99] दर्शाते हैं, इस नई सेना का स्वरूप पूर्णतः बदल गया था : "इन राजाओं ने एक नई प्रकार की सेना बना ली थी जिसने पहलेवाली कबीलाई सेना का स्थान ले लिया था। यह सेना ऐसी थी जिसका कोई कबीलाई आधार नहीं था और यह पूर्णतः राजा के प्रति निष्ठावान् थी। ··· ऐसी सेना का रख-रखाव नियमित करों एवं विस्तृत राजस्व के बिना संभव नहीं था।" इसका परिणाम हुआ कराधान की विभीषिका। फिक के लेखन से इसका कुछ अनुमान होता है। यदि प्रजा स्वेच्छया कर नहीं चुकाती थी या राजा करों में वृद्धि करके लोगों को सताना चाहता था (जैसाकि जातकों में वर्णित उदाहरणों से स्पष्ट है) तो वह अधिकारियों को भेजता था जो बलप्रयोग द्वारा राजा के कोष को भरते थे। जातकों के अनुसार कर एकत्र करनेवालों (बलिपतिग्गाहकों, निग्गाहकों, बलिसाधकों) की भूमिका कम महत्वपूर्ण नहीं होती थी : लोग इन बलिसाधकों को क्या समझते थे इसका संकेत गाग्ग जातक में मिलता है जिसमें एक नरभक्षी यक्ष को जिसे बुद्ध ने वश में किया था, राजा बलिपतिग्गाहक का पद दे देता है।"[100]

कर एकत्र करनेवाले के लिए निग्गाहक (संस्कृत में निग्राहक अर्थात् यंत्रणा देनेवाला) शब्द प्रयुक्त किए जाने की भी अपनी ही कहानी है। कभी-कभी तो यंत्रणाएं सीमा पार कर जाती थीं। यहां फिक द्वारा दिया गया एक दृष्टांत प्रस्तुत है : "करों से त्रस्त होकर बलिपीड़ित लोग अपनी स्त्रियों और बच्चों के साथ जंगल में पशुओं की भांति रहते थे। जहां पहले कभी ग्राम हुआ करता था वहां अब कोई ग्राम नहीं रह गया था। राजपुरुषों के भय से लोग घरों में नहीं रहते थे। अपने घरों को बाड़ से घेरकर वे सूर्योदय होने पर जंगल में चले जाते थे। दिन में राजपुरुष और रात में चोर उनके घरों को लूटते थे।"[101]

जातकों के अनुसार कभी-कभी तो राजा के अधिकारी चोरों से मिल भी जाया करते थे। फिक कुछ अन्य रोचक विधियों का भी वर्णन करते हैं जिनके द्वारा राजा प्रजा से धन ऐंठा करते थे। वेतनभोगी सेना के रखरखाव के लिए प्रचुर धन की आवश्यकता थी और सेना के बिना राजसत्ता को स्थिर एवं विस्तृत नहीं किया जा सकता था।

किंतु धन ऐंठने का कार्य केवल राजा ही नहीं करते थे। कोशांबी[102] के अनुसार "समाज में होनेवाला परिवर्तन संस्थाओं की एक नई शृंखला में प्रकट होता है। ये संस्थाएं थीं—गिरवी, ब्याज और साहूकारी।" इन नई संस्थाओं के विकास की कहानी की पूरी-पूरी

पुनर्रचना का काम अभी शेष है। इस संबंध में इतिहासकारों को विशाल जातक-कथाओं में प्रचुर सामग्री मिलेगी। *अर्थशास्त्र* में भी दर्शाया गया है कि इन संस्थाओं की स्थापना अंततः किस प्रकार हुई। यह स्मरण रखना आवश्यक है कि राजसत्ताओं के साथ-साथ और मुख्यतः इन पर आधारित एक दृढ़ एवं प्रभावशाली व्यापारी वर्ग का भी उदय हुआ जिसके साथ समाज में उन समस्त बुराइयों का आगमन हुआ होगा जो वाणिज्य की विशेषताएं हैं।

कोशांबी[103] आगे कहते हैं : "यह नई संवृत्ति अर्थात् राज्य-तंत्र पर सीधी हिंसा द्वारा नियंत्रण की संवृत्ति एक गहन परिवर्तन को सूचित करती है। कबीलाई चुनाव की आवश्यकता जो अभी पंजाब में शेष थी, गंगाघाटी के बड़े राज्यों में समाप्त हो चुकी थी। वस्तुतः कबीलाई परिस्थितियों के रहते इन राज्यों का विस्तार संभव नहीं था। दूसरी ओर कबीलाई मुखियों के स्थान पर दरबारियों की किसी नियमित संस्था का उल्लेख नहीं मिलता। इसका निहितार्थ है कि एक संपूर्ण नया वर्ग उभर आया था जिसके सदस्य व्यापार, वस्तुओं के उत्पादन अथवा पारिवारिक जोत पर अनाज के अतिरिक्त उत्पादन में अथवा एक शब्द में कहें तो निजी संपत्ति के निर्माण के कार्यों में लगे हुए थे। इस वर्ग को कबीलाई अवरोधों से और लाभ को आपस में बांटने की कबीलाई प्रथा से संरक्षण की आवश्यकता थी। उनके लिए एक ऐसे राजा का होना बहुत महत्वपूर्ण था जो उन्हें यात्रा-मार्गों एवं उनके संपत्ति के अधिकारों की सुरक्षा निश्चित कर सके—कोई राजा-विशेष नहीं अपितु कोई भी राजा जो कबीलाई नियम-कानूनों एवं साझी संपत्ति के अधिकारों को पुनः प्रयुक्त होने से रोक सके। दह बात आसान भी थी क्योंकि स्वयं मगध साम्राज्य राज्याधिकारियों के माध्यम से कर में वसूले गए अन्न एवं अन्य वस्तुओं के विस्तृत व्यापार में संलग्न था। इसके अतिरिक्त राजा ने कबीलाई मुखिया के विशेषाधिकारों को तो ग्रहण कर लिया था किंतु उसके कर्तव्यों का कम से कम उत्तरदायित्व लिया था।"

यह सब सत्य है। तथापि एक बात और है जिसे अनदेखा करने से हम उस बात को नहीं देख पाएंगे जो आरंभिक बौद्ध धर्म की सफलता का सबसे महत्वपूर्ण कारण थी। यदि लोगों को कबीलाई नियम-कानूनों की ओर लौटने से रोकना आवश्यक था तो यह भी आवश्यक था कि स्वतंत्रता, समता और बंधुत्व के कबीलाई मूल्यों के स्थान पर नए मूल्य स्थापित किए जाएँ। सिद्धांत रूप में प्रतिपादित न होने पर भी उपरोक्त मूल्य कबीलाई जीवन-शैली के मूल सिद्धांत थे।[104] जैसा कि हम आगे देखेंगे, बौद्ध धर्म की अपार सफलता का कारण ही यही था कि यह इन मूल्यों के स्थान पर नए मूल्य प्रस्तुत कर सका। अतः बुद्ध के उपदेशों की वास्तविक सफलता को समझने के लिए यह समझना आवश्यक है कि कबीलाई समाजों के ध्वंसावशेषों पर उठ खड़ी होनेवाली राजसत्ताओं के साथ कबीलाई जीवन के पुराने मूल्य नष्ट हुए होंगे। एंगेल्स एक ऐतिहासिक अनिवार्यता के रूप में इस प्रक्रिया का वर्णन इस प्रकार करते हैं : "इन आदि-समुदायों की शक्ति को तोड़ना आवश्यक

था और इसे तोड़ा गया। किंतु जिन शक्तियों ने इन्हें तोड़ा वे आरंभ से ही एक पतन, प्राचीन गण-समाज की *सरल नैतिक भव्यता का पतन* प्रतीत होती हैं। नीच स्वार्थ, पाशविक वासना, कुत्सित लोभी-वृत्ति, साझी वस्तुओं की स्वार्थी लूट नए सभ्य समाज के आगमन की घोषणा करते हैं। चोरी, बलात्कार, धोखाधड़ी एवं विश्वासघात जैसे कुत्सित साधनों ने प्राचीन वर्गहीन गण-समाज को नष्ट किया था और अपने अस्तित्व के ढाई हजार वर्षों में यह नया समाज शोषित एवं दमित बहुसंख्यकों की कीमत पर विकसित होनेवाला अल्पसंख्यकों का समाज रहा है और आज तो पहले से भी अधिक है।"[105]

एंगेल्स यहां किन्हीं संजोए हुए मूल्यों के लिए शोक नहीं कर रहे हैं। कबीले से राज्य में संक्रमण आगे की ओर एक अत्यंत महत्वपूर्ण चरण था। इसके प्रति हमें अतिशय सरल दृष्टिकोण नहीं अपनाना चाहिए। जैसाकि एंगेल्स कहते हैं : "इस वर्ग-समाज की कुछ विशेषताएं एक महान ऐतिहासिक प्रगति थीं किंतु इसने दास-प्रथा और निजी संपत्ति के साथ ही साथ उस युग के द्वार खोले जो आज तक चल रहा है और जिसमें *प्रत्येक प्रगतिशील कदम साथ ही एक अपेक्षाकृत प्रतिगामी कदम भी है,* जिसमें एक समूह का कल्याण और विकास दूसरे समूह के दुखों एवं दमन की कीमत पर प्राप्त किए जाते हैं।"[106]

बुद्ध ने अपने समाज को जिन दुखों के समुद्र में तैरते देखा उनका कारण यही दोहरी किंतु अंतर्संबद्ध घटनाएं थीं। उन्हें प्रतीत हुआ कि जीवन का मूल तत्व दुख के अतिरिक्त कुछ और नहीं है।

एक सुत्त (सूत्र) में बुद्ध कहते हैं : "इस संसार में मैं धनिकों को देख रहा हूं। जिन वस्तुओं को वे प्राप्त करते हैं, उनमें से कुटिलतावश किसी को कुछ नहीं देते। वे अधिकाधिक धन एकत्र करते जाते हैं और आनंदोपभोग में लीन रहते हैं। राजा धरती के राज्यों को जीतकर भी, समुद्र के इस पार की धरती का, समुद्र के किनारे तक का स्वामी होकर भी अतृप्त रहता है और उसकी कामना करता है जो समुद्र के उस पार है। राजा और अन्य लोग अतृप्त इच्छाओं के साथ ही मृत्यु के शिकार हो जाते हैं ··· न संबंधी, न मित्र, न ही परिचित मरते हुए व्यक्ति को बचाते हैं। उसकी धन-संपत्ति को उत्तराधिकारी ले लेते हैं किंतु अपने कर्मों का फल वही भोगता है। कोई खजाना, पत्नी या संतान, धन-संपत्ति या राज्य मरनेवाले के साथ नहीं जाते।"[107]

एक अन्य सुत्त में बुद्ध कहते हैं : "राज्यों का शासन करनेवाले जो धन-संपत्तिशाली नृपति एक-दूसरे को अपने लोभ का शिकार बनाते हैं, अतृप्त रूप से अपनी इच्छाओं की पूर्ति करने में लगे रहते हैं। यदि ये लोग अनित्यता के सागर में तैरते हुए, लोभ एवं लौकिक वासनाओं में लिप्त रहते हुए इस प्रकार अशांत होकर व्यवहार करते हैं तो धरती पर कौन शांति से विचरण कर सकता है ?"[108]

बुद्ध के कथन में कोई अतिशयोक्ति नहीं है। उन्हें कबीलाई नैतिकता की दृढ़ थाती मिली थी। वे शाक्य-पुत्र थे। अतः स्वाभाविक रूप से नई वास्तविकताएं उन्हें भयंकर प्रतीत

हुई होंगी। उन्होंने अपने ही लोगों का स्त्रियों-बच्चों सहित निर्मम संहार होते देखा। उन्होंने लोभ और राजाओं को अनित्यता के सागर में तैरानेवाली, तृप्त न होनेवाली ऐषणाओं का उदय होते देखा। उन्होंने अपने मित्र प्रसेनजित् के पुत्र को पिता से विश्वासघात करते देखा और प्रसेनजित् निश्चय ही उनके समय के महानतम शासक थे। उनके एक अन्य मित्र सम्राट बिंबिसार को उसके पुत्र अजातशत्रु ने कारागृह में भूखा रखकर मार डाला। थोड़ा और जीते तो बुद्ध यह भी देख लेते कि किस प्रकार वही प्रक्रिया, धन और सत्ता के अतुष्टनीय लोभ की वही अभिव्यक्ति उस काल के राजनीतिक इतिहास का लक्षण बनी। अजातशत्रु का वध उसके पुत्र उदयभद्र ने किया, उदयभद्र का वध उसके पुत्र अनुरुद्धक ने किया, अनुरुद्धक का वध उसके पुत्र मुंड ने किया और मुंड का वध उसके पुत्र नगदसक ने किया।[109]

"तब नागरिकों ने यह तो पितृहंताओं का वंश है, कहकर नगदसक को राज्यच्युत करके उसके मंत्री सुसुंग को राजा बना दिया। उसने अठारह वर्षों तक राज्य किया और उसके पश्चात् उसका पुत्र कालाशोक राजा बना।"[110]

यह सत्य है कि संभवतः यह विवरण पूर्णतः विश्वसनीय नहीं हैं। यह भी सत्य है कि बुद्ध स्वयं इन पितृघातों के प्रत्यक्ष साक्षी नहीं रहे और वे अपने उपदेशों की मूलभूत बातों का निश्चय इन घटनाओं के पूर्व ही कर चुके थे। किंतु ये घटनाएं तो उन नए मूल्यों की अभिव्यक्ति मात्र थीं जो कबीलाई नैतिकता के पतन एवं राजसत्ता के उदय के साथ समाज में प्रविष्ट हुए। दूसरे शब्दों में, राज्य के लिए पिता का वध आकस्मिक तथ्य न होकर इन नए मूल्यों के उदय का अनिवार्य परिणाम था। कोशांबी कहते हैं : "*अर्थशास्त्र* में राजा और युवराज के बीच इस प्रकार का तनाव सामान्य रूप से स्वीकृत है। राजा को सलाह दी गई है (एक. 7) कि युवराज पर कैसे कड़ी नजर रखी जाए और युवराज को सलाह दी गई है (एक. 18) कि कैसे वह अपने संशयी पिता को चकमा दे।"[111]

बुद्ध ने इन नई शक्तियों को देखा था जो अब जीवन को शासित करने लगी थीं। अतः स्वाभाविक था कि वे हृदय की शांति की इच्छा करते। यह शांति वास्तविकता से किनारा करने पर ही मिल सकती थी। उन्होंने दीर्घ काल तक कठिन चिंतन किया और अंततः उस शांति को पा लिया जिसकी उन्हें खोज थी। किंतु क्या वे लोग उन्हें समझ सकते थे जिन्होंने इन नई शक्तियों से समझौता कर लिया था ? इसलिए कहते हैं कि उन्होंने निम्नलिखित बातें कही थीं :

"मैं उस सत्य को जान गया हूं जो गहन है, देखने और समझने में कठिन है, जो हृदय को शांति देता है, जो श्रेष्ठ है, जो तर्कणा के लिए अगम्य है मगर केवल ज्ञानियों को सुलभ है। दूसरी ओर लोग वासना के दास हैं, उनका मन वासना में रमता है और वासना में उनको आनंद मिलता है। इसलिए जो लोग वासना के दास हैं, जिनका मन वासना में रमता है और जिनको वासना में आनंद मिलता है, उनके लिए हैतुकता के नियम एवं

कार्य-कारण-शृंखला को समझना कठिन होगा। उनके लिए समस्त संस्कारों का अवसान, (अस्तित्व के) समस्त अधोतल से छुटकारा पाने, इच्छा के नाश, आवेश के अभाव, हृदय की शांति, निर्वाण को समझना सबसे कठिन होगा। यदि मैं अपने सिद्धांत का प्रतिपादन करूं और अन्य लोग मेरे उपदेशों को न समझें तो इससे मुझे थकान और क्रोध ही होगा।"

"और तत्पश्चात् बुद्ध के मन में ऐसे पद आए जो पहले कभी सुने नहीं गए थे : 'मैंने बहुत कष्ट से इसे प्राप्त किया है। बहुत हुआ ! मैं इसका प्रतिपादन क्यों करूं ? वासना और घृणा में डूबे हुए लोग इसे सरलता से समझेंगे नहीं। वासना और अंधकार में घिरे हुए वे उसे नहीं देख पाएंगे जो (उनके मन के लिए) गूढ़, गहन, कठिनाई से दीख पड़नेवाला और सूक्ष्म है।'

"जब बुद्ध ने इस पर विचार किया तो उनके चित्त की वृत्ति हुई कि वे चुप रहें और अपने सिद्धांत का उपदेश न करें।"[112]

इस प्रकार एक महान संकट उपस्थित हुआ : "आह ! संसार नष्ट हो रहा है। आह ! संसार नष्ट हो गया है। तथागत का, पवित्रात्मा का, परम-संबुद्ध का चित्त शांत रहना चाहता है और सिद्धांत का उपदेश नहीं करना चाहता।"[113]

ऐसी कथा मिलती है कि दैवी हस्तक्षेप ने बुद्ध को उठ खड़े होने एवं अपने सिद्धांत का उपदेश करने के लिए प्रेरित किया और लोगों ने उनकी बात सुनी।

इसमें कोई संदेह नहीं कि लोगों ने बुद्ध का उपदेश सुना। केवल चमत्कार या दैवी हस्तक्षेप के सिद्धांत की आवश्यकता वस्तुतः नहीं थी। कारण कि चमत्कार तो तथागत के संदेश में ही था। निरंकुशता, दमन और लोभ, वासना और घृणा की शक्तियों से विभाजित विश्व के लिए यह एक न्यायप्रियता के राज्य का संदेश था।

"मैंने शांति पा ली है और निर्वाण प्राप्त कर लिया है। सत्य के राज्य की स्थापना करने के लिए मैं काशी नगर में जाऊंगा, इस संसार के अंधकार में मैं आत्मा का नगाड़ा बजाऊंगा।"[114]

वे काशी नगरी में गए और उन्होंने घोषणा की :

"आत्मा की विजय हुई है, मैं तुम्हें उपदेश दूंगा, तुम्हें मैं अपना सिद्धांत उपदेश करूंगा। यदि तुम मेरे बताए मार्ग पर चलोगे तो शीघ्र ही सत्य को जान लोगे, तुम स्वयं इसे जान लोगे और इसका साक्षात्कार करोगे और तुम पवित्र जीवन के उस सर्वोच्च लक्ष्य को प्राप्त कर जीवन बिताओगे जिसे प्राप्त करने के लिए श्रेष्ठ युवा संसार का परित्याग करके गृहहीन हो जाते हैं।"[115]

किंतु सत्य का यह साम्राज्य था कहां जिसका उपदेश करने बुद्ध निकले थे ? यह बात अर्थपूर्ण है कि वे आगे नहीं देखते थे। उसे नहीं देखते थे जो सामने आ चुका था और जो प्रतिदिन अधिकाधिक पूर्ण होकर सामने आ रहा था। वे उदीयमान राजसत्ताओं के आडंबर और उनकी भव्यता को नहीं देखते थे। अपितु उनकी दृष्टि पीछे की ओर थी, उस कबीलाई

सामूहिक जीवन की ओर जो उनके देखते-देखते अधोगति को प्राप्त होकर संकट में पड़ गया था।

इस बात के समर्थन में दो स्पष्ट आधार हैं। एक तो यह कि विगत सामूहिक जीवन की स्मृति बौद्ध परंपरा में भी बनी रही। दूसरे, बुद्ध सायास अपने संघ को बचे हुए कबीलाई गणराज्यों के आदर्श पर स्थापित कर रहे थे। इनमें से दूसरा आधार निर्णायक महत्व का है मगर पहला भी अपने-आपमें कम रोचक नहीं है।

दीघ निकाय के 'अग्गन्न सुत्त' का संदर्भ देते हुए कोशांबी कहते हैं :

"वर्गहीन, विभेदरहित समाज की स्मृति एक ऐसे स्वर्ण-युग की दंतकथा बनकर रह गई जब धरती स्वेच्छया बिना श्रम के प्रचुर भोजन देती थी। कारण कि लोगों के पास तब न तो संपत्ति थी न लोभ था।"[116]

बहुत कुछ उसी दंतकथा और निश्चित रूप से वर्ग-पूर्व समाज की उसी सुखी अवस्था की स्मृति को 'महावस्तु अवदान' में भी देखा जा सकता है। हरप्रसाद शास्त्री[117] के अनुसार इस ग्रंथ में राजत्व की उत्पत्ति का सार इस प्रकार है :

"आरंभ में लोग प्रेम पर जीते थे और आनंद के घरों में रहते थे। इस प्रकार वे प्रेम के भोजन से पुष्ट होते और आनंद से बने घरों में रहते थे। तब जो कुछ वे करते थे वह धम्म (धर्म) था। तब उनमें वर्ण (रंग) का भेद उत्पन्न हुआ—कुछ सुंदर वर्ण वाले थे तो कुछ बुरे वर्ण वाले। इससे दंभ उत्पन्न हुआ और धर्म मर गया। इसके साथ ही वह प्रेम और मधु सूख गए जो इतने दिनों से उनके जीवन के आधार थे। वे भोजन के अन्य स्रोतों की खोज करने लगे। पहले उन्हें कुकुरमुत्ते और जड़ी-बूटियां मिलीं। फिर उन्होंने शालिधान पा लिया। उस समय किसी के मन में संग्रह करने की भावना नहीं थी। किंतु धीरे-धीरे संग्रह करने की बात उनके मन में आने लगी। एकत्र करने का लोभ उनके मन में बढ़ता चला गया। इसके साथ ही यौन-भेद की चेतना भी जागने लगी। आरंभ में जोड़े बनाकर शारीरिक संबंध बनाने को नैतिकता का उल्लंघन माना जाता था। किंतु धीरे-धीरे जोड़े बनाने की प्रथा स्थापित और स्वीकृत हो गई। घर का काम-काज स्त्रियों का दायित्व हो गया।

"संग्रह करने का लोभ बढ़ता गया। उन्होंने भूमि को जोतना आरंभ किया जिसके परिणामस्वरूप भूमि का सामूहिक स्वामित्व संभव नहीं रहा। तब उन लोगों ने भूमि बांट ली और मेंड़ बांध दी। यह निश्चित हुआ कि कोई किसी अन्य की भूमि का अतिक्रमण नहीं करेगा। ऐसा विधान कुछ समय तक चलता रहा।

"बाद में नई समस्याएं उत्पन्न होने लगीं। किसी ने सोचा—अच्छा यह तो मेरी भूमि है और इससे मुझे इतनी उपज मिलती है। पर मान लो कभी फसल अच्छी नहीं हुई तो ? अतः उसने निश्चय किया—यह अच्छा हो या बुरा, चिंता नहीं। मैं किसी और के खेत से चुरा लूंगा। उसने चोरी की और किसी ने उसे पकड़ लिया। लोगों ने उसे पकड़कर पीटा

और चोर कहा। तब वह चोर चिल्लाने लगा—देखो भाइयो, मुझे पीटा जा रहा है। मुझे पीटा जा रहा है, भाइयो। यह अन्याय है! यह अन्याय है।

"उसी के बाद चोरी, मिथ्या-भाषण एवं दंड-कर्म होने लगे।

"तब वे सब इकट्ठे होकर कहने लगे—हम लोग एक ऐसे व्यक्ति को निर्वाचित करें जो हममें से प्रत्येक की मेंड़ की रखवाली करे। वह बलवान, बुद्धिमान और सबके प्रति न्यायशील होगा। हम लोग उसे अपनी उपज में से भाग देंगे। वह अपराधी को दंड देगा, निरपराध की रक्षा करेगा और हममें से प्रत्येक की मेंड़ की देख-भाल करेगा।

"अतः उन लोगों ने अपने में से एक को चुन लिया। सबकी सहमति से वह राजा हो गया। महाजनों द्वारा सम्मत होने से उसका नाम 'महासम्मत' पड़ा।"

शास्त्री का यह विचार उचित ही है कि इस आख्यान में बाद में चाहे जो कुछ जोड़ा गया हो, इसके प्राचीन सार को निश्चय ही पहचाना जा सकता है। इसी के सार को ऊपर प्रस्तुत किया गया है और बौद्ध धर्म के बाहर भारतीय साहित्य में इस आख्यान का कोई समांतर उदाहरण नहीं है। यह भी कहा गया है कि *महाभारत* के कुछ अंशों में भी वर्ग-पूर्व समाज से वर्गविभाजित समाज में संक्रमण की स्मृति शेष है। तथापि इस बौद्ध आख्यान के संबंध में एक विशेष बात यह है कि इसमें ईश्वर या जगत के सृष्टा के लिए कोई स्थान नहीं है। समस्त आख्यान में एक नितांत भौतिकवादी दृष्टिकोण, आदिम और सरल रूप में सही, व्याप्त है।

जो भी हो, इस प्रकार के उद्धरण दर्शाते हैं कि विलुप्त सामूहिक जीवन की स्मृति बौद्ध परंपरा में कभी पूर्णतः लुप्त नहीं हुई और ऐसे जीवन को विगत काल के स्वर्णिम युग के रूप में देखा जाता रहा। जब बुद्ध ने सत्य अथवा न्यायशीलता के साम्राज्य की बात की तो उनके मन में भी ऐसे ही जीवन की धारणा थी। उनके संघ के स्रोतों की खोज करने पर यह बात स्पष्ट हो जाती है।

इतना और कहना शेष रह जाता है कि वे दुख के तथ्यों को जानकर ही संतुष्ट नहीं रहे। वे इनसे बाहर निकलने का मार्ग खोजना चाहते थे।

एक समकालीन समाजशास्त्री पश्चदृष्टि द्वारा यह जान सकता है कि वस्तुगत दृष्टि से देखें तो क्यों यह समस्या ऐसी थी जिसका समाधान वस्तुतः स्वयं बुद्ध के लिए भी असंभव था। यह इतिहास का एक असामान्य नियम था जिसके अनुसार आदिम वर्ग-पूर्व समाज को वर्ग-विभाजित समाज के लिए स्थान छोड़ना ही था, भले ही इसके परिणाम उन लोगों को कितने ही पाशविक या निर्दय क्यों न लगे हों जिन्होंने इस प्रक्रिया को अत्यंत निकट से देखा था। इतिहास के एक परवर्ती चरण में इस वर्ग-विभाजित समाज का भी निषेध होगा और पुनः वर्गविहीन समाज की स्थापना होगी। किंतु वर्गविहीन समाज की यह पुनर्स्थापना एक कहीं अधिक ऊंचे स्तर पर होगी और इसका श्रेय उत्पादन की उन शक्तियों को जाएगा जो वर्ग-विभाजित समाज के अंदर संचित हो रही हैं।

आदिम वर्ग-पूर्व समाज के निषेध की देहरी पर खड़े बुद्ध केवल इससे उत्पन्न दुखों को ही देख सके। स्पष्ट है कि ऐसा सोचना अनुचित होगा कि उस समय बुद्ध भविष्य में आनेवाले वर्गविहीन समाज की कल्पना कर सकते थे जिसके लिए सबसे बढ़कर ढाई हजार वर्षों में उत्पादन की शक्तियों के संचयित होने की आवश्यकता थी।

अतः बुद्ध के पास केवल यही विकल्प था कि वे आगे न देखकर तेजी से विलुप्त होते आदिम साम्यवादी समाज की ओर देखते जो इतिहास की प्रगति के साथ पूर्णतः लुप्त हो जाने को था। यह अधिक से अधिक एक *वास्तविक* समस्या का *वैचारिक* समाधान था। इन दुखों से बचने के लिए बुद्ध ने जो मार्ग दिखाया उसे प्रायः अष्टांगिक आर्य मार्ग कहा जाता है (अर्थात् सम्यक् आचार, सम्यक् वाणी इत्यादि) जिनका उनके समकालीन समाज में हनन हो रहा था। कदाचित् बुद्ध स्वयं इस बात को जानते थे कि यथार्थ समाज से समस्त दुखों को हटाने का प्रयास निरर्थक है। अतः उन्होंने अपना समस्त ध्यान इस बात पर केंद्रित किया कि नए वर्ग-विभाजित समाज में ही मानो एक प्रकार के निर्लिप्त जीवों का विकास किया जाए जिनके अंदर ही स्वतंत्रता, समता और बंधुत्व के विस्तृत मूल्यों को व्यवहार में लाया जा सके। ये द्वीप थे उनके भिक्षु संघ जिन्हें बुद्ध ने सायास रूप से उस समय किसी तरह बचे हुए किन्हीं स्वतंत्र कबीलों के प्रतिरूप पर स्थापित किया था।

महापरिनिब्बान-सुत्त (महापरिनिर्वाण सूत्र) में हमें इसका संकेत मिलता है। सम्राट अजातशत्रु वज्जियों के विरुद्ध आक्रमण के लिए कृतसंकल्प था। उसने अपने ब्राह्मण मंत्री वस्सकार (वर्णकार) को बुद्ध का आशीर्वाद लेने भेजा। बुद्ध ने वर्णकार को सीधा उत्तर न देकर आनंद को इस प्रकार संबोधित किया :

"आनंद, जब तक वज्जी बैठक करते रहेंगे और गण की सभाओं में जाते रहेंगे, (तब तक) आनंद, वज्जियों की वृद्धि ही समझना, हानि नहीं।"

इसी प्रकार बुद्ध ने और छः बातों को गिनवाया जिनसे वज्जियों की सफलता निश्चित थी। वर्णकार बुद्ध का आशीर्वाद पाए बिना ही वहां से उठकर चला गया। सूत्र में आगे लिखा है :

"तब भगवान ने वर्णकार ब्राह्मण के जाने के थोड़ी ही देर बाद आयुष्मान आनंद को संबोधित किया : जाओ आनंद ! तुम जितने भिक्षु राजगृह के आस-पास विहरते हैं, उन सबको उपस्थानशाला में एकत्रित करो।

"आनंद ने ऐसा ही किया और लौटकर बुद्ध से कहा : भंते ! भिक्षु संघ एकत्रित कर दिया; अब भगवन् जैसा उचित समझें, करें।

"तब भगवान आसन से उठकर जहां उपस्थानशाला थी, वहां जा बिछे आसन पर बैठे। बैठकर भगवान ने भिक्षुओं को संबोधित किया : भिक्षुओ ! तुम्हें अपने समुदाय के कल्याण के लिए सात अपरिहारणीय दशाओं का उपदेश करता हूं, उन्हें सुनो।

"तब भिक्षुओं ने तथागत से कहा : ठीक है, भंते ! और तब उन्होंने कहा :

"भिक्षुओ ! जब तक भिक्षु बार-बार बैठकें करते और संघ की औपचारिक सभाओं में आते रहेंगे (तब तक) भिक्षुओं की वृद्धि ही समझना, हानि नहीं।

"जब तक भिक्षुओ ! एक साथ बैठक करेंगे, एक साथ उत्थान करेंगे, एक ही संघ के करणीय (कामों) को करेंगे, (तब तक) भिक्षुओं की वृद्धि ही समझना, हानि नहीं।

"जब तक भिक्षु अप्रज्ञप्तों को प्रज्ञप्त नहीं करेंगे, प्रज्ञप्त का उच्छेद नहीं करेंगे, प्रज्ञप्त भिक्षु नियमों के अनुसार व्यवहार करेंगे, तब तक भिक्षुओं की वृद्धि ही समझना, हानि नहीं।

"जब तक भिक्षु जो अग्रज (धर्मानुरागी) चिरप्रव्रजित, संघ के पिता, संघ के नायक स्थविर भिक्षु हैं, उनका सत्कार करेंगे, गुरुकार करेंगे, मानेंगे, पूजेंगे, उनको सुनेंगे और मानेंगे, तब तक भिक्षुओं की वृद्धि समझना, हानि नहीं।

"जब तक भिक्षु पुनः-पुनः उत्पन्न होनेवाली तृष्णा के वश में नहीं पड़ेंगे, तब तक भिक्षुओं की वृद्धि समझना, हानि नहीं।

"जब तक भिक्षु आरण्यक शयनासन (वन की कुटिया) की इच्छा पाले रहेंगे, तब तक ··· इत्यादि।

"जब तक भिक्षुओ ! हर एक भिक्षु यह याद रखेगा कि अनागत (भविष्य) में आए हुए सुंदर ब्रह्मचारी सुख से विहरें, तब तक ··· इत्यादि।

"जब तक भिक्षु इन सात अपरिहारणीय धर्मों में रत दिखाई देंगे, तब तक भिक्षुओं की वृद्धि ही समझना, हानि नहीं।"[118]

इस उदाहरण में विशेष ध्यान देने योग्य यह है कि जिन सात धर्मों का उल्लेख यहां हुआ है ये वे ही सात धर्म हैं जिन्हें बुद्ध ने इस उपदेश के तुरंत पहले वज्जियों के कबीलाई जीवन की समृद्धि का रहस्य बताया था। अतः यह देखना कठिन नहीं है कि अपने संघ का गठन भी बुद्ध ने इसी के आदर्श पर किया था। यह मात्र संयोग नहीं है कि अपनी व्यवस्था को बुद्ध ने संघ नाम दिया जिसका तात्पर्य कबीलाई समाज है। सूत्र में काल-दोष के साथ, इस बात को स्वीकार किया गया है : "ब्राह्मण ! एक समय मैं वैशाली के सारनदद चैत्य में विहार करता था। वहां मैंने वज्जियों को ये सात अपरिहारणीय धर्म (कल्याण के नियम) कहे।"[119]

स्पष्टतः यहां एक ऐतिहासिक सत्य को प्रस्तुत किया गया है किंतु बुद्ध के प्रति श्रद्धा-भाव के कारण इसे विपर्यस्त रूप में प्रस्तुत किया गया है। जिस कबीलाई संगठन की बुद्ध ने अनुकृति की वह निश्चय ही बुद्ध से बहुत प्राचीन रहा होगा।

इस प्रकार भारतीय इतिहास के एक संकटपूर्ण चरण में जबकि तत्कालीन स्वंतत्र कबीलों को निर्दयतापूर्वक नष्ट किया जा रहा था और विस्तृत होती राजसत्ताओं के घेरे में लोग नए मूल्यों के उदय का अनुभव कर रहे थे जिनका उदय कबीलाई समता के अवशेषों पर हुआ था, तब बुद्ध अपने संघ का संगठन कबीलाई समाज के मूल सिद्धांतों के आधार पर कर रहे थे और भिक्षुओं को उपदेश दे रहे थे कि वे इन्हीं सिद्धांतों के अनुरूप अपने जीवन

को ढालें।

यह बात अत्यंत महत्वपूर्ण है। अपने संघों के संगठन में बुद्ध अपने समकालीन लोगों को एक विस्मृत यथार्थ का, एक मृतप्राय कबीलाई जीवन का आभास दे सकते थे। यह बुद्ध की महान प्रतिमा ही थी जो इस सुसंबद्ध एवं संपूर्ण भ्रम का निर्माण कर सकी।

बुद्ध ने न केवल सफलतापूर्वक अपने संघों को वर्ग-पूर्व समाज के सांचे में ढाला अपितु इस बात की अत्यंत सावधानी रखी कि संघों के सदस्य भिक्षु एक पूर्णतः निर्लिप्त जीवन व्यतीत करें अर्थात् निजी संपत्ति के लोभ से निर्लिप्त रहें।

दिलचस्प बात यह है कि निजी संपत्ति के प्रति इसी घृणा के कारण बुद्ध ने किसी स्थायी आत्मा की धारणा से इनकार किया। इस बात को श्चेरबात्स्की ने स्पष्ट किया है :

"जहां व्यक्तित्व है वहीं उसकी संपत्ति भी होती है। जहां *मैं* होता है वहीं *मेरा* भी होता है। और जहां निजी संपत्ति होती है वहीं उसके प्रति किसी न किसी प्रकार का प्रेम भी होता है। निजी संपत्ति का यही मोह सभी बुराइयों का, सभी वैयक्तिक कर्मों और सामाजिक अन्याय का मूल है। इस प्रकार आत्मा के अस्तित्व से इनकार करके बौद्ध मत निजी संपत्ति के अधिकार के निषेध को एक अत्यंत गहन दार्शनिक आधार प्रदान करता है। जब व्यक्तित्व ही न हो तो निजी संपत्ति कैसी ? इस कारण एक सच्चा बौद्ध वही है जो निजी संपत्ति का और निजी संपत्ति ही नहीं, परिवार, घर आदि का भी सदा-सदा के लिए त्याग कर चुका हो। विश्व-धर्मों के, ईसाइयत और इस्लाम के इतिहास में अक्सर संपत्ति का निषेध करने और उसे त्यागने की सलाह देनेवाले सिद्धांत मिलते हैं। लेकिन बौद्ध मत इस प्रश्न की सर्वाधिक मूलगामी विवेचना करता है।"[120]

निजी संपत्ति का यह निषेध बुद्धकालीन समाज के लिए ऐतिहासिक दृष्टि से संभव न भी रहा हो तो भी यह वर्गहीन समाज के उन लाघवाकार द्वीपों का आदर्श बना रहा जिनकी रचना के प्रयास बुद्ध वर्ग-समाज के ढांचे में ही करना चाहते थे। उनके संघ ही ये द्वीप थे। हृदय की शांति की खोज में रत बुद्ध समकालीन लोगों को समझा रहे थे कि वे व्यापकतर विश्व से प्रव्रज्या लेकर उनके इन छोटे द्वीपों अर्थात् संघों में उपसंपदा लें जिनको वे सायास रूप से वर्ग-पूर्व समाज के आधार पर बना रहे थे। इसके पीछे संभवतः इतिहास की धारा को पलट पाने की असमर्थता की चेतन या अचेतन अनुभूति रही होगी। लेकिन उनकी दृष्टि में इसे लेकर निराश होने का कोई औचित्य न था। उनके पास कोई समाधान अवश्य था।

भिक्षुओं को संघ में रहना था और उन्हें लौकिक मामलों में लिप्त होने की आज्ञा न थी। संघ में भी उनका केवल एक ही महान लक्ष्य होता था—वास्तविक जीवन में चाहे जो कुछ हो रहा हो, अपने व्यक्तित्व का आदर्श रूपांतरण करना, मनोगत दृष्टिकोण का रूपांतरण करना। व्यक्तित्व का यह रूपांतरण भी वर्ग-पूर्व कबीलाई जीवन की 'सरल नैतिक भव्यता' की तर्ज पर आधारित था। केवल इसी दृष्टि से हम नैतिकता से प्रसिद्ध अष्टांग आर्य मार्ग (सम्यक् आस्था, सम्यक् निश्चय, सम्यक् वाणी, सम्यक् क्रिया, सम्यक् जीवन,

सम्यक् प्रयास, सम्यक् चिंतन और सम्यक् ध्यान) को समझ सकते हैं।

28. हैतुकता और द्वंद्ववाद

लेकिन यह सब एक अर्थ में काल-दोष है। यह बुद्ध के काल में उससे दो हजार वर्षों से भी अधिक समय बाद संभव होनेवाली घटनाओं का पूर्वाभास करना है। केवल इसी पर ध्यान केंद्रित करें तो इसका जोखिम है कि हम उनकी शिक्षाओं में जो कुछ वास्तव में महान था उसे अनदेखा कर देंगे। संक्षेप में, यह महान तत्व है उनका द्वंद्ववादी दृष्टिकोण जो वर्ग-समाज के आदर्शों, उसके वैचारिक उत्पादनों के सचेत निषेध का और साथ ही परस्पर-विरोधी वर्गों में समाज के विभाजन से पहले की दशाओं को अपने दृष्टिकोण का आधार बनाने के प्रयास का परिणाम था।

तत्वमीमांसा के प्रति बुद्ध की विरक्ति पर बहुत कुछ लिखा जा चुका है और उसे यहां दुहराने की आवश्यकता नहीं है। तथागत जिस तथ्य से अभिभूत थे वह है दुख जिसे वे हर जगह, हर वस्तु में देखते थे। फलस्वरूप वे इससे मुक्ति के मार्ग निकालने में ही रुचि रखते थे। इस प्रकार दुख और दुख का निदान आरंभिक बौद्ध मत के सारतत्व हैं। बुद्ध ने कहा था : "अतीत में और आज भी मैं केवल यही कहता हूं : दुख और दुख का निदान।"[121]

इन दो मूलभूत मान्यताओं के बीच में एक तीसरी मान्यता भी है जिसका सरोकार दुख के मूल तथ्य के बोध से है।

इस बोध का मूल तत्व सार्वभौम हैतुकता का सिद्धांत है जिसे बुद्ध प्रतीत्य-समुत्पाद कहते हैं। पाली ग्रंथों में हैतुकता के इस दृष्टिकोण का प्रयोग अंततः दुख को जन्म देनेवाली कारण-शृंखला की विवेचना के लिए किया गया है मगर इसका अपना एक महत्व है। रीस डेविड्स के शब्दों में : "लेकिन इसके महत्व का कारण तभी स्पष्ट होता है जब हम दुख से परे देखते हैं जिस पर इस सूत्र का प्रायः प्रयोग किया गया है, जब हम दुख के पूर्ववर्ती चरणों से भी परे देखते हैं और जब हम एक पद्धति और विश्व-दृष्टि के रूप में प्रतीत्य-समुत्पाद के सभी निहितार्थों पर विचार करते हैं।"[122]

बुद्ध ने स्वयं अपने शिष्यों को शिक्षा दी कि वे प्रतीत्य-समुत्पाद को उनकी शिक्षाओं (धर्म) का सारतत्व मानें। बुद्ध के एक घनिष्ठतम शिष्य सारिपुत्र से यह कथन संबद्ध है : "तथागत ने कहा था, जो भी प्रतीत्य-समुत्पाद को जानता है वह धर्म को जानता है और जो धर्म को जानता है वह प्रतीत्य-समुत्पाद को भी जानता है।"[123]

प्रतीत्य-समुत्पाद को बुद्ध की शिक्षाओं का सारतत्व बतलाने की सीमा तक उस पर

इस प्रकार जोर देने का हमारी विवेचना के लिए अत्यधिक महत्त्व है। कारण कि आरंभिक बौद्ध मत में प्रतीत्य-समुत्पाद का सिद्धांत क्षणिकवाद के सिद्धांत से इस प्रकार जुड़ा हुआ है कि दूसरे को पहले का तात्कालिक निहितार्थ, बल्कि उसका पर्याय भी कहा जाता है। इसलिए आरंभिक बौद्ध मत के द्वंद्ववाद की विवेचना के लिए अच्छा है कि हम हैतुकता के इस सिद्धांत का स्पष्ट परिचय प्राप्त कर लें।

प्रतीत्य-समुत्पाद का अर्थ लगाया जाता है 'निर्भर उद्‌गम।' लेकिन बौद्ध मत के आरंभिक ग्रंथों में इसे व्यक्त करने के लिए जिस सूत्र का प्रयोग किया गया है वह अधिक स्पष्ट है। बुद्ध ने कहा था : "अच्छा है कि हम आदि और अंत के प्रश्नों को किनारे रख दें। मैं तुम्हें धर्म की शिक्षा देता हूं : वैसा होने पर ऐसा होता है। उसके उदय से इसका उदय होता है। उसके अभाव में इसका अभाव होता है। उसके विनाश से इसका विनाश होता है।"[124]

इस प्रकार इस सूत्र के सकारात्मक और नकारात्मक, दो पक्ष हैं। सकारात्मक दृष्टि से इसका अर्थ है एक-एक वस्तु का किसी विशिष्ट दशा और सटीकतर रूप में कहें तो अनेक दशाओं के 'समुदाय' की उपस्थिति में 'उदित' होना, उसका संभवन। स्पष्ट है कि ये दशाएं या दशा-समुदाय भी स्थिर या अपरिवर्तनशील नहीं हैं क्योंकि हैतुकता के इसी सिद्धांत के अनुसार ये भी अन्य दशाओं या दशा-समुदायों के होने पर उदित होते हैं। किसी वस्तु के संभवन की दशाओं का भी संभवन अपरिहार्य है और इस प्रकार ये अस्थायी हैं। इस कारण इन अस्थायी दशाओं के कारण जो भी वस्तु अस्तित्व में आती है वह स्वयं अस्थायी होती है अर्थात् उसका अस्तित्वहीन होना ('निरोध') अवश्यंभावी है।

इस सूत्र के ये नकारात्मक और सकारात्मक पक्ष अर्थात् "समुदाय और निरोध की प्रक्रिया का स्वाभाविक और सार्वभौम नियम होना" क्षणिकवाद का आधार हैं। पवित्र बौद्ध ग्रंथों में उनको यह वचन कहते हुए दिखाया गया है : "नश्वर ! नश्वर ! इसी विचार के साथ मेरे मन में यथार्थ की वह दृष्टि जागी जो पहले नहीं जागी थी और ज्ञान, प्रज्ञा, बोध, प्रकाश का उदय हुआ।"[125]

बुद्ध के क्षणिकवाद को समझने के लिए हमें पहले उनके प्रतीत्य-समुत्पाद के निहितार्थों को जानना होगा। इसके लिए हम रीस डेविड्स[126] के आभारी हैं :

"अकृत नहीं, कृत; घटनाओं का कारण ईश्वर, इंद्र, सोम, वरुण, ब्रह्मा का आदेश नहीं है; चाहे वे कष्टकर हों या न हों; वैसे नहीं जैसीकि जॉब या इंजील के अनुयायी बतलाते हैं कि ईश्वर ने क्रोध में आकर दुख बांटे। कारण कि ईश्वर प्रतिदिन श्रेष्ठजन का निर्णय करता है और खलकामी जन पर क्रुद्ध होता है (जॉब, इक्कीस, 17; साल्म, सात, 11)। घटनाओं का अपरिहार्य कारण पूर्ववर्ती दशाएं हैं जिनको मनुष्य सम्यक् बुद्धि और सम्यक् प्रयास से समझकर संयमित, निलंबित या तीव्र करता है।

"इसलिए प्रतीत्य-समुत्पाद शब्द की व्याख्या करते हुए बुद्धघोष कहते हैं कि निरपेक्षवाद,

शून्यवाद, संयोग, अनियमित हैतुकता और अनिर्धारण के सारे सिद्धांत इससे बहिष्कृत हैं। इन सभी सिद्धांतों में भी यह प्रथम दो को अत्यधिक स्पष्टता के साथ अस्वीकार करता है।

"स्मरण रहे कि बौद्ध मत ने जिस 'अंतर्भूत' निरपेक्षवाद का खंडन किया था वह मुख्यतः ब्राह्मणवादी धर्म-दर्शन था। इसके अनुसार व्यक्ति की आत्मा विश्वात्मा से निःसृत नहीं होती बल्कि विश्वात्मा प्रत्येक मानवात्मा में अंतर्भूत और उसके तद्रूप होती है। 'सृष्टि के आरंभ में विश्व मात्र एक पुरुष-रूपी आत्मन् था, विश्व का संरक्षक, नियामक; और यह मेरी ही आत्मा था' (बृ. उ., एक . 4- 1; *कौषीतकी उ.*, तीन. 8) इस प्रकार इस धर्म-दर्शन में 'मेरी आत्मा' ही वैयक्तिक आदि-कारण और अंत-कारण है। इस प्रकार डेमोक्राइत्स और उनके गुरु ल्यूकिप्पस के इस प्रमेय की तरह कि 'कुछ भी संयोगवश नहीं होता बल्कि सबकुछ किसी कारण से और अनिवार्यतावश होता है', बौद्ध मत का प्रतीत्य-समुत्पाद भी समस्त प्रयोजनवाद का निर्णायक निषेध है।

"अगर एब्दस के परमाणुवादी (डेमोक्राइत्स) की कृतियों पर भाग्य की कुछ और कृपा-दृष्टि रही होती तथा अगर 'प्रयोजनवादी प्रतिक्रिया' का नेतृत्व अफलातून और अरस्तू जैसी दो असाधारण प्रतिभाओं ने नहीं किया होता तो माना जा सकता है कि पश्चिम के 'धर्म' ही नहीं, संपूर्ण दर्शन का विकास इस प्रकार हुआ होता कि 'माइक्रोस' और 'मेगास दायाकास्मोस' के प्रभाव के कारण वह दर्शन और वह 'धर्म' प्रतीत्य-समुत्पाद के गहन सिद्धांत के कहीं अधिक निकट आए होते। लेकिन यूरोप ने तो एथेंस से समझौते और व्यापकता का पाठ सीखा, अंशतः अनिवार्यता और अंशतः संयोग के द्वारा नियंत्रित ब्रह्मांड में विश्वास करना सीखा, अपरिवर्तनशील प्राकृतिक नियमों तथा आदि-कारण और अंत-कारण संबंधी विश्वासों को समन्वित करना सीखा।

"और इस प्रकार आकस्मिक और यादृच्छिक ने नियमित कारण-शृंखला के क्षेत्र का इस प्रकार धीरे-धीरे अतिक्रमण किया कि यूरोप के बौद्धिक विकास के किसी भी काल के बारे में हम यह नहीं कह सकते कि यही वह काल है जिसमें व्यक्तियों के मनों में, किसी एक व्यक्ति के मन में सृष्टि के प्रत्येक व्यापार के नियामक रूप में स्वाभाविक हैतुकता की धारणा उपजी थी। आधी सदी पहले हैतुकता के सिद्धांत के विस्तार ने अर्थात् उद्विकास के सिद्धांत ने जो बौद्धिक भूचाल उत्पन्न किया उसकी कोई तुलना नहीं है। या क्या वह बौद्धिक विकास की राह में कोई मील का पत्थर था जब डेमोक्राइत्स ने परमाणुवादी दर्शनशास्त्र का निरूपण किया था और एक महान पैगंबर का, मानवता के शिक्षक का गौरव-पद प्राप्त किया था ?

"दूसरी ओर भारतीय चिंतन के इतिहास में हम इस प्रकार का युग-निर्माता संकट दिखा सकते हैं; प्रज्ञा की एक चमक के साथ एक महान मस्तिष्क में सार्वभौम हैतुकता के नियम की उत्पत्ति को देख सकते हैं। कहा गया है कि तथागतों का आगमन हो या न हो, यह

नियम एक मूलभूत नियम है। लेकिन तथागत इसके अंतर में बैठकर इसका सम्यक् ज्ञान प्राप्त करता है और फिर उस ज्ञान को विश्व को देता है।"

सार्वभौम स्वाभाविक हैतुकता के दृष्टिकोण की इस प्रथम पूर्णतम प्रस्तुति के रूप में यह सब वास्तव में प्रेरणामय लगता है। फिर भी बुद्ध और डेमोक्राइत्स के विचारों की मूलभूत समानता दर्शाने के उत्साह में रीस डेविड्स उपरोक्त उद्धरण में यूनानी दर्शन से हेराक्लाइटस के विचारों का हवाला देना भूल गए हैं जो कहीं अधिक सार्थक तुलना का आधार हो सकते हैं। बुद्ध के प्रतीत्य-समुत्पाद का प्रत्यक्ष निष्कर्ष या संभवतः उसका पर्याय क्षणिकवाद का दृष्टिकोण है। प्राचीन यूनान में ठीक यही बात तो हेराक्लाइटस ने भी की थी। श्चेरबात्स्की के शब्दों में :

"बाह्य जगत में कहीं भी स्थायित्व नहीं है और अस्तित्व बाह्य संभवन के अलावा कुछ नहीं है, यह विचार हमें यूनानी दर्शनशास्त्र के इतिहास में हेराक्लाइत्स के यहां मिलता है। यह इस इतिहास के आरंभिक काल की एक ऐसी महान देन था जिसे यूनानी चिंतन के परवर्ती विकास के दौरान भुला दिया गया। फिर हम इसे भारत में एक ऐसी दार्शनिक प्रणाली के आधार के रूप में देखते हैं जिसका उद्‌भव छठी सदी ई. पू. में हुआ था। लेकिन यहां यह एक क्षणिक तत्व न रहकर निरंतर शतशः उतार-चढ़ाव के रूप में, विस्तृत प्रणालियों की शृंखला के रूप में विस्तृत होता रहा। फिर पंद्रह सदियों के घटनापूर्ण जीवन के बाद यह अपनी मातृभूमि से दूर जाकर अन्य बौद्ध देशों में पल्लवित हुआ।"[127]

इस समय हमारी रुचि इस इतिहास के प्रथम चरण में अर्थात् बुद्ध द्वारा उपदेशित क्षणिकवादी दृष्टिकोण में है। इसके प्रतिभापूर्ण और सुबोध विश्लेषण के लिए हम एच. ओल्डेनबर्ग के आभारी हैं जिसमें उन्होंने दिखाया है कि व्यवहार में यह प्रतीत्य-समुत्पाद की अभिव्यक्ति का ही एक अन्य ढंग है।

ओल्डेनबर्ग[128] अपनी सुविधा के लिए विवेचना का प्रस्थान-बिंदु बुद्ध से संबद्ध निम्न उदाहरण को बनाते हैं :

"शिष्यो ! जो भिक्षु अपनी चेतना का अनुशासन करता है, जो अपने पवित्र कर्मों में अडिग है और आत्मानुशासन पर दृढ़ है, उसमें एक प्रकार की आनंद-भावना जन्म लेती है। तब वह सोचता है : मेरे अंदर यह आनंद-भावना उपजी है, सो यह किसी कारण से है, अकारण नहीं है। इसका कारण कहां स्थित है ? यह मेरी इस काया में स्थित है। लेकिन मेरी यह काया क्षणिक है, उत्पन्न हुई है, कारणों से निर्मित है। तो जिस आनंद-भावना का कारण क्षणिक, व्युत्पन्न, कारण-निर्मित काया है, वह कैसे स्थायी हो सकती है ? इस प्रकार काया और इसी प्रकार उस आनंद-भावना के संदर्भ से वह क्षणिकता, परिवर्तनशीलता, अंतर्धान, त्याग, निरोध, निर्वाण का साक्षात्कार करता है। जब वह काया और उसी प्रकार आनंद-भावना के संदर्भ में क्षणिकता आदि का साक्षात्कार करता है तो वह काया में स्थित और आनंद-भावना पर आधारित सभी वासनाओं का परित्याग करता है।"

ओल्डेनबर्ग कहते हैं : "जो भी व्यक्ति इस उपदेश-शैली की दुरूह बारीकी से घबड़ाता नहीं है उसे यहां वह विचार दिखाई देगा जो बौद्ध मत की संपूर्ण विचारधारा के लिए बहुत महत्वपूर्ण है। यह विचार है—हैतुकता से उत्पन्न वस्तुओं से अस्थायित्व और क्षणिकता का संबंध। हैतुकता या भारतीय शब्द प्रतीत्य-समुत्पाद का और भी सटीक अनुवाद करें तो निर्भर उद्गम का यह सिद्धांत दो सदस्यों के बीच ऐसा संबंध दर्शाता है जिसमें एक ओर उसके कारण अनिवार्य रूप से दूसरा भी किसी भी क्षण अपरिवर्तनशील नहीं रहता। हैतुकता के नियम से बंधी हुई ऐसी कोई वस्तु नहीं जो विश्लेषण करने पर आत्म-परिवर्तन या संभवन की प्रक्रिया में लिप्त न दिखाई दे। हैतुकता के स्वाभाविक नियम के अधीन सत्ता और असत्ता के बीच चलनेवाला यह निरंतर दोलन ही इस विश्व की सभी वस्तुओं का एकमात्र यथार्थ है।"[129]

नीचे एक महत्वपूर्ण उद्धरण प्रस्तुत है जिसमें कहा जाता है कि बुद्ध ने अपने विचारों का वर्णन किया था :

"हे कच्चन, यह विश्व सामान्यतः सत् और असत् के द्वैत्व पर निर्भर है। लेकिन हे कच्चन, जो भी व्यक्ति सत्य और बुद्धि की दृष्टि से इस विश्व में वस्तुओं के उद्गम का प्रत्यक्ष करता है उसकी दृष्टि में इस विश्व में कुछ भी असत् नहीं होता। हे कच्चन, जो भी व्यक्ति सत्य और बुद्धि की दृष्टि से इस विश्व में वस्तुओं के लोप का प्रत्यक्ष करता है उसकी दृष्टि से इस विश्व में कुछ भी सत् नहीं होता ··· 'सब कुछ सत् है' यह विचार, हे कच्चन, एक अति है; 'सब कुछ असत् है' यह विचार दूसरी अति है। इसलिए निर्वाण को प्राप्त व्यक्ति, हे कच्चन, इन दो अतियों से दूर रहकर मध्यम मार्ग की घोषणा करता है।"[130]

और यह मध्यम मार्ग है क्या ? ओल्डेनबर्ग के शब्दों में : "यह विश्व तो विश्व की प्रक्रिया है और हैतुकता का सूत्र विश्व की इस प्रक्रिया की अभिव्यक्ति है।"[131]

ये सारी बातें हमें अनिवार्यतः हेराक्लाइटस के कथन का स्मरण कराती हैं। व्यावहारिक रूप में बुद्ध और हेराक्लाइटस ने एक ही द्वंद्ववादी दृष्टिकोण की अभिव्यक्ति के लिए किस प्रकार एक जैसे प्रतीकों का उपयोग किया है, इसे दिखाने के लिए हम फिर एक बार ओल्डेनबर्ग को उद्धृत करते हैं :

"कल्पना-शक्ति जो अन्वेषक बुद्धि की सेवा में रहकर प्रकृति के इस रूप-जगत में रूपहीन विचारों के प्रकारों और प्रतीकों की खोज करती है, उसी कल्पना-शक्ति ने प्रत्येक काल में, जब भी उसका लक्ष्य ऐसी सत्ता का प्रतिनिधान करना रहा है जिसका लक्षण गति हो, तब उसने दो बिंबों को निर्णायक वरीयता दी है : बहती जल-धारा और स्वयं-घाती लौ का। बुद्ध के महान समकालीन हेराक्लाइटस सत्ताओं की सत्ता के सिद्धांत के बारे में किसी भी अन्य यूनानी विचारक की अपेक्षा बुद्ध के कहीं अधिक निकट है, और उसके वचनों में ये दोनों ही तुलनाएं बहुत स्पष्टता के साथ बार-बार उभरती हैं : 'प्रत्येक वस्तु

प्रवहमान है' और ब्रह्मांड एक 'निरंतर-प्रज्वलित अग्नि' है। बुद्ध की आलंकारिक भाषा में भी सत्ता की प्रत्येक अवस्था में निहित निरंतर गति के प्रतीकों के रूप में धारा और अग्नि का उपयोग किया गया है। लेकिन यहां बुद्ध के रूपक और उस एफेससवासी के रूपक में अंतर है। बौद्ध मत उस प्रत्येक तत्वमीमांसी प्रश्न की अनदेखी करता है जिसका मूल नीतिशास्त्र में न हो, जल और ज्वाला संबंधी अपनी धारणा में मात्र गति ही नहीं देखता, केवल संभवन ही नहीं देखता, बल्कि सबसे बढ़कर मानव-जीवन के लिए इस गति, इस संभवन की अत्यधिक महत्वपूर्ण और विध्वंसक शक्ति को देखता है।...

"लेकिन बौद्ध मत के लिए अपनाए गए किसी भी रूपक में सत्ता की प्रकृति को इतनी पूर्णता के साथ व्यक्त नहीं किया गया है जितनी पूर्णता के साथ ज्वाला के रूप में। यह ज्वाला आभासी रूप में शांत अपरिवर्तनशील होते हुए भी मात्र एक सतत आत्म-उत्पादन और आत्म-विनाश होती है और साथ ही साथ इसमें वह वास्तविकता निहित है जो हमारी अपेक्षा भारतीयों के लिए कहीं अधिक प्रभावपूर्ण है। यह वास्तविकता है—ऊष्मा की दाहक शक्ति, सौम्य शांतावस्था के प्रति उसकी शत्रुता, आनंद और शांति के प्रति शत्रुता ... (बुद्ध ने कहा था :) 'समस्त विश्व प्रज्वलित हो रहा है; समस्त विश्व धूमाच्छादित है; समस्त विश्व अग्नि का आहार है, समस्त विश्व कंपायमान है।'

"लेकिन इस संबंध में अग्नि के रूपक के उपयोग में हमारे लिए अधिक महत्वपूर्ण यह है कि इसका उपयोग एक निरंतर प्रक्रिया के रूप में सत्ता की तत्वमीमांसी प्रकृति को दर्शाने के लिए किया गया है। इस रूपक को परवर्ती ग्रंथों में पूरी तरह स्पष्ट किया गया है लेकिन पवित्र कृतियों में यह पहले से विद्यमान है। लेकिन हम यहां देख सकते हैं कि यहां विचार को किस प्रकार अभिव्यक्ति के साथ जूझना पड़ रहा है। सत्ताएं ज्वाला-रूप हैं; उनका अस्तित्व, उनका संभवन आत्मा का ज्वलनपूर्ण विभाजन है, क्षणिक विश्व द्वारा प्रदत्त समिधा पर आत्मा का हवन है।"[132]

प्राचीनकाल में विकसित यह द्वंद्ववादी दृष्टिकोण अनेक सदियों तक दर्शनशास्त्र के इतिहास में खोया हुआ रहा और फिर केवल हेगेल ने इसका उद्धार किया जिनसे इसे मार्क्स ने अपनाया। यह कार्य तब हुआ जब समाज की वर्गीय संरचना के मूलभूत अंतर्विरोध अधिकाधिक स्पष्ट हो रहे थे। इसलिए इसका उपयोग समाज की वर्गीय संरचना के उन्मूलन के लिए वैचारिक अस्त्र के रूप में हो रहा है—किसी प्रकार के एकांत द्वीपों में रहते हुए निजी संपत्ति को और राजसत्ता को त्यागकर नहीं बल्कि उस समाज के क्रांतिकारी विनाश के द्वारा जिसका मूलाधार निजी संपत्ति है।

साथ ही इस बात को भी अनदेखा नहीं किया जाना चाहिए कि सामाजिक सुधार के ऐसे ऐतिहासिक दृष्टि से अपरिपक्व कार्यक्रम के कुछ आंतरिक अंतर्विरोध भी थे। संघों के अंदर व्यक्तित्व के आदर्श रूपांतरण मात्र पर ध्यान केंद्रित करते हुए बुद्ध ने कभी भी भिक्षुओं को प्रत्यक्ष उत्पादन की गतिविधियों में भाग नहीं लेने दिया जिससे वे अपनी

आजीविका प्राप्त कर सकें और इस प्रकार संघ आर्थिक दृष्टि से आत्मनिर्भर बन सकें। संभवतः उनके विचार में इसका परिणाम उन्हीं बुराइयों की ओर वापस जाना होता जिनसे वे निकलने के लिए व्याकुल थे। लेकिन संघों के आर्थिक जीवन के प्रश्न को अनदेखा करने में जो दूसरा जोखिम था उस पर उनका ध्यान कभी नहीं गया। यह जोखिम था—संघों का परजीवी संगठन बन जाना, उसी समाज से मिलनेवाले दान पर निर्भर हो जाना जिसकी जकड़ से बुद्ध अपने शिष्यों को निकालना चाहते थे। भिक्षापात्र बौद्ध भिक्षुओं का प्रतीक बन गया और निजी संपत्ति ने बुद्ध से अपनी तीखी आलोचना का गोया इस प्रकार बदला लिया।

इन संघों के आरंभ-काल से ही बुद्ध ऐसे धनी दाताओं की तलाश में रहे। इन धनिकों को भी *यथार्थ* दुखों के विनाश के लिए एक *वैचारिक* समाधान का यह दृष्टिकोण अपने लिए सुविधाजनक लगा क्योंकि इसके कारण लोगों ने कबीले से राजसत्ता की ओर होनेवाले संक्रमण की नई दशाओं से तालमेल करना सीखा। इस प्रकार राजाओं और धनिक व्यापारियों के वित्तीय और राजनीतिक समर्थन के बल पर फलने-फूलने से बुद्ध के आरंभिक मत में जो कुछ भी विरोध-तत्व था वह धीरे-धीरे समाप्त हो गया। यहां तक कि तत्वमीमांसा के प्रति उनकी विरक्ति भी अपने विपरीत रूप में परिवर्तित हो गई जो स्वघोषित महायान के उदय से स्पष्ट है। इसने विभिन्न दिशाओं में विकसित हो रही एक भव्य तत्वमीमांसा का रूप ले लिया।

बुद्ध के लगभग 2500 वर्ष बाद जब समाज की वास्तविक उत्पादक-शक्तियों ने समाज की वर्गीय संरचना से मनुष्य की यथार्थ मुक्ति के लिए आवश्यक यथार्थ दशाएं उत्पन्न कीं (और इसमें सारहीन तत्वमीमांसी कल्पनाओं की व्यर्थता का विचार भी शामिल है) केवल तभी समाजशास्त्र ने एक नया मोड़ लिया—एक यथार्थ वर्गहीन समाज की रचना की दिशा में, समाज की वर्गीय संरचना से उत्पन्न विचारों और दृष्टिकोणों की चेतन-अचेतन बाध्यताओं से दार्शनिक चिंतन की मुक्ति की दिशा में। लेकिन इस प्रश्न पर कभी आगे विचार किया जाएगा।

ग्रंथ-सूची

लेखक की भूमिका में उल्लिखित पुस्तकों को इस ग्रंथ-सूची में सम्मिलित नहीं किया गया है।

एंगेल्स, फ्रेडरिक	*डायलेक्टिक्स आफ नेचर*, मास्को, 1954
	दि ओरिजिन आफ दि फैमिली, प्राइवेट प्रापर्टी एंड दि स्टेट, मास्को, 1952
	दि पेजेंट वार इन जर्मनी, मास्को, 1956
ओल्डेनबर्ग, एच.	*बुद्धा : हिज लाइफ, हिज टीचिंग्स एंड हिज आर्डर*, कलकत्ता, 1927
काणे, पी. वी.	*हिस्ट्री आफ धर्मशास्त्राज*, 5 खंडों में, पूना, 1930-77
कीथ, ए. बी.	*रिलिजन एंड फिलासफी आफ दि वेदाज एंड उपनिषद्स*, हारवर्ड, 1925
कोशांबी, डी. डी.	*ऐन इंट्रोडक्शन टु दि स्टडी आफ इंडियन हिस्ट्री*, बंबई, 1956
डायशेन, पी.	*आउटलाइंस आफ इंडियन फिलासफी*, बर्लिन, 1927
थामस, ई. जे.	*दि लाइफ आफ बुद्धा*, लंदन, 1931
नीधम, जे.	*दि ग्रैंड टाइट्रेशन*, लंदन, 1969
फिक, रिचर्ड टी.	*दि सोशल आर्गेनाइजेशन आफ नार्थ-ईस्ट इंडिया इन बुद्धाज टाइम*, कलकत्ता, 1920
फिलासफी फार दि फ्यूचर	(उद्धरण संग्रह), सं. : आर. डब्ल्यू. सेलर्स व अन्य, न्यूयार्क, 1949
फ्राउवालनर, ई.	*हिस्ट्री आफ इंडियन फिलासफी*, 2 खंडों में, अंग्रेजी अनुवाद, नई दिल्ली, 1973
फ्रायड, एस.	*फ्यूचर आफ ऐन इल्यूजन*, अंग्रेजी अनुवाद, लंदन, 1934

बर्नेट, जे.	*ग्रीक फिलासफी*, भाग 1, लंदन, 1924
बरुआ, बी. एम.	*ए हिस्ट्री आफ दि प्रि-बुद्धिस्टिक इंडियन फिलासफी*, कलकत्ता, 1921
भंडारकर, आर. जी.	*वैष्णविज़्म, शैविज़्म एंड माइनर रिलिजस सिस्टम्स*, स्ट्रासबुर्ग, 1923
मार्क्स, के. व फ्रे. एंगेल्स	*आन रिलिजन*, मास्को, 1957, *दि जर्मन आइडियोलोजी*, मास्को, 1964
मैकडोनेल, ए. ए.	*वेदिक माइथोलोजी*, स्ट्रासबुर्ग, 1897
मैक्समूलर, एफ. (सं.)	*सैक्रेड बुक्स आफ दि ईस्ट*, आक्सफोर्ड
रीस डेविड्स, टी. डब्ल्यू.	*बुद्धिस्ट लाजिक*, कलकत्ता, 1950, *डायलाग्स आफ दि बुद्धा*, 3 खंडों में, लंदन, 1879-1921
रुबेन, डब्ल्यू.	*स्टडीज इन एंशिएंट इंडियन थाट*, कलकत्ता, 1966
रे, पी. सी.	*ए हिस्ट्री आफ हिंदू केमिस्ट्री*, 2 खंडों में, कलकत्ता, 1902, 1909
राबर्टसन, ए.	*दि ओरिजिन्स आफ क्रिश्चियानिटी*, लंदन, 1953
शास्त्री, हरप्रसाद	*बौद्ध धर्म* (बंगला), कलकत्ता *रचनावली* (बंगला), खंड 2, कलकत्ता, 1960
श्चेरबात्स्की, था.	*बुद्धिस्ट लाजिक*, 2 खंडों में, न्यूयार्क, 1962
	फर्दर पेपर्स आफ श्चेरबात्स्की, कलकत्ता, 1971
हिल, री.	*दि वर्ल्ड टर्न्ड अपसाइड डाउन*, पेंग्विन, 1985
ह्यूम, आर. ई.	*दि थर्टीन प्रिंसिपल उपनिषद्स*, आक्सफोर्ड, 1921 (पुनर्मुद्रण, 1952)

संदर्भ और टिप्पणियां

अगर ग्रंथ-सूची में किसी लेखक की एक से अधिक कृतियों का उल्लेख है तो निम्न टिप्पणियों में लेखक के नाम के आगे संदर्भित ग्रंथों के नाम दिए गए हैं और फिर पृष्ठ संख्याएं दी गई हैं। अन्य मामलों में लेखक के नाम के बाद पृष्ठ संख्याएं मात्र दी हुई हैं।

1. मार्क्स व एंगेल्स, *जर्मन आइडियोलाजी,* 31
2. वी. गार्डन चाइल्ड, *व्हाट हैपेन्ड इन हिस्ट्री,* 7-9
3. जी. थामसन, *दि फर्स्ट फिलासफर्स,* 24
4. उपरोक्त, 25-26
5. एंगेल्स, *डायलेक्टिक्स आफ नेचर,* 182
6. गार्डन चाइल्ड, *मैन मेक्स हिमसेल्फ,* 34-35
7. उपरोक्त, 66
8. गार्डन चाइल्ड, *टाउन प्लानिंग* रिव्यू, खंड 21, अंक 1, पृ. 3-7 में लेख। यह धारणा उनकी सभी परिपक्व कृतियों में पाई जाती है।
9. गार्डन चाइल्ड, *व्हाट हैपेन्ड इन हिस्ट्री,* 14-16
10. जी. थामसन, *ऐन एस्से आन रिलिजन,* 9
11. जी. थामसन, *स्टडीज इन एंशिएंट ग्रीक हिस्ट्री,* 440
12. देवीप्रसाद चट्टोपाध्याय, *इंडियन फिलासफी,* 51 और आगे में इसकी विस्तृत विवेचना दी गई है।
13. गार्डन चाइल्ड, *मैन मेक्स हिमसेल्फ,* 236
14. सिग्मंड फ्रायड, 54-55
15. मार्क्स व एंगेल्स, *आन रिलिजन,* 41-42
16. गार्डन चाइल्ड, *टाउन प्लानिंग रिव्यू* में लेख, 16
17. बी. फैरिंगटन, *ग्रीक साइंस,* 34-35
18. जे. नीधम, 176
19. इस लेख के कामचलाऊ अंग्रेजी अनुवाद के लिए देखें देवीप्रसाद चट्टोपाध्याय, *इंडियन फिलासफी,* 206-7

20. फैरिंगटन, *दि सिविलाइजेशन आफ ग्रीस एंड रोम,* 31
21. फैरिंगटन, *ग्रीक साइंस,* 35
22. उपरोक्त, 41 पर उद्धृत
23. बी. उनहम, 26-27
24. उपरोक्त, 24-25
25. *मैत्री उपनिषद्,* सात.8
26. एम. विंटरनिट्ज, दो.37
27. नीचे दिए गए उद्धरण *दीघ निकाय* (अंग्रेजी अनुवाद, बर्मा पिटक एसोसिएशन, केंद्रीय उच्च तिब्बती अध्ययन संस्थान, सारनाथ, वाराणसी द्वारा पुनर्मुद्रित, 79-88) से लिए गए हैं।
28. उनके बारे में हमारी जानकारी का मुख्य आधार *छांदोग्य उपनिषद्* (आगे से छां. उ.), छः है।
29. जे० बर्नेट, एक, 20
30. *सत्पथ ब्राह्मण,* नौ, 4, एक.1-9
31. *छां.* उ., पांच.17.1
32. एम. विंटरनिट्ज, एक, 265
33. आर. जी. भंडारकर, एक
34. सैक्रेड बुक्स आफ दि ईस्ट, खंड 34, प्रस्तावना, पृ. एक सौ तीन में जी. थिबो
35. आर. ई. ह्यूम, 7
36. *वृहदारण्यक उपनिषद्* (आगे से : वृ. उ.), चार.2.2
37. बी. एम. बरुआ, 129
38. पी. सी. रे, एक, 192
39. *ऋग्वेद,* दस, 129
40. उदाहरण के लिए *छां.* उ., तीन.19.1
41. *ब्रह्मसूत्र* पर शंकर की टिप्पणी, एक.1.7
42. *ब्रह्मसूत्र* पर रामानुज की टिप्पणी, एक.1.7
43. *कामसूत्र,* साधारणमाधिकरणम्, 9
44. एच. जैकोबी की टिप्पणी, रुबेन, 77 पर उद्धृत
45. बरुआ, 124 और आगे
46. रुबेन, 47
47. फ्राउवालनर, एक, 70
48. बरुआ, 138
49. आधुनिक विद्वानों में बरुआ, 130 ने इस बात को स्पष्ट रूप से कहा है।

50. जे. डी. बर्नल, 35
51. बरुआ, 129
52. *वृ. उ.,* तीन. 7.1
53. *छां.* उ., चार. 4.1-5; तुलना करें बरुआ, 125 से।
54. पी. डायशेन, 22
55. *वृ.* उ., दो.4.5
56. *छां.* उ., सात. 7.1
57. *वृ.* उ., दो. 4.5
58. उपरोक्त, दो. 4.6
59. उपरोक्त, दो. 4.12
60. *छां.* उ., सात. 1.2
61. तुलना करें *वृ.* उ. , दो. 4.10 ; चार. 1.2 ; चार. 5.11
62. *छां.* उ., सात. 24.25
63. पी. डायशेन, 74-75
64. *वृ.* उ., तीन. 9.26 ; चार. 2.4
65. उपरोक्त, दो. 4.14
66. *छां.* उ., आठ. 3.2
67. *वृ.* उ., चार. 3.7
68. उपरोक्त, चार. 3.8-10
69. उपरोक्त, चार. 3.14
70. उपरोक्त, चार. 3.20
71. उपरोक्त, चार. 3.19
72. उपरोक्त, चार. 3.21-22
73. उपरोक्त, चार. 4.2-6
74. उपरोक्त, एक. 4.11
75. *छां.* उ., पांच. 10.8
76. *याज्ञवल्क्य-स्मृति,* तीन. 191
77. *बौधायन-धर्मसूत्र,* एक. 5.101
78. मनुस्मृति, दस. 83-84
79. उपरोक्त, दस. 115
80. उपरोक्त, दस. 116-17
81. पी. वी. काणे, दो, 110
82. ए. ए. मैकडोनेल, 116

83. *निघंटु*, दो.1 और तीन.9
84. जी. व्लास्तोस; बी. फैरिंगटन द्वारा *फिलासफी फार दि फ्यूचर*, 4 पर उद्धृत
85. बी. फैरिंगटन, उपरोक्त, 5 में
86. बी. फैरिंगटन, *ग्रीक साइंस*, 105-6
87. उदाहरण के लिए पी. डायशेन, 17 और आगे
88. *वृ. उ.*, दो.1
89. *कौषीतकी उपनिषद्* (आगे से : *कौ. उ.*), चार
90. बी. फैरिंगटन, *ग्रीक साइंस*, 142
91. जी. थामसन, *एकिलस एंड एथेंस*, 368
92. *कौ. उ.*, चार 20
93. *छां. उ.*, पांच, 3 ; *वृ. उ.*, छः 2 ; *कौ. उ.*, एक
94. ए. बी. कीथ, 495
95. रीस डेविड्स, *डायलाग्स आफ दि बुद्धा*, दो.78
96. एंगेल्स, *ओरिजिन आफ फैमिली*, 268
97. फिक, 101-3
98. उपरोक्त, 106
99. कोशांबी, 150
100. फिक, 120-21
101. उपरोक्त, 121
102. कोशांबी, 139
103. उपरोक्त, 150-51
104. एंगेल्स, *ओरिजिन आफ फैमिली*, 147
105. उपरोक्त, 163, जोर हमारा
106. उपरोक्त, 109, जोर हमारा
107. ओल्डेनबर्ग, 64
108. उपरोक्त
109. थामस, 168-69
110. उपरोक्त, 169
111. कोशांबी, 150
112. *सैक्रेड बुक्स आफ दि ईस्ट*, तेरह.84-85
113. उपरोक्त, 86
114. उपरोक्त, 91
115. उपरोक्त, 92-93

116. कोशांबी, 162
117. एच. पी. शास्त्री, *बौद्ध धर्म (बंगला),* 142 और आगे
118. रीस डेविड्स, *डायलाग्स आफ दि बुद्धा,* दो.81-82
119. उपरोक्त, 80
120. श्चेरबात्स्की, *फर्दर पेपर्स,* 26
121. रीस डेविड्स, *डायलाग्स आफ दि बुद्धा,* तीन.44 में उद्धृत
122. रीस डेविड्स, उपरोक्त, 45
123. उपरोक्त, 44 की पादटिप्पणी
124. उपरोक्त, 44 में उद्धृत
125. उपरोक्त, 46
126. उपरोक्त, 45-47
127. श्चेरबात्स्की, *बुद्धिस्ट लाजिक,* एक.82-83
128. ओल्डेनबर्ग, 248
129. उपरोक्त, 248-49
130. उपरोक्त, 249 पर उद्धृत
131. उपरोक्त
132. उपरोक्त, 259-61